SUSANNE HEINRICH

# So, jetzt sind wir alle mal glücklich

SUSANNE HEINRICH

# So, jetzt sind wir alle mal glücklich

Roman

DUMONT

Erste Auflage 2009

Umschlag: Zero, München
Gesetzt aus der Concorde BE
Gedruckt auf säurefreiem und chlorfrei gebleichtem Papier
Druck und Verarbeitung: CPI – Clausen & Bosse, Leck
Printed in Germany

ISBN 978-3-8321-8033-1

Für Fabian

*We are just shapes pushing against each other*

I heart sharks

## EINS // FRANZISKA

*Love's not a competition but I'm winning*
Kaiser Chiefs

– So, jetzt sind wir alle mal glücklich.

Ich drücke auf den Auslöser, die Zeit läuft. Das Lämpchen blinkt in immer kürzeren Abständen, ich renne zu Georg, lege seinen Arm um meine Schultern und lächele. Noch zehn Sekunden, noch acht, noch fünf. Der Blitz, vorbei.

– Ich hatte die Augen zu, sagt Frank.

– Es hat immer jemand die Augen zu, sagt Clara.

– Aber es soll doch ein richtig, richtig schönes Bild werden, sagt Charlotte. Ist ja auch das letzte, auf dem ihr nicht verheiratet seid.

– Hier draußen ist es sowieso viel zu dunkel für ein Foto, sagt Max. Wenn ihr mich fragt. Wir müssten drinnen eins machen, im Foyer.

– Lasst mich mal sehen.

Georg löst sich aus der Gruppe, unter seinen Füßen knirscht es. Er schraubt den Apparat vom Stativ und drückt darauf herum. Ich trabe hin, nehme ihm die Kamera aus der Hand und sehe mir das Bild auf dem winzigen Fenster an. Das sind also wir. Hinter uns das Hotel, über uns der Mond, unter uns die Scherben. Hinten links Clara: schmal, groß, dunkel, ohne den Anflug eines Lächelns auf ihrem weißen Gesicht unter dem schwarzen Pony. Daneben Frank mit seinem aufgeblasenen, besoffenen Körper unter dem Knitterhemd, die Hand auf Claras Hintern. Auf der rechten Seite Max und Charlotte, zu einer Säule verdreht, Charlotte mit blondem Haar und seligem Blick, Max mit harmlosem Lächeln und fragenden Augen. Und vorn Georg, grinsend, windschief, von mir zur Seite gezogen, eine Hand an der Glatze, und ich, erschreckt, rotäugig, eine Haarsträhne über der Oberlippe wie ein Schnurrbart. Das sind also wir, an einem Freitag im Juni, einen Tag vor meiner Hochzeit mit Georg, wir, oder die, die übrig geblieben sind nach dem Polterabend, die, die immer noch dastehen und lächeln, obwohl längst alles vorbei ist.

Clara fummelt an Franks Hemd herum und kramt sich eine Zigarette aus seiner Brusttasche.

– So gut werden wir nie wieder aussehen, sagt sie.

Es ist nicht kalt, aber ich fröstele. Die Luft ist schwer und voll Wasser. Alles ist in Ordnung, denke ich. Das Fest war ein Erfolg, für morgen ist alles vorbereitet, Josephine liegt bei Gerlinde im Zimmer und schläft. Als ich ihre Tür leise hinter mir schließen wollte, hielt meine Mutter mich zurück. Sie nahm mein Gesicht zwischen ihre Hände, so dass sich ihre Ringe in meine Wangen drückten, und sie sagte noch etwas über Georg, etwas in der Art:

– Wenn es nicht klappt, lass es sein, überanstreng dich nicht, mein Kind. Du weißt, es kommt immer anders, als man denkt.

Nein, dachte ich, natürlich dachte ich es nur und sagte es nicht, nein, das tut es nicht. Nicht bei mir. Wenn man nicht scheitern will, muss man etwas dafür tun. Das ist nicht bequem, das ist nicht elegant, aber es geht nicht ohne.

Alles ist in Ordnung, denke ich. Du musst die Scherben zusammenkehren, und dann musst du alle ins Bett schicken, damit du morgen keine Augenringe hast. Du musst aufschreiben, was passiert ist, und du musst die Jungs anweisen, die Geschenke wegzupacken. Morgen wird es ruhiger. Morgen ist die Verwandtschaft weg.

– Ich finde, es hat was, sagt Georg. Schatz?

Ich zucke mit den Schultern.

– Wird schon passen.

Einen kurzen Moment bin ich so etwas wie müde. Als ich die Augen wieder öffne, hält Max Charlotte umarmt wie ein Kind. Georg nestelt an der Kameratasche herum und sieht hinüber zu Clara, die raucht. Frank gluckst vor sich hin, sein Kopf wippt bei jedem Lacher auf und ab, wie bei Tauben. Ich habe keine Ahnung, worüber er lacht. Jetzt schiebt er zwei Finger in seine Hemdtasche. Er wühlt lange darin herum, ehe er die Finger wieder herauszieht, dabei fällt die Zigarettenschachtel auf den Boden. Eine Ewigkeit später sagt Frank: Scheiße, formt es erst mit den Lippen, dann spricht er es aus. Er glotzt von einem zum anderen, so, als könnten wir auch eine Halluzination sein oder mit Moos besetzte Steine, dann bückt er sich plötzlich und federt in die Hocke, wie ein Kind, das hinter einem Baum pinkeln will. Er streckt die Hand aus, nein, er wirft sie, wie ein Lasso, dann hat er die Schachtel endlich, kämpft sich wieder in den Stand und schüttelt sich eine Zigarette auf die Hand, schüttelt immer weiter, bis die halbe Schachtel vor seinen Füßen liegt. Jetzt zückt er ein Feuerzeug, lässt seinen Daumen über das Zahnrad gleiten wie in Zeitlupe, sagt wieder: Scheiße, drückt auf dem Feuerzeug herum, immer mit riesigen Bewegungen, und als er endlich eine Flamme zustande kriegt und mit zusammengekniffenen Augen zur Zigarette führt, muss er plötzlich husten, und das Feuer ist wieder aus.

– Da, sagt Clara, die neben ihm steht und größer aussieht, als sie ist, für dich, mein Gigolo.

Sie hält ihm ihr Feuerzeug unter die Nase, mit vor der Brust gekreuzten Armen, so dass Frank sein angestrengtes Gesicht fast in ihren Busen drückt, um an das Feuer zu kommen. Er hat mit der Schuhspitze eine Scherbe zu sich gezogen, jetzt beugt er sich schwerfällig hinunter, grapscht mit der Hand danach, hält sie sich vor die Augen und pfeift.

– Rosenthal, sagt er und grinst. Nicht schlecht.

Ich weiß gar nicht, wo ich zuerst hingucken soll. Georg zuckt, natürlich zuckt er. Clara zieht die Mundwinkel herunter. Charlotte nimmt ihren Kopf von Max' Schulter und bückt sich jetzt auch. Sie nimmt eine Scherbe und bewegt sie in ihrer Hand, als wäre sie etwas Weiches, ein Stück Watte oder ein Küken.

– Sag mal, Franziska …

Ich stehe auf, denke noch, das kann nicht sein, gehe widerwillig auf Charlotte zu und nehme ihr das Ding aus der Hand.

– Georg?

Georg tut so, als ob er mich nicht gehört hätte. Beim zweiten Mal hört er auf, an der Fototasche herumzufummeln, und wendet mir sein Gesicht zu.

– Das ist aus unserem Hochzeitsgeschirr.

– Das kann nicht sein.

Während Georg auf uns zukommt, schüttelt er den Kopf, er schüttelt ihn auch noch, als er neben mir steht. Ich strecke ihm die Hand hin. Er guckt so, als würde er nicht verstehen, aber das kenne ich, seit drei Jahren kenne ich das schon, darauf falle ich nicht mehr herein. Ich drücke ihm die Scherbe in die Hand, kann sein, dass er sich schneidet, ich gehe ins Foyer zur Geschenktafel, und tatsächlich: Der Karton ist offen, es fehlen mindestens zwei Gedecke, mindestens. Ich denke: Georg, ich denke: Jemand anders kann ja wohl kaum. Ich denke: Jetzt streiten? Vor den anderen? Einen Aufstand kannst du nicht brauchen, zwölf Stunden vor der Trauung.

Charlotte kommt mir von draußen entgegen. Sie legt mir einen Arm um die Schultern, dabei kennen wir uns erst seit heute. Aber es ist nicht unangenehm. Ihre Haare riechen nach Orange. Sie streicht mir über den Rücken. Ich denke alles Mögliche. Du musst das aufschreiben, denke ich, und: Was machst du in so einer Situation? Kurz will ich nachgeben, will heulen, will alles schlimm finden. Mir kommt das so symbolisch vor: ausgerechnet das Geschenk meiner Mutter, ausgerechnet das erste gemeinsame Geschirr. Dann wieder denke ich: Pech haben wir sowieso, Georg und ich, früher oder später, und eigentlich hat es ja längst angefangen. Allen passiert alles, und du kannst mit fast jedem ein Paar sein, wenn du dich zusammenraufst. Es gibt kein Glück, nur geglückte Beziehungen. Das Wichtigste ist sowieso der Überblick.

Charlotte atmet in meine Haare. Ich stehe ganz ruhig da. Ich weiß, dass ich gleich wieder rausgehen und lachen und etwas sagen werde. Trotzdem muss ich an diesen Tag denken, als Georg und ich zum ersten Mal zusammen in den Urlaub gefahren sind. Es gibt solche Tage, an denen alles gut ist, und dann passiert etwas, und alles wird schlecht. So war das auch damals. Dabei war alles perfekt geplant. Wir waren sogar drei Stunden früher da.

Die Fähre sollte um zehn ablegen. Es war kurz nach sieben, und Georg und ich saßen vor diesem klotzigen Hafengebäude auf Steinbänken und tranken mitgebrachten Wein und waren einfach glücklich. Ich hatte dieses Klassenfahrtgefühl, weil es schon dunkel war und Wind ging und sich die wenigen Menschen auf dem riesigen Gelände zwischen den Kränen und Schiffen verloren. Ein paar Männer spielten Fußball, die Motorradfahrer standen vor der Absperrung und warteten und rauchten. Ich war angetrunken, und mir fielen alte Lieder ein, die ich Georg vorsang, und dann gingen wir noch einmal das Gepäck durch: Nichts fehlte. Als die Fähre kam, hatte ich keine Kamera, obwohl ich unbedingt Fotos machen wollte. Georg beruhigte mich und gab mit sein Handy, und dann machte ich Bilder: von der geschlossenen Fähre, von der offenen Fähre, von den Wagen, die aus dem Maul des Schiffes herausrollten, durch die Allee der Zuschauer hindurch, die winkten, ohne Grund. Als alle Autos draußen waren, stiegen wir in unseren Wagen, der in einer Reihe mit den anderen stand, und fuhren auf die Fähre, und es war eine wahnsinnige Stimmung im Bauch des Schiffes, düster und chaotisch, und überall standen schwarze Arbeiter herum mit nackten Oberkörpern, die uns nach links oder rechts winkten und uns zubrüllten, wir sollten die Seitenspiegel einklappen und näher an die Wand fahren. Wir stiegen aus und folgten den anderen nach oben, Georg wusste Bescheid, er wusste genau, auf welches Deck wir mussten, dort stand ein Typ in einem dieser komischen Overalls, die wie Strampelanzüge aussahen, und gab uns den Schlüssel zu unserer Kabine. Es war wirklich alles in Ordnung, obwohl die Kabine so mickrig war und muffig und abgewetzt, aber wir hatten die teuerste genommen, und wenigstens die Laken waren sauber. Wir stellten unser Zeug ab, sogar Klopapier hatten wir dabei, dann gingen wir nach draußen, aufs Deck, und setzten uns wie die anderen Paare in eine der Buchten zwischen den Rettungsbooten, auf eine Truhe mit Schwimmwesten, packten unsere Brote aus und sahen zu, wie wir ablegten. Unten jagten Jungs auf Vespas herum und machten die Seile los, ein kleines Lotsenschiff flankierte uns, dann waren wir draußen und der Hafen nur noch eine Handvoll Lichter hinter uns. In der Kabine überlegte ich, mit Georg zu schlafen. Ich hatte keine große Lust, aber ich dachte, jetzt kommen die Zeltplätze, wer weiß, vielleicht hast du dort noch weniger Lust. Georg gab sich viel Mühe, er massierte mich sogar, und als wir später schliefen, wurde mir schlecht, weil das Schiff schwankte, und Georg gab mir eine Tablette gegen Übelkeit. Am frühen Morgen ging es los. Gegen vier kam die erste unverständliche Ansage. Ich wachte sofort auf, weckte auch Georg, aber dann war die Ansage schon vorbei. Ich dachte, sie würden uns aus unseren Zimmern schmeißen, weil das Einzige, was ich verstanden hatte, irgendetwas mit »cabins« gewesen war, also bat ich Georg, draußen nachzusehen, was los sei. Georg zog sich an und ging raus, es dauerte nicht lange. Alles in Ordnung, meinte er, alle schliefen noch. Wir legten uns wieder hin, bis fünf, dann die zweite Durchsage, auf Französisch, Italienisch, Englisch. Ich verstand kein Wort. Georg auch nicht. Ich schickte ihn wieder raus, und er sagte, wir könnten jetzt langsam aufstehen, es sei Land in Sicht, aber noch sehr weit weg, ich könne mir Zeit lassen. Ich ging ins Bad und wusch mir die Haare, was schwierig genug war, weil die Kabine so klein war und keimig, und als ich rauskam und anfing, meine Haare zu föhnen, donnerte es plötzlich gegen die Tür, Georg öffnete, und es hieß, wir müssten jetzt sofort raus und runter aufs Parkdeck. Das war's. Ich dachte: Das war's jetzt. Der erste Tag, und so muss es anfangen. Mit nassen Haaren schmiss ich die Sachen zusammen, dann rannten wir aus der Kabine, die Treppen runter, und alle guckten mich an, und

Georg sagte leise: Du hast dir die Bluse falsch herum angezogen. Das war am ersten Tag. Ich habe eine ganze Woche gebraucht, um mich davon zu erholen, eine ganze Woche.

Ich schiebe Charlottes Hände von meinen Schultern und gehe nach draußen. Die anderen stehen herum wie hingewürfelt. Max sammelt Scherben auf, Frank schwankt, Clara lehnt neben dem Eingang und raucht. Georg denkt immer noch, es ließe sich etwas abwenden, wenn man einfach so stehen bliebe wie gelähmt. Du hättest nicht mit ihm schlafen sollen, denke ich, er ist dann immer so.

– Tja, also, sage ich laut. Da hat sich wohl jemand einen Spaß gemacht.

Ich höre meiner Stimme hinterher, wie sie noch über den Hof scheppert, ehe sie verstummt. Clara zuckt mit den Schultern, Frank versucht, ihr die Zigarette aus der Hand zu nehmen. Charlotte löst sich von mir und trabt zu Max hinüber, lässt ihren Kopf gegen seine Brust fallen. So warst du auch, denke ich, am Anfang. Verletzlich, wie ein junges Tier, bis zum Platzen mit Zärtlichkeit voll. Aber es ist nur eine Frage der Zeit, bis vom Feuer nur Glut bleibt, das hat dann andere Qualitäten. Georg kommt näher, seine Hand berührt meine, er beugt sein Gesicht in meine Richtung und lächelt vorsichtig.

– Erde an Franziska, sagt er, und ich weiß, was das bedeutet, und lächele auch.

Das Wichtigste ist der Überblick, denke ich. Jedenfalls kann das nicht das Ende des Tages sein, so darf kein Tag zu Ende gehen. Mathias hätte jetzt die Initiative ergriffen. Mathias hat immer die Initiative ergriffen. Aber Georg ist nicht Mathias. Ich klatsche in die Hände und drehe mich im Kreis.

– Na? Was ist? Wer kommt noch mit rein – auf einen Absacker?

Aus der Dunkelheit nicken Max und Charlotte schläfrig, Frank sagt: Bin dabei. Georg stampft auf, wie um ein Signal zu geben. Vom Parkplatz her rauschen Bäume. Clara stößt sich vom Türrahmen ab und stöckelt taumelig vor uns her nach drinnen. Sie lässt die Asche ihrer Zigarette lang werden und neben sich auf den Boden fallen. Sie hat eine gute Figur, denke ich, sogar ihr Hintern ist geheimnisvoll.

## ZWEI // MAX

*You're just a little scared of being lonely*
*and I am, I am too*
Stateless

Ich hatte gehofft, wir würden einfach auseinandergehen. Lotte und ich würden jetzt gemütlich im Hotelzimmer liegen, ein bisschen fernsehen, ein Bier aus der Minibar trinken, uns ausziehen, so etwas in der Art. Aber was Franziska will, wird gemacht, sie ist die Braut. Sie war schon immer so, dass sie die Dinge nicht im Schlechten zu Ende gehen lassen konnte. Sie wollte unbedingt ein perfektes Ende. Als wir noch zusammen Bus gefahren sind, hat sie sich immer gefreut, wenn im Radio ein Lied genau in dem Moment vorbei war, wenn wir anhielten. »Manche Leute wissen einfach nicht, wann es an der Zeit ist, eine Sache abzubrechen«, denke ich.

Wir gehen ins Haus. Hinter uns, auf dem Pflasterweg zwischen den eingezäunten Kastanien, glitzern die Porzellanscherben. Vom vielen Darüberlaufen sind sie inzwischen so klein wie Fingernägel. Ich frage mich, wie Franziska und Georg die zusammenkehren wollen. Das gehört ja zum Brauch, dass das Hochzeitspaar sie aufkehrt, so etwas kann man im Grunde nicht einfach weglassen. Franziska geht uns voraus. Sie ist zerknirscht und denkt, wir merken das nicht.

In der Hotelhalle ist es sehr hell, und die Bistrotische sind gerade erst verlassen worden, das sieht man daran, dass aus manchen Gläsern noch der Wein tropft. An der Rezeption steht ein junger Mann mit zurückgekämmten Haaren und blinzelt. Die Flure sind breit und mit Marmor gefliest, in der

Mitte liegt ein roter Teppich. In den Ecken stehen zierliche weiße Tischchen mit ovalen Spiegeln und Abgüsse von Plastiken, hier und da auch Putten und Blumen in goldfarbenen Vasen. Wir steigen die Treppe hinauf. Auf dem Zwischenboden kann man durch ein Fenster nach unten sehen, wo im Hof die Wagen so geparkt sind, dass es aussieht wie ein Stern. Der Oldtimer gehört Frank, nehme ich an. Ob Clara Auto fahren kann, weiß ich nicht, dabei kennen wir uns jetzt schon eine ganze Weile. »Für manche Dinge wird es einfach zu spät«, denke ich, »die kann man nach so langer Zeit nicht mehr fragen.« Ich merke, dass ich gähne, und versuche, die Augen weiter aufzumachen. Im ersten Stock laufen wir rechts den Gang entlang.

»Komisch, sich vorzustellen, dass hinter all diesen Türen Franziskas Verwandte schlafen«, flüstert Lotte und berührt dabei mit den Lippen mein Ohr. Franziska sieht sich nach uns um, als hätte sie Angst, wir könnten plötzlich nicht mehr da sein. Sie und Georg gehen ganz vorn, dahinter Clara. Sie geht sehr gerade, und doch wieder nicht, es ist so, dass in ihrer Haltung gleichzeitig etwas Aufrechtes und Müdes ist. Gerade nimmt sie den letzten Zug aus ihrer Zigarette und lässt sie dann hinter sich fallen, so dass sie beinahe Franks Fuß trifft. Aber davon bekommt Frank nichts mit. Ich denke, dass er ziemlich viel verträgt, aber inzwischen ist er voll wie ein Eimer und schwankt, als würde er etwas Schweres auf dem Kopf balancieren. Frank hat überhaupt durch nichts auf sich aufmerksam gemacht als durch seine Trinkerei. Wahrscheinlich gehört er zu den Männern, die eklig werden, wenn sie betrunken sind. Ich verstehe sowieso nicht, was Clara von ihm will, aber das ist auch ihre Sache. Man soll sich in solche Dinge nicht einmischen. Trotzdem war es komisch, wie sie ihn vorgestellt hat, weil sie ihn ihre »Übergangslösung« nannte, und Frank hat bloß gegrinst und ihr an den Hintern gefasst. Erst viel später brach Clara in Lachen aus, und das so heftig, dass sie sich ans Buffet lehnen musste, um nicht umzufallen.

Wir laufen an ziemlich vielen Spiegeln und Türen vorbei, und Charlotte greift nach meiner Hand. Dann kommen wir an eine größere Tür, über der ein Schild mit der Aufschrift »Paris Bar« hängt. »Warum müssen die Bars hier alle so alberne Namen haben?«, denke ich. »Paris ist weit weg.« Vor dem Eingang bleibt Franziska stehen und sagt: »So, meine Hübschen«, und dazu knickst sie ein bisschen besoffen. Wir gehen an ihr vorbei in die leere Bar, erst Georg, dann Frank, Clara und wir. Georg bleibt vor einem der niedrigen schwarzen Tische stehen, legt seine Hände auf die Platte und schaut zu Franziska. Er wartet, bis sie genickt hat, erst dann setzt er sich auf das rote Ecksofa. Wir lassen den Platz neben ihm für Franziska frei und setzen uns auf die andere Sofahälfte. Frank und Clara nehmen die beiden Sessel gegenüber. Wir haben alle rote Gesichter vom Licht, besonders Frank, weil der sowieso zu braun ist. Vor allem dafür, dass es noch keine zwei Wochen wirklich warm war in diesem Jahr. Die Bar ist ziemlich modern eingerichtet. An den Wänden zieht sich ein langes, rotes Sofaband entlang, und davor stehen die gleichen schwarzen Tische, und noch mal drei Sitzgruppen um uns herum. Überall hängen vergrößerte Werbeplakate für französischen Tabak in schwarzen Rahmen, und von der Decke hängen rote, chinesisch aussehende Lampen. In Wandvorsprüngen, die von innen beleuchtet sind, stehen Champagnerkübel, teure Whiskeyflaschen und Zigarrenschachteln.

Alles hat dieselbe Farbe: die Gardinen, die Plastikblumen auf den Tischen und sogar das Licht, das die Pyramide aus Flaschen im Regal hinter der Theke von unten anstrahlt. Diese Bar könnte genauso gut auch in Berlin stehen, in Hamburg, New York oder Tokyo. Dann ist da plötzlich ein Junge hinter der Bar. Ich habe ihn gar nicht kommen sehen. Er sieht genauso aus wie der, der vor ein paar Stunden im Garten die leeren Gläser von den Tischen geräumt hat. Seine Haare sind nach hinten gekämmt, und er ist so blass, als wäre er wochenlang nicht an der frischen Luft gewesen. Franziska geht auf ihn zu und lehnt sich an den Tresen. Sie flüstert irgendetwas, dann dreht sie sich zu uns um und beugt sich dabei so weit vor, dass man ihre Brüste sehen muss. Ihre Brüste sind was fürs Auge, aber nicht mehr ganz so toll wie vor der Schwangerschaft. Die Geburt müsste jetzt ziemlich genau elf Monate her sein. Ich habe trotzdem noch nie daran gedacht, wie es wäre, mit Franziska zu schlafen. Vor Kurzem war ein Film in den Kinos, wo ein Kerl in einer Szene sagt: »Es gibt auch Männer, die nicht die ganze Zeit an Sex denken.« Dem kann ich voll und ganz zustimmen.

»Gin Tonic«, sagt Clara. Frank will etwas Härteres. Lotte lächelt und sagt: »Für mich eine Apfelschorle«, und dann klemmt sie sich verschämt eine ihrer blonden Strähnen hinters Ohr, als wäre es ihr peinlich, dass sie nichts Alkoholisches nimmt.

»Max?«

»Einen Mai Thai.«

Frank bestellt mit lauter Stimme ein Bier.

Dann kommt Franziska zu uns herübergeschlendert, seufzt und setzt sich neben ihren Verlobten. Sie legt ihm eine Hand aufs Knie und seufzt noch einmal. Weil es plötzlich sehr leise ist, klingt ihre Stimme schrill, als sie fragt: »Und? Wie hat es euch gefallen?«

Niemand sagt etwas. Nur Lotte rutscht neben mir auf dem Polster herum.

»Wer hat das denn alles organisiert? Mit der Band und dem Essen? Das war sicher eine Wahnsinnsarbeit.«

»Gerlinde hat mir geholfen.«

»Gerlinde?«

»Meine Mutter.«

»Also ich finde das ja toll, wie ihr das macht. Polterabend mit allen, Hochzeit im engen Freundeskreis.«

Franziska lächelt müde. Was sie dann antwortet, klingt, als hätte sie es auswendig gelernt. »Ja, weißt du, es ist schwierig. Sobald sich Familie einschaltet, gibt es Kompromisse und so weiter. Wir wollten einfach, dass der Hochzeitstag ein Fest für uns ist, nicht für die Gäste, und damit die ganze Verwandtschaft nicht enttäuscht ist, haben wir gedacht ...«

Dann wird sie unterbrochen, weil der Kellner neben unserem Tisch stehen bleibt. Er reicht uns die Getränke und verschwindet sofort wieder, ohne ein Wort zu sagen. Franziska seufzt noch einmal.

»Es ist so still hier, findet ihr nicht? Da wird man ja ganz ...«

Dann steht sie auf und geht zurück zur Bar, um etwas mit dem Jungen zu besprechen. Dabei bewegt sie wie zufällig ihren Hintern. Sie trägt ein sehr enges, sehr goldenes Kleid. »Es ist wirklich ziemlich genau elf Monate her«, denke ich. Damals haben Georg und sie zur Geburt von Josephine ein Fest gegeben, mit Luftschlangen und Benjamin-Blümchen-Kassetten und allem Drum und Dran. Wir durften nur Kinderbowle trinken und schenkten zu große Strampler und alberne Kuscheltiere und so weiter. Clara war damals mit einem Typen zusammen, dessen Namen ich vergessen habe, vielleicht war er auch Künstler, wie sie, und sie hat ihn auf irgendeinem Stipendium kennengelernt. Ich war zu der Zeit gerade allein und noch ziemlich mitgenommen von Sandras Auszug. Das war alles sehr schnell gegangen und überhaupt nicht abzusehen gewesen, und ich war in so eine Art Starre gefallen. Außerdem war ich noch wild entschlossen, Sandra zurückzugewinnen. Mir fiel dann aber ziemlich bald auf, dass ich das überhaupt nicht wollte. Das war, als ich den Brief, den ich zu diesem Zweck geschrieben hatte, vor dem Wegschicken noch einmal durchlas. Ich stellte fest, dass nichts darin der Wahrheit entsprach. Die Wörter, die ich benutzt hatte, waren entweder fremd oder zu groß, jedenfalls hatten sie nichts mit mir oder mit Sandra und mir zu tun. Ich habe ihn dann auch nicht abgeschickt. Ich dachte, ich müsste ein bisschen warten, und es würde sich noch eine größere Trauer einstellen. Natürlich habe ich auch geweint, in den ersten Tagen, aber das ging schneller vorbei, als ich gedacht hatte. Eine Zeitlang wohnte ich bei meinen Eltern, um wieder zur Ruhe zu kommen, und dann ging ich das Ganze an: gemeinsame Konten auflösen, Sandra aus meinen Versicherungen streichen, ihren Telefonanschluss kündigen, die Post informieren, solche Sachen.

»Bist du müde, Schatz?«, fragt Lotte und kommt mir mit ihren blonden Wimpern sehr nah.

»Ich denke nur nach«, flüstere ich zurück, und Lotte lächelt mich nachsichtig an.

Jetzt setzt Musik ein. Typische Tanzmusik, »Son of a Preacher Man« und Ähnliches. Franziska tänzelt an unseren Tisch zurück und auf Clara zu. Sie nimmt sie an den Händen und zieht an ihr, dabei bewegt sie die Lippen zum Text, singt aber nicht mit. Clara lacht dunkel, fast wie ein Mann, und steckt sich eine neue Zigarette an. Ihr Lippenstift hinterlässt einen Ring am Filter. Sie schüttelt den Kopf, also hüpft Franziska weiter zu Lotte, die mir einen Kuss gibt und aufspringt. Zusammen suchen sie einen Platz zwischen den Tischen, schieben ein paar Sessel zur Seite und lachen dabei, als hätte jemand einen Witz gemacht.

Clara legt eine Zigarette auf den Tisch und stößt sie mit dem Finger in meine Richtung. Ihr Lächeln ist eigentlich nur eine Andeutung davon. Ich nicke ihr zu und zünde mir die Zigarette an. Ich rauche nur in Gesellschaft, allein schmeckt es mir nicht. Heute schmeckt mir die Zigarette besonders gut, und ich trinke und rauche abwechselnd. Georg dreht sein Bier im Kreis, und Franks Kopf ist über die Sessellehne nach hinten gekippt, sein Mund steht offen. Jetzt kommt »It's Raining Men, Halleluja«, und Franziska und Lotte singen mit. Wenn Frauen tanzen, beschleicht mich immer das Gefühl, sie tun das aus allen möglichen Gründen, nur nicht, um zu tanzen. Oder ich bin einfach jemand ohne Mehrdeutigkeiten und Hintergedanken, im negativen wie im positiven Sinne. Ich tanze wirklich nur, weil ich Spaß daran habe. Franziska winkelt die Arme am Körper an, wie ein Huhn, so dass ihre Brüste zusammengedrückt werden und noch größer aussehen. Ich glaube, das macht sie aus Berechnung. Lotte dagegen tanzt hingebungsvoll und ohne Nachzudenken, sie sieht ein wenig albern aus dabei, wie Kinder, die im christlichen Kindergarten den Schöpfungstanz aufführen, aber süß und hübsch. Ich denke: »Meine kleine Frau« oder: »Meine süße Lotte«. So etwas denke ich oft, wenn ich sie aus der Ferne beobachte. Ich werde dann zärtlich und würde sie gern berühren, und oft, wenn sie zurückkommt, habe ich das Gefühl schon wieder vergessen.

Ich drehe mich zu Clara, die auch die beiden beobachtet. Sie sieht mich nicht an bei der Frage: »Seid ihr schon lange zusammen?«

»Ein halbes Jahr ungefähr.«

»Hübsches Mädchen.«

»Ja, sehr.«

»Wie hieß die andere noch mal? Die davor …«

»Sandra.«

»Warst du mit der nicht sogar verheiratet?«

»Genau. Das heißt, ich bin es noch. Also noch, aber nicht mehr lange.«

Jetzt wendet Clara mir ihr Gesicht kurz zu, richtet ihren Blick einmal auf meine Augen und dreht sich wieder weg.

»Und du?«, frage ich.

»Ach, das.«

Sie deutet mit dem Kopf auf Frank, der betrunken neben ihr im Polster hängt. Sie löst den Blick langsam von ihm, als würde er kleben, und dann wirft sie die Haare, aber nicht wie ein junges Mädchen, eher wie eine Schauspielerin, die nach der Aufführung in der Garderobe noch einmal ihre Rolle durchgeht und überlegt, ob sie gut war, und wie gut.

»Noch nicht lange. Ich mache Kunst, er verkauft Bücher, passt. Wir sind beide umtriebig.«

Ich weiß nicht genau, was sie mir damit sagen will. Es kommt mir so vor, als hätte jeder ihrer Sätze einen doppelten Boden. Ich nippe an meinem Glas. Der Mai Thai ist gut, nicht zu bitter.

»Wie hat es dir gefallen?«, frage ich.

»Was? Der Abend? Nett. Sehr nett.«

»Wie, nett?«

Sie legt den Kopf in den Nacken und richtet den Blick an die Decke.

»Wie solche Sachen im Allgemeinen eben sind. Hochzeiten, Polterabende.«

»Ich bin auch kein großer Hochzeitsfreund«, sage ich schnell. »Aber wenn die beiden damit glücklich sind …«

»Jaaa …«

Clara lässt ihren Kopf wieder auf die Brust fallen und macht eine wegwischende Bewegung mit der Hand.

»Jedem das Seine«, sagt sie jetzt mit veränderter Stimme. Ich sage nichts, und sie sagt noch: »Amen«, und das sagt sie so, dass ich weiß, dass sie kein Wort mehr dazu verlieren wird. Wahrscheinlich will sie überhaupt nicht mehr mit mir reden. Wahrscheinlich habe ich mich in ihren Augen schon mit der Frage, wie es ihr gefallen hat, unmöglich gemacht. Sie sitzt wieder gerade und zieht heftig an ihrer Zigarette. Ich bin lieber still und wende mich Lotte und Franziska zu.

Franziska tanzt jetzt so ausgelassen, dass man glauben könnte, sie wolle jemanden anmachen. Georg meint sie ganz bestimmt nicht, der sitzt nur da und lächelt. Georg lächelt sowieso andauernd. Seit ich die beiden kenne, lächelt Georg andauernd. Franziska hat sich auch verändert, seitdem. Als sie noch nicht mit ihm zusammen war, war sie vitaler. Anders kann man das nicht bezeichnen. Es kommt mir fast so vor, als sei sie in ihrer ganzen Art so geparkt. Franziska war vorher nie ein Kind von Traurigkeit, aber seit sie mit Georg zusammen ist, ist sie oft müde und zerschlagen. Vielleicht hat das ja auch damit zu tun, dass Georg auf nichts, was sie macht, reagiert. Wie jetzt zum Beispiel: Sie tanzt wild, und er macht keine Anstalten, einzugreifen, obwohl ganz klar ist, dass Franziska nicht für ihn tanzt. Sie kann sagen und tun, was sie will, er reagiert einfach nicht darauf, oder eben immer nur mit diesem freundlichen Gleichmut. Anfangs hat ihr das vielleicht noch imponiert, aber auf Dauer muss das ein Gefühl sein, als würde man ausgesaugt. Ich stelle mir Georg als eine Art wabernde Masse vor, ein bisschen wie Pastete oder Wackelpudding. Jede Energie, die auf ihn trifft, absorbiert er. Auf diese Weise bekommt niemals jemand etwas von ihm zurück, es verschwindet einfach.

Lotte wirft mir eine Kusshand zu. Ihr Gesicht ist ganz rot und dick vom Tanzen. »Es ist wie alles andere«, denke ich, »es gibt Leute, denen bestimmte Dinge stehen, und anderen stehen sie gar nicht.« Für Lotte jedenfalls ist Tanzen unvorteilhaft. Aber ich mag Lotte, sehr sogar, auch wenn ich das nicht erklären kann. Ich küsse in die Luft zurück, und Lotte lacht, und das mag ich dann wieder: ihr Lachen, das so ist, wie man sich ein richtiges Lachen vorstellt, so, wie man als Kind ein Lachen gemalt hat.

## DREI // CLARA

*If this is the life why does it feel so good to die today?*
Metric

*Heute: Um sieben aufgestanden, um sieben!, und noch vor dem Kaffee geduscht, sogar kalt. Hättest du gedacht, dass ich jemals kalt duschen würde? Ich, die ich mir auf meine Waden so viel eingebildet habe? Frank lobt nur meine Ohren, meine Knie, meine Ellbogen, meinen Nacken … Die Haare gekämmt und geföhnt, die Achseln, die Beine, die Scham rasiert, wie früher, vor der Jagd. Sachen angezogen, was mühsam war. Mühsam, Niklas, als müsste ich meine Körperteile erst in Form bringen, bevor ich sie verpacke. Überhaupt sehr lange überlegt, was ich anziehen soll, an diesem Tag. Vielleicht wäre ja jemand dabei, mit dem ich Frank ersetzen könnte. Es gibt immer nur diesen einen Tag, diese eine Chance auf eine Geschichte (oder etwas in der Art).*

*Um zehn Kaffee gemacht, Brot gegessen, über eine Stunde Radio gehört, zwei Mal die gleiche Nachrichtensendung, bis aufs Wort. In die Apotheke, Paracetamol, Aspirin, das übliche. In der Schlange versuchte sich ein Mädchen vorzudrängen, es sagte immer wieder: Mein Freund hat sich verletzt, mein Freund hat sich geschnitten, mein Freund ist verletzt, aber eine Frau ließ sie nicht vor, das Mädchen verschwand wieder. Auch das ergibt keinen Sinn.*

*Nachgedacht. Über mich, warum ich so uncharmant werde, irgendwie ältlich. Mit Frank telefoniert, das heißt, nicht telefoniert, nur Nachrichten geschrieben, weil Frank unmöglich ist am Telefon, also nur Nachrichten geschrieben, dabei hatte ich mir geschworen, auf keinen Fall Rücksicht zu nehmen, nicht auf ihn.*

*Halb eins überlegt, ob es sich lohnt, zu kochen, die gleiche Überlegung wie jeden Tag, die gleiche Unschlüssigkeit, und dann doch ein paar Eier wenigstens, mit Schinken und Petersilie, geht schnell und sieht halbwegs aus wie ein Essen.*

*Bis vier Sachen gepackt, auch das ging einmal schneller, als die Sachen noch billiger waren und die Waschtaschen weniger, dann endlich kam Frank, fasste mir in den Schritt, ließ es aber wieder sein, als ich ihm eine ganze Woche Verweigerung androhte, im Spaß natürlich, oder auch nicht.*

*Die Fahrt dann, die mich immer traurig macht. Die Bauarbeiter am Rand, die stundenlang cool sein müssen, für diesen einen Moment, in dem wir vorbeifahren und sie mit ihren nackten Oberkörpern, ihren dreckigen Unterarmen, ihren halben Kippen, ihren klobigen Schuhen, ihren verrammelten, leeren Gesichtern cool finden, außerdem melancholische Hunde in Vorgärten, Vögel, die tanzen, Vögel, die riesige Muster in den Himmel fliegen, grüne Ampeln, rote Ampeln ... Habe ich gesagt, dass Fahren mich traurig macht? Habe ich das gesagt, Niklas? Es stimmt nicht.*

*Und dann die Feier. Als Frank und ich ankamen, spielten zwei langhaarige Männer auf der Bühne Marmor, Stein und Eisen bricht oder Du gehörst zu mir oder Irgendwie, irgendwo, irgendwann, und Frank schnappte sich an der Bar zwei Flaschen Bier. Na, Kirsche, was zu trinken? – Aber ja, Tierchen, Rotwein. Natürlich versteht Frank mich nicht, natürlich versteht er auch die Namen nicht, die ich ihm gebe, aber es ist nett von ihm, dass er nicht fragt, genauso nett, dass er es unterlässt, unsere zufällige Begierde mit Liebesbekundungen zu verunreinigen.*

*Vor dem Podest tanzten Paare, und gleich sprang Franziska auf uns zu, haute uns ein Schön, dass ihr da seid! um die Ohren und warf sich wieder in Georgs Arme. Später stellte sie uns ihre Eltern vor, Georgs Eltern, Georgs Schwester, seine Onkel und Tanten und die ganze Welt, aber da war ich endlich schon fast genauso betrunken wie alle anderen und wunderte mich über gar nichts mehr.*

*Als es dunkel wurde, sprangen Lampions an, lange Ketten bunter Lampions, weißt du, Niklas: Monde, Sonnen, Sterne, Blumen, und im Pavillon neben dem Podest überschlugen sich die Stimmen. Draußen, auf den Bänken, wo die Raucher eng zusammenrückten und Zigaretten tauschten, trafen wir Max und sein neues Anhängsel, die hübsche Charlotte, die so ausdauernd lächelt. Das bunte Licht umschmeichelte uns wie endlos weite Kleider und Federboas, ich fühlte mich zärtlich und betrunken und hatte Lust, irgendeinem Mann irgendetwas Blödes ins Ohr zu flüstern, und Frank drückte meine Schulter. Ist er das?, fragte er. – Wer? – Der, in den Franziska mal verliebt war. – Das ist lange her, sagte ich, da waren sie noch Kinder.*

*Und dann umarmten wir uns, und als ich Charlottes Hand drückte, roch ich an ihrem Haar, das unheimlich süß duftete, nach Kokosschampoo und Fertigmilchreis. Sie lächelte freundlich und forderte uns auf, uns zu ihnen zu setzen, und natürlich setzten wir uns dazu, immerhin waren Max und ich das, was man den harten Kern nennt.*

*Weißt du, es war diese komische Volksfeststimmung, die ich von früher kenne, aus den Dörfern, von den Festen im Juni auf dem Gemeindespielplatz, mit Tombola, Ponyreiten, Feuerwehrwagen, Zaubervorstellungen, Mitmach-Aerobic und Mini-Playback-Show, es roch sogar nach dem gleichen ranzi-*

*gen Bratwurstfett, dem Atem erster Besoffener, die sich hinter den blühenden Brombeerhecken erbrachen, nach dicken, kleinen Pferden und diesem himmelblauen Eis, das nach nichts schmeckt außer Zucker. Das machte mich lethargisch und weich.*

*Max und Frank redeten über ihre Berufe, in kurzen Sätzen, und nickten wissend, mit anerkennend verzogenem Mund. Während der ganzen Unterhaltung hielt Charlotte Max' Hand und streichelte mit ihrem Daumen seine Haut. Ich wollte mich für sie freuen, aber wie immer in solchen Situationen fielen mir alte Zitate ein. Ich musste an Kaurismäki denken, Kaurismäkis obligatorischen Umkleideraum mit Spinden, Kaurismäkis krude Romantik. Sein: Ich glaube, wir lassen das lieber. – Was denn? – Na alles. Oder: Ich liebe dich, weißt du, aber das Leben ist hart. Ich nahm mir eine Zigarette aus der Schachtel, aber dann hatte ich doch keine Lust zu rauchen, weil ohnehin überall kalter Rauch in der Luft hing wie Laken auf einer Leine.*

*Charlotte erkundigte sich nach Franziska und Georg, aber nicht so, wie Paare das eben tun, um sicherzustellen, dass es jede Menge schlechter funktionierende Beziehungen und hoffentlich niemals eine besser funktionierende gibt, sondern mit Staunen und Naivität. Dann plapperte sie von sich und Max, unvorsichtig und so, wie man redet, wenn man noch verstanden werden will, ehe man registriert, dass niemand einen verstehen kann und dass, wenn sie einen endlich wieder verstehen, es um den Mythos von der Liebe geschehen ist. Das Licht setzte uns und unseren Wörtern Kronen auf, kleine silberne, wie Bräute sie tragen.*

*Noch später gingen wir dann tanzen, Max und Charlotte schaukelten sich sacht wie verschmuste Kaninchen. Frank biss mir in den Hals und sagte: Süß, die Kleine, aber nicht wirklich helle, was? Das brachte mich zum Lachen.*

Im richtigen Leben ist es jetzt nach zehn, noch nicht sehr spät, aber die Luft ist schon braun und wie aus Leder. Jemand tanzt, Franziska und Charlotte, die hübsch ist, hübsch wie ein Weizenfeld, wie ein perfekt geformter Salatkopf. Sie tanzen schon eine ganze Weile allein, als Georg aufsteht, kurz einfach nur stehen bleibt, wie ein großer unentschlossener Berg Fleisch, und zu den Mädchen geht. Jetzt tanzt er auch, das heißt, er wippt, und Franziska wendet sich ab, schaukelt in eine andere Ecke des Raumes. Es ist mir egal, das ist es wirklich, aber den ganzen Abend schon war etwas zwischen ihnen, ein Misston, eine Verwerfung, etwas wie ein sehr alter Streit, der schon Moos angesetzt hat, und dann diese lächerliche Sache mit dem Hochzeitsgeschirr ... Charlotte tanzt in ihrem Rausch, als wäre er eine durchsichtige Kugel, nicht einmal, wenn sie gegen Möbel stößt, öffnet sie die Augen. Georg drängt immer wieder seinen Körper an Franziskas Rücken, Franziska weicht immer wieder aus, wie ein Reh, beiläufig, scheinbar unschuldig.

Was tut Frank? Frank ist eingenickt. Manchmal wünschte ich, ich könnte die Frauen sehen, die sich hinter seinen Lidern entkleiden. Wie viele es wohl sind?

Fahrt ihr morgen dann gleich zurück?

Max lächelt und beugt sich vor.

*Es funktioniert noch, Niklas, siehst du? Alle Männer versuchen mich aufzuheitern oder zu unterhalten.*

Frank wird betrunken sein, sage ich, und ich auch. Außerdem fahre ich nicht.

Ach, du kannst gar nicht fahren?
Nein.
Das wusste ich nicht.
Es ist ja auch nicht wichtig, oder?
Nein.

*Warum muss ich Max immer prellen? Wahrscheinlich ist es seine Harmlosigkeit, ich hatte immer etwas gegen Harmlosigkeit. Erinnerst du dich? Ich habe dir lange Vorträge darüber gehalten. Dabei mag ich Max sogar. So sehr, wie man jemanden mögen kann, wenn man ich ist.*

Wir bleiben noch eine Nacht hier, sage ich, dann muss ich zurück, wegen eines Stipendiums.
Aufenthaltsstipendium?
Genau. Die meiste Zeit muss man anwesend sein.
Ach, das ist immer noch so?
Ja, ich verstehe es auch nicht.
Darf man denn wenigstens jemanden mitbringen?

Das ist unüblich. Ich finde das auch idiotisch. Der Künstler, das freie Wesen ohne Bindungen, das mit Stock und Hut von Kloster zu Künstlerhaus reist …

*Diesen Satz habe ich schon sehr oft gesagt, in verschiedenen Variationen. Wie du die Augen verdreht hast, wenn ich ihn wieder einmal in irgendeine Gesprächslücke stopfte! Bevor ich ihn ausspreche, halte ich ihn immer für heuchlerisch, weil mich dieses Thema überhaupt nicht interessiert, und weil es schon gar kein Thema ist, über das ich in Wut geraten könnte. Aber sobald ich ihn ausgesprochen habe, wird er jedes Mal wahr, ich denke: Ja! Genau! Unverschämtheit!*

Schreibst du denn an was Neuem?

Ach, das Stipendium? Nein, das ist für die Künstlerei.

Ach so. Trotzdem, schreibst du was Neues?

Jaja. Man schreibt ja immer irgendwas.

Max beobachtet die Frauen, Max beobachtet seine Frau. Ob sie heiraten werden? Auch das ist unwichtig.

Hast du den neuen Roman von Peter schon gelesen?, fragt er.

Peter? Ach, Peter.

Er ist ziemlich gelobt worden.

Tatsächlich?

Wir machen jetzt ein Feature über ihn.

Ich fand ihn einfach nur unaufrichtig.

Er ist sogar für einen Preis nominiert worden, habe ich gehört.

Damit kommt er nicht lange durch.

Wie meinst du das?

Ich ziehe an meiner Zigarette. *Immer ziehe ich an meiner Zigarette.*

Man hat ja immer nur eine Kindheit zu erzählen. Ich glaube nicht, dass er darüber hinaus irgendetwas hat.

Nein? Ich weiß nicht.

Dafür ist er zu wenig intelligent.

Findest du? Muss man zum Schreiben unbedingt intelligent sein?

Nicht nur, aber ja, unbedingt.

Max wiegt den Kopf hin und her, als könnte er so seine Gedanken in Bewegung bringen. *Was für ein Satz. Es gibt so viele schöne Sätze, zu viele für ein Buch. Man sollte sie auf sehr viele Plakate schreiben und über sehr viele Betten in sehr vielen Schlafzimmern hängen. Hast du das nicht gesagt?*

Guck ihn dir doch mal an. Der hat doch nichts Leidenschaftliches an sich, nicht mal etwas Verschlagenes. Er ist einfach nur ein langweiliger, gewöhnlicher Handwerker. Sicher, er kann konstruieren. Aber er erfindet exzentrische Gefühle. So etwas kann auf Dauer nicht funktionieren. Da fehlt jegliche Unbedingtheit.

Sage ich und denke: Ich hätte auch das komplette Gegenteil sagen können. Aber es macht mir Spaß zu widersprechen. Wo sind meine Meinungen? Sie haben mich verlassen wie Vögel.

Er ist wie Georg, sage ich.

Wie Georg?

Georg ist doch auch so ein Nicht-Mensch.

Das ist aber jetzt gemein. Wir kennen ihn beide so gut wie gar nicht.

Jaja.

Wir haben ihn doch beide erst zwei Mal gesehen vor dem Abend heute …

Du bist so lieb, Max, wirklich, du bist so gutherzig.

Max starrt mich an, damit weiß er jetzt nichts anzufangen, Max, mit seinem Gesicht aus Holz. Er sieht den Mädchen beim Tanzen zu, er sieht zu, wie Franziska ihre Arme um Charlotte legt, um ihre Brüste. Er zieht eine Braue hoch.

Wahrscheinlich ist er ein netter Typ, sagt Max, ich meine, ganz sicher ist er interessant und …

Oh ja, sonst hätte Franziska ihn sich nicht ausgesucht.

Genau.

Mit Betonung auf »ausgesucht«.

Wie?

Max?

Ja?

Ich bringe dir einen Ramazotti mit.

Ich gehe an die Bar, wo niemand ist, niemand und dann doch wer: dieser weiße Junge, der nie lacht. Ich bestelle zwei Ramazotti, mit Eis und Zitrone, als ich nach den Gläsern greife, geraten unsere Hände aneinander. Ich beobachte Franziska, die mit Charlotte tanzt, übermütig, vulgär, die ihren Unterleib gegen Charlottes Po drängt. Es könnte ein großer Abend werden. *Hörst du, Niklas? Es könnte ein großer Abend werden. Ohne dich.*

Ich gehe zurück an den Tisch, schiebe Max eines der Gläser hin.

Franziska dreht ganz schön auf, sage ich. Max reibt seine Kiefer gegeneinander. Max reißt mühsam seinen Blick an sich. Wir trinken Ramazotti.

Du magst Georg nicht, sagt Max.

Ich mag eine ganze Menge Leute nicht, sage ich.

Das habe ich mir gedacht, sagt Max.

Ach, hast du?

Ja, sagt Max vorsichtig, irgendwie schon.

Max rutscht auf seinem Stuhl herum, sein Blick reißt aus zu den Mädchen. Er räuspert sich. Sein Körper will aufstehen, bleibt aber sitzen.

Und du? Magst du Menschen?

Was für eine Frage, sagt Max, ich glaube schon. Ich komme ganz gut mit ihnen zurecht, meistens.

Muss man, in deinem Beruf, nehme ich an.

Allerdings. Entschuldige mich … Entschuldige bitte …

Jetzt steht er auf, Max, sein Körper. Sagt: Ich glaube, das reicht jetzt.

Die Musik ist laut, seine Stimme könnte auch dazugehören, aber dann wacht Frank auf, und Georg, der allein tanzt, hält inne.

Ich glaube, das reicht jetzt, sagt Max, erst zu sich, dann in den Raum, und streckt sein Glas vor, als Waffe. Franziska lacht gegen die Decke und hält Charlottes Hände, bewegt sie in der Luft wie Papier. Charlotte schwingt gleichmäßig hin und her. Georg reibt seine Hände an der Hose. Frank wischt sich die Spucke vom Mund. Ich lehne mich zurück. Gleich geschieht etwas. Bis in die letzten Spitzen der Gardinen hat sich die Erregung ausgebreitet.

# VIER // FRANZISKA

Soll ich Angst bekommen? Max stößt einen Arm zwischen uns wie ein Schwert, hält Charlotte am Handgelenk fest, zieht an ihr. Ich lache immer noch, Max schiebt meine Finger einzeln von Charlottes Schultern, flüstert: Süße, bitte, lass uns hinsetzen. Und leiser: Du machst dich noch lächerlich. Wenn Georg das ein einziges Mal im Leben zu mir gesagt hätte! Aber da steht er, dahinten, und wischt sich den Schweiß von den Händen. Welcher Mann schwitzt überhaupt in der Hand?

– Aber ich will doch, flüstert Charlotte, ich will doch nur tanzen mit Franziska.

Sie ist nicht betrunken, kann nicht betrunken sein von ihrer Apfelschorle, und trotzdem dieses sphärische, entrückte Sprechen. Ich denke: Ist sie immer so? Warst du auch so, am Anfang, vor dem obligatorischen kleinen Ekel, den obligatorischen kleinen Streits?

– Ist ja gut, sage ich.

Ist es nicht, denke ich, natürlich nicht: Georg blickt mich zwar an, aber ohne Eifersucht, ohne Wut, so, wie man einen besonders hübschen Schrank anschaut.

– Ich will tanzen, sagt Charlotte leise.

Max macht: Schsch, legt sich einen Finger an den Mund. Er fasst Charlotte an den Schultern.

– Ich will tanzen, sagt die Kleine, bestimmter diesmal, so laut, dass alle es hören müssen.

– Dann lass sie doch, sage ich. Einfach so: Lass sie doch. Weil ich das tatsächlich denke: Ist doch schön, wenn es wenigstens einem hier richtig gut geht. Max fixiert mich, zieht die Brauen zusammen, bleibt so stehen, wie in einem Filmstill. Jetzt könnte die Kamera um ihn herumlaufen und ihn von allen Seiten filmen, wie er da steht und mich fixiert wie ein Stierkämpfer.

– Bitte, sagt er, bitte! Mit zusammengepressten Zähnen, als dürfe ihn niemand hören.

Warum das Theater?, denke ich. Ist doch niemand da außer uns sechsen. Clara raucht amüsiert, Frank trinkt aus ihrem Glas, Georg hält sich am Tresen fest.

– Genau, sagt jetzt auch Charlotte und schnaubt vorsichtig. Genau, lass mich doch.

– Wir setzen uns jetzt hin, sagt Max, an den Tisch. Wir setzen uns jetzt und trinken eine Cola.

Charlottes Augen vergrößern sich. Ihr blondes Haar stößt an die Schultern. Eigentlich ist sie schön, denke ich. Auf den ersten Blick wirkt sie zierlich, mit ihren schmalen Fingern und Füßen, aber in ihrer Gestalt ist etwas Bäuerliches, Untersetztes, wie fränkische Mädchen das haben. Und sie hat glatte, weiße Haut und ein herzförmiges Gesicht, das jetzt kindlich ist und süß und später auch noch kindlich sein wird, aber nicht mehr süß, nur gealtert.

– Max?, sagt sie, fast ohne Ton. Du schämst dich für mich, oder?

Max hält die Luft an, erwidert ihren Blick, überrascht, vielleicht ertappt. Er wird ein bisschen rot, dann schaut er Charlotte fast betroffen an, streicht sich die zu lang gewordenen Stirnhaare hinters Ohr und macht einen kleinen Buckel, um mit ihr auf Augenhöhe zu sein. Er spricht leise und eindringlich. Was würde ich darum geben, würde einmal so mit mir gesprochen! Mit diesem nach vorn geneigten Kopf, diesem Blick, als würde ein Leben auf dem Spiel stehen!

– Nein, sagt er, das hast du ganz falsch verstanden, Süße. Ich dachte einfach, es ist Zeit, sich hinzusetzen. Hör mal …

Charlottes Augen füllen sich mit Tränen. Mein Gott, denke ich, was für ein Theaterstück! Wir sind wie Chabrol-Figuren, die stundenlang über eine Kleinigkeit reden, völlig unverhältnismäßig. Jetzt würde ich uns gern von oben sehen. Clara, die mit übereinandergeschlagenen Beinen raucht, Frank, der mit diesem halb schwachsinnigen Grinsen eben Aufgewachter aus ihrem Glas trinkt, Georg, der uns anstarrt, nicht schaut, nicht guckt, sondern starrt, oder: glotzt, wie ein Tier. Dabei ist nichts passiert! Es ist nichts passiert, denke ich. Die Gäste schlafen, das Geschirr ist kaputt, und wir haben noch ein bisschen getanzt.

– Glaubst du, ich weiß nicht, was ich will? Findest du, ich mache mich lächerlich? Uns beide?

Jetzt weint Charlotte. Muss das sein?, denke ich. Sie weint, und sofort sind da ein Haufen Tränen, und ihre Stimme schwimmt.

– Hör mal, Charlotte, sage ich, lass uns einfach hinsetzen und noch was trinken, ist doch nichts passiert.

– Genau, sagt Georg.

Endlich! Georg kommt herüber und legt einen Arm um Charlotte.

– Franzi hat es nicht so gemeint. Manchmal übertreibt sie ein bisschen. Sie meint das ganz bestimmt nicht so.

– Wieso übertreiben …?, heult Charlotte mit schon ganz kleinen Augen.

Alles, was wir sagen, kann es nur schlimmer machen. Das wollte ich nicht, denke ich, das ganz bestimmt nicht.

– Und außerdem findet überhaupt niemand, dass du dich lächerlich machst. Oder, Max? Franziska?

Und dann lacht Clara. Ich denke noch, ob sie wirklich? Aber sie lacht. Ich sehe sie hinter Max' Rücken sitzen und lachen, mit zurückgeworfenem Kopf. Frank beobachtet sie.

– Na los!, ruft er und spuckt Rauch aus seinem Mund. Grundsatzdiskussion!

Er sieht zu Clara hinüber, aber die wendet sich ab, davon lässt sie sich nicht beeindrucken, sie will sich mit niemandem verbünden. Frank hat keine Ahnung, denke ich, der soll bloß die Klappe halten.

Max ist irgendwie aus dem Takt gekommen, und niemand weiß, warum die anderen schweigen. Clara guckt aus dem Fenster, als wäre nichts gewesen.

– Süße, versucht Max es noch einmal. Ich wollte nur, dass Franziska dich da raushält.

Jetzt ist Charlottes Weinen wieder da.

– Ich wollte nur, sagt Max. Ich wollte nur, dass Franziska dich da raushält.

– Wo raushält?

– Wo raushält?, fragt auch Georg, leise wie ein Echo.

– Aus diesem bescheuerten Spiel.

– Spiel?

– Süße, merkst du denn nicht …

– Moment, sage ich. Moment.

Du hättest sie alle auf ihre Zimmer schicken sollen, denke ich, spätestens nach der Sache mit den Gläsern. Georg hätte mir das Ganze erklärt, und fertig. Alles andere ist absurd. Was machen wir überhaupt hier? Was ist nur los mit uns? Wir sind frei. Wir stecken nicht im Aufzug fest, wir sind nicht eingesperrt, wir sitzen nicht in einer entführten Maschine. Wir können jederzeit gehen.

– Welches Spiel?, frage ich.

– Na dieses Ding, das da läuft zwischen dir und Georg. Glaubst du, niemand merkt das?

Ich lache.

– Was für ein Spiel meinst du genau, Max?

– Wenn ihr Beziehungsprobleme habt …

– Oho, wer sagt denn, dass …

– Wenn ihr Probleme habt, Franziska, dann tut mir das leid. Aber niemand kann was für die Sache mit dem Geschirr. Niemand kann was dafür, dass Georg sich nicht äußert.

Okay, denke ich, jetzt ist es raus, oder: Jetzt ist es passiert, dabei weiß ich gar nicht, was genau. Charlotte hat vor Schreck in ihrem Weinen innegehalten, sie lässt Max ihren Nacken streicheln, ihre Hand nehmen, als wäre sie todkrank oder etwas in der Art. Frank gurgelt Ramazotti, ich bete, dass er die Klappe hält. Clara beugt sich in ihrem Sessel vor und steckt eine neue Zigarette an der alten an, die erst halb zu Ende geraucht ist. Dann hebt sie den Blick und mustert mich, genau mich, nicht Georg oder Max oder Charlotte, sondern mich.

– Es tut mir leid, Max, sage ich, wenn du da etwas falsch verstanden hast. Ich wollte Charlotte nirgendwo reinziehen. Wir haben uns einfach amüsiert. Oder, Charlotte? Also entschuldige bitte das Missverständnis.

Niemand sagt etwas. Dann sage ich: Wir sind alle ein bisschen betrunken, sonst gar nichts, da ist man halt mal übermütig. Kein Grund, melodramatisch zu werden.

Ich lache. Ich denke: Warum fragst du dich nach jedem Satz, ob sie es schlucken? Ist das der gleiche Grund, weswegen du Herzjagen bekommst, wenn sich ein Polizeiwagen nähert? Ich hake mich bei Georg unter, Georg hält meinen

Arm fest, als könnte der abfallen. Absurd!, denke ich. Total absurd, das Ganze!

– Okay, sagt Max und fasst Charlotte wieder an den Schultern. Ich glaube, es ist dann auch langsam Zeit zu gehen.

Er hat das wie eine Frage ausgesprochen, aber Charlotte erwidert nichts.

– Es ist ja auch schon spät, fügt er hinzu, schiebt den Ärmel seines Hemdes hoch und tut so, als würde er auf eine Uhr schauen, dabei trägt er keine.

– Bitte, sage ich, so können wir doch jetzt nicht auseinandergehen.

– Nichts für ungut, sagt Max nur, mit einer Stimme wie ein Apotheker, und Charlotte versteckt ihren Kopf in seiner Achsel.

– Wir sehen uns ja morgen in der Kirche.

Er schiebt Charlotte an den Schultern zur Tür, dreht sich noch einmal um, lächelt unbestimmt, und sie verschwinden.

Ich bin schon wieder so müde. Ich fasse nach dem Babyfon in meiner Tasche. Es ist alles genauso wie mit Markus in Italien. Markus war auch nie eifersüchtig. Dabei hatte ich die schönsten Brüste am ganzen Strand! Markus tat so, als ob er schlafen würde, alle Männer tun gern so, als ob sie schlafen würden. Am nächsten Tag waren wir auf dieser Strandparty, und es war die Musik und der Rum, die mich traurig machten. Ich habe mit einem Italiener getanzt, und Markus hat an der Seite gestanden und mir mit seinem Cocktail zugewinkt. Hat einfach da gestanden und gegen einen Lampion getippt und mir mit seinem blöden Cocktail zugewinkt. Dann spielten sie diesen Schmusesong, und das war einfach zu viel. Diese blöde Musik und der blöde Rum und Markus, der mir mit seinem blöden Cocktail zuwinkte. Dann habe ich den

Italiener geküsst. Das war das erste Mal, dass Markus eifersüchtig wurde. Er ist zum Zeltplatz zurückgegangen und hat sich hingelegt, und am nächsten Morgen haben wir gefrühstückt, als wäre nichts passiert, und dann hat Markus gesagt: »Du weißt aber schon, dass ich dich jetzt verlassen muss.«

Ich ziehe die Träger meines Kleides gerade und lehne mich auf die Bar. Frank steht plötzlich neben mir, mit einem neuen Glas. Er schiebt einen Schluck Whiskey zwischen den Backen herum und beobachtet mich. Georg steht auf der anderen Seite, seine Schulter berührt meine.

– Willst du noch was trinken?

Willst du noch was trinken, fragt er und lächelt. Ich überlege, ob ich wütend werden soll. Dabei ist das doch genau der Grund, warum ich mit Georg zusammen bin, warum ich mir die Mühe mache, ihn zu lieben, genau ihn und keinen anderen. Weil er nämlich Sätze wie: »Es gibt kein schlechtes Wetter, es gibt nur schlechte Kleidung« ernst meint, weil er so ist, wie ich niemals sein wollte, und weil er darin so gut ist, dass es einem Angst machen kann. Ich flüstere: Kannst du kurz übernehmen? Wir gucken ernst und verliebt. Georg legt eine Hand auf meine und stößt sich vom Tresen ab.

– Also, wer spielt eine Runde Kicker mit? Frank? Eine Runde Kicker?

Ich mache die Augen zu und wieder auf. Zu und wieder auf. Weitermachen, denke ich, nichts anmerken lassen. Aber was überhaupt? Es ist doch gar nichts passiert.

Ich schlendere zu Clara an den Tisch, die sich gerade die Wangen pudert. Sie schiebt die Dose zurück in ihren Strumpf und steht auf.

– Wer gewinnt?, ruft sie, und wir gehen nach hinten, wo die Männer sich über den Kicker beugen.

## FÜNF // MAX

Man darf den Leuten nicht alles durchgehen lassen, da macht es auch keinen Unterschied, dass ich Franziska seit der Schule kenne. Ich bin auch nicht wütend oder so, das heißt, vor ein paar Minuten war ich es noch, aber jetzt fühle ich mich einfach nur erschöpft und leer, wie nach einem besonders anstrengenden Arbeitstag, und im Grunde war es ja nichts anderes.

Wir laufen über den roten, irgendwie neu aussehenden Teppich, und in den auf Barock getrimmten Spiegeln an der Wand sehen wir uns und unsere Augenringe, also eigentlich nur meine Augenringe, und Lottes verschreckten Blick.

»Schatz?«, fragt Lotte mit kleiner Stimme.

»Ja?«

»Warum hast du mich da weggeholt?«

Lotte hat eher runde als mandelförmige Augen, Kuhaugen, sagt man, glaube ich, oder, wenn man es schmeichelhafter formulieren will, Rehaugen. Mit denen sieht sie mich jetzt an, und selbst wenn ich mich ein bisschen für sie geschämt habe, was sehr wahrscheinlich ist, werde ich es ihr natürlich nicht sagen. Abgesehen davon finde ich Scham auch nicht schlimm, aber Lotte ist so verliebt und so unsicher in ihrer Verliebtheit, dass sie überall Symbolisches wittert und bei der kleinsten Sache pathetisch wird und alles infrage stellt. Mit Sandra war das am Anfang auch so, ich nehme an, das ist etwas typisch Weibliches.

»Süße«, sage ich, »es tut mir leid. Lass uns einfach aufs Zimmer gehen, ja?«

Lotte bleibt stehen. Wir sind nur noch ein paar Schritte vom Aufzug entfernt. Ich lege den Kopf schief und zwinkere ihr zu, aber sie bleibt einfach stehen, hält sich mit der rechten Hand den linken Arm, der gerade an ihrer Seite herabfällt, als wäre er gelähmt. Neben ihr an der Wand posiert ein dicker, weißer Gipsengel, der ein Hohlkreuz hat und an einer Weinrebe kaut. Ich weiß nicht, warum, aber in diesem Licht und mit dieser Haltung hat Lotte etwas wirklich Jämmerliches. Nicht jämmerlich im Sinne von kümmerlich, eher jämmerlich im Sinne von erbarmungswürdig. Wie ein trauriges kleines Gespenst steht sie da in ihrem blau geblümten Kleid. Ein bisschen sieht sie aus, als wäre sie an einem Rastplatz vergessen worden, an einem dieser toten Rastplätze im Osten, wo die Küchenfrauen die meiste Zeit rauchend vor den ungeputzten Panoramafenstern sitzen und mit ihren schlecht lackierten Nägeln auf den Bistrotischen herumklappern. Ich bin mir sicher, dass sie so gar nichts davon weiß, wie sie wirkt. Das gefällt mir.

»Nein«, sagt Lotte und schüttelt den Kopf, dass ihr Pony über den Augenbrauen tanzt.

»Bitte, Süße, mach keinen Ärger.«

Lotte holt tief Luft.

»Ich will dir keinen Ärger machen, wirklich, Max, aber du kannst dich da nicht immer rausstehlen. Du kannst dich nicht ewig davor drücken, mir eine Frage zu beantworten.«

»Okay, gut. Welche Frage?«

»Ob du dich für mich schämst.«

»Hör mal, Süße ...«

»Nein, nicht dieses ›Hör mal‹ ...«

Lottes Schultern fallen herunter. Sie legt sich die Hände vors Gesicht und zuckt hysterisch.

»Du bist ja ganz durcheinander.«

Ich laufe zurück, nehme Lottes Kopf zwischen die Hände und ziehe ihn an meine Brust. Dann warte ich, bis sie sich einigermaßen beruhigt hat, ehe ich sie vorsichtig zum Aufzug schiebe. Dabei fällt mir auf, dass es hier irgendwie kühl ist. »Wie in amerikanischen Bürogebäuden«, denke ich, »wo sich die Europäer immer erkälten.« Es muss gegen Mitternacht sein, und aus den Augenwinkeln sehe ich einen Hotelangestellten durch die Flure schleichen. Wahrscheinlich spielt er die ganze Nacht Tetris oder legt Patiencen, aber im Augenblick beobachtet er uns, nicht misstrauisch und aufdringlich, eher, wie Menschen an der Bushaltestelle einen beobachten.

Ich habe Lotte schon fast so weit, als sie sich kurz vor dem Aufzug gegen die Wand stemmt.

»Süße, bitte, was soll denn das.«

Ich versuche, ihre Hände von der Wand zu lösen, und Lotte ächzt und hält sich weiter fest. Sie wehrt sich, als ich sie an den Schultern packe und zu mir heranziehen will. Und dann kommt auf einmal der Hotelangestellte aus dem Flur auf uns zu, bleibt direkt vor uns stehen und sagt: »Auf ihrem Zimmer ist ein Gespräch für sie«, und Lotte lässt los, so dass ich sie in den Aufzug bugsieren kann.

Wir fahren zurück ins Erdgeschoss, gehen an der leeren Rezeption und den Bistrotischen vorbei in den linken Gang, Zimmer 17, ich schiebe die Karte in den Schlitz neben der Tür, und eine grüne Lampe leuchtet auf.

»Aber das Telefon klingelt ja überhaupt nicht«, sagt Lotte, geht zum Schreibtisch, nimmt den Hörer ab und lässt ihn wieder auf die Gabel fallen.

»Dann eben nicht.«

Sie setzt sich auf einen Sessel und sieht aus dem Fenster.

Ich nehme unsere Taschen und trage sie zum Bett. Bei der Ankunft haben wie sie nur schnell neben den Eingang geworfen, weil wir spät dran waren. Ich stütze mich gegen den Türrahmen zwischen Flur und Zimmer und sehe mich um. Es ist gemütlich, aber nicht zu sehr, unverbindlich, wie Hotelzimmer eben sind. Rechts steht das Bett und links der Schreibtisch, daneben ein Fernsehtisch mit Fernseher, und darunter die Minibar. Geradeaus befindet sich ein Fenster, und vor dem Fenster eine kleine Sitzgruppe mit Polstermöbeln. Der dunkelblaue Teppich mit Rauten ist der gleiche wie in hundert anderen Hotels, in denen ich schon war. Aber das Seltsamste sind die Wände. Überall hängen Abzüge alter Stiche aus Biologiebüchern oder Lexika. Darauf sind realistisch gemalte Tiere abgebildet, in Farben, die auf alt gemacht sind, und darüber und darunter stehen in eckigen Klammern zum Beispiel ihre lateinischen Namen, Angaben über ihren Lebensraum, ihre Ernährung und ihr Brutverhalten. »Das ganze Hotel ist ein einziger Haufen Zitate«, denke ich, »wahrscheinlich gibt es keinen Stil und keine Epoche, die von den Architekten nicht berücksichtigt worden sind.« Ein Hotel ohne Geschichte, ausschließlich für Touristen aus dem Boden gestampft, und trotzdem kann man nicht behaupten, die Zimmer seien geschmacklos. Die Wände sind hoch, und die Ausstattung ist modern. Und an der Rezeption, an der Bar und was weiß ich, wo noch, sitzen diese stillen Jugendlichen, die darin ausgebildet sind, unsichtbar zu sein. Sie stehen beim Frühstück plötzlich hinter einem und gießen Kaffee nach, ohne dass man es bemerkt, sie grüßen einen so leise, dass einem ihr Gruß erst Minuten später ins Bewusstsein dringt, und sie sitzen mit geradem Rücken und zurückgekämmten Haaren hinter irgendwelchen Tresen und lächeln einen ständig an, selig und irgendwie hintergründig, wie die Mona Lisa.

»Ich gehe duschen«, sagt Lotte.

Ich sehe ihr in die Augen.

»Darf ich mitkommen?«

»Wenn du willst.«

Lotte macht eine trotzige Bewegung mit der Hand und steht aus ihrem Sessel auf. Sie gähnt, verrenkt ihre Arme, um an den Reißverschluss ihres Kleides zu kommen, und zieht ihn auf, so dass ein Dreieck ihres weißen Rückens sichtbar wird. Sie lässt das Kleid an ihrem Körper hinabrutschen, steigt heraus, gähnt wieder und setzt sich auf die Bettkante, um sich die Stumpfhose von den Schenkeln zu streifen. Dann sitzt sie mit rundem Rücken vor mir, befreit ihre Brüste aus dem BH, zieht den Schlüpfer über die Knie und strampelt ihn von den Füßen. »So«, sagt sie. Dann tapst sie zur Badezimmertür, und ihre Pobacken bewegen sich beim Laufen. Sie klatscht mit der flachen Hand ein paarmal gegen die Wand, bis sie den Lichtschalter trifft, dann verschwindet sie hinter der Tür.

Ich ziehe mich hastig aus, werfe die Sachen über einen der Sessel und beeile mich, ins Bad zu kommen. Mein Pimmel ist schon halb steif geworden, ich schiebe ihn vor mir her. »Du darfst immer, wenn du willst«, hat Lotte am Anfang gesagt. Welcher Mann würde sich nicht darüber freuen?

Lotte steht in der Dusche und knetet in ihren Haaren herum. Ihre Brüste stehen spitz nach vorn, wie zwei Pyramiden, und ich denke daran, wie sie sich anfühlen. Ich steige in die Badewanne, berühre ihren Rücken mit der Hand, und ihren Po. Lotte dreht sich um. Im ersten Moment sind ihre Augen erschreckt, dann lächelt sie. Sie fasst nach meinem Pimmel, zieht ihre Unterlippe zwischen die Zähne und macht einen kleinen Ton, ein Juchzen oder Quieken.

»Willst du?«, fragt sie leise, und schon hält sie mir ihren Po hin, dass ich sie von hinten nehmen kann. Sie stützt die Hände an den Fliesen ab, und das Wasser läuft ihr über die Haare, die sich wie nasser Stoff um ihren Hals legen. Ich schiebe mit dem Finger ihre Schamlippen auseinander. Lotte hat genau die richtige Größe für so etwas.

Nach ein paar Minuten ist es fast so weit. Wenn sie sich halb zu mir umdreht, sehe ich ihre Brüste, darauf konzentriere ich mich, auf ihr Wippen und die Form. Dann wieder sehe ich ihre an den Fliesen abgestützten Hände, wie die Gelenke weiß werden, wie sie sich manchmal kurz verkrampfen, das erregt mich. Lotte macht alles richtig, sie bewegt die Hüften und stöhnt leise, auch wenn ich weiß, dass sie so nicht kommen kann, und sie hält die Lippen halb offen. Dann merke ich, dass mein Hintern kalt wird. Der Strahl der Dusche reicht nicht aus, und von irgendwoher zieht es. Jetzt ist es Zeit für die Bilder. Ich rekonstruiere zwei, drei Szenen aus Pornos. Ich habe nicht viele Pornos gesehen, den letzten, als Sandra mich verlassen hatte, aber ich kann mich sehr genau an alles erinnern, weil ich ein fotografisches Gedächtnis habe. Also rufe ich mir die wichtigsten Szenen in Erinnerung, dann geht es leichter. Einmal bin ich kurz davor, aber dann macht Lotte eine ungünstige Bewegung. Sie wird müde, ich merke, dass sie die meiste Zeit auf Zehenspitzen steht. Ich halte ihre Pobacken mit beiden Händen, knete sie ein bisschen und konzentriere mich auf unsere Geräusche und die Bewegung. Ein paar Minuten später gebe ich auf.

»Es tut mir leid, Süße«, sage ich, »es geht gerade nicht.«

Ich ziehe meinen Pimmel aus ihr heraus, und als ich sie zu mir umdrehen und ihr einen Kuss geben will, hebt sie die Arme, wie, um mich abzuwehren.

»Nichts zu machen«, sage ich, »da war einfach zu wenig Reibung.«

Lotte reißt mir den Duschkopf aus den Händen. Sie lässt sich das Wasser über den Bauch laufen und wäscht sich zwischen den Beinen. Sie starrt mich an.

»Wie kannst du so reden«, zischt sie, »wie kannst du.«

Ich weiß nicht, was sie meint, und versuche, ihr Gesicht zu streicheln, aber sie packt mich am Handgelenk und schleudert meinen Arm so gewaltsam von sich, dass ich beinahe auf den Fliesen ausrutsche.

»Süße …«

»Nein, nicht Süße! Wie kannst du nur so reden! Wie kannst du nur.«

»Was ist denn los?«

»Reibung! Mein Gott, das ist ja widerlich.«

»Aber warum denn?«

»Hast du nicht immer gesagt, unser Sex sei außergewöhnlich? Vollkommen? Erfüllend? Oder so was in der Art?«

»Das ist er ja auch. Ich liebe es, mit dir zu schlafen. Mit dir habe ich den besten Sex meines Lebens.«

»Nichts als Physik und Biologie. Widerlich ist das. Nichts ist daran außergewöhnlich.«

»Jetzt mach bitte kein Drama draus.«

»Ich mache kein Drama draus. Das ist ein Drama! Wenn es etwas zutiefst Tragisches gibt, dann ja wohl diese Szene.

Das war schrecklich. Ich meine: Wir rubbeln hier eine halbe Stunde aneinander herum, dann fallen wir wie Fremde auseinander und duschen uns, als wäre nichts gewesen. Das ist todtraurig! Todtraurig ist das!«

Lottes Stimme ist hoch und dünn. Sie stößt Luft aus, um nicht zu weinen.

»Du überinterpretierst das, Süße«, sage ich, »du überhöhst die ganze Sache mit der Sexualität.«

Lotte schaut mich mit aufgerissenen Augen an.

»Aber ja«, sagt sie, »ich vergaß! Für euch Männer ist Sex ja sowieso nur Druckausgleich! Wie Kratzen, wenn es juckt, ja? Das ist so schrecklich gewöhnlich mit uns. Wir sind schrecklich gewöhnlich. Wir sind uns fern, wir kennen uns nicht!«

Lotte trampelt an mir vorbei, drängt mich zur Seite, damit sie aus der Wanne steigen kann. Sie fällt beinahe hin, und ich halte sie am Arm fest, aber sie reißt sich sofort wieder los. Sie zieht energisch ein Handtuch von der Heizung und wickelt sich ein. Sie zittert.

»Du hast wenig verstanden«, sagt sie, »du hast so wenig verstanden, dabei bin ich die ganze Zeit mit nichts anderem beschäftigt, als mich dir verständlich zu machen.«

»Aber ich verstehe dich doch.«

»Nein«, sagt Lotte langsam, »du verstehst mich nicht. Es fing an, als du dich für mich geschämt hast. Für dich mag das vielleicht nichts bedeuten, aber weißt du, für mich ist Scham ein sicheres Zeichen.«

»Aber wofür denn, Süße?«

»Dass es vorbeigeht.«

»Quatsch.«

Ich friere, weil die Dusche abgestellt ist und ich immer

noch in der Wanne stehe. Das Zimmer ist voller Dampf, und Lotte steht weit weg von mir, in der Nähe der Tür, und hält mit ihren Händen das Handtuch fest vor der Brust zusammen.

»Wenn man sich für jemanden schämt, bedeutet das, dass man für einen kurzen Moment konform geht mit irgendwelchen komischen gesellschaftlichen Regeln, es ist, als würdest du dich mit denen da draußen gegen mich verbünden, verstehst du? Man ist nicht mehr intim und innig, dieser Strom, weißt du, diese dauernden Berührungen, all das reißt ab, weil man ein trennendes Gefühl entwickelt, eines, das die Intimität stört. Und hat man dieses Gefühl erst einmal zugelassen, steht es erst einmal zwischen einem, ist es wie ein Geschwür, und es wird weiter um sich greifen, wie eine Krankheit, ein Virus, es wird alle Bereiche erobern, bis man die da draußen nicht einmal mehr braucht, um Scham für den anderen zu empfinden. Scham ist nichts Zwingendes, nichts Sinnvolles und Richtiges und Begründbares, man muss keine Scham empfinden für den anderen, wenn man sich liebt. Wen man liebt, der kann einem gar nicht peinlich sein, denn was ist Liebe, wenn nicht dieses Gefühl von Richtigkeit?«

»Jetzt hör mal …«

»Ich höre nicht. Ich höre nicht! Es ist vorbei, verstehst du das? Wenn es erst einmal so weit ist, dass etwas so Unkontrollierbares zwischen uns steht, verstehst du? Ich meine, ich kann dagegen nicht ankommen, es wird mich einfach überrollen … Ich meine, ich kann es dir nicht verständlich machen, du verstehst mich nicht, wenn ich sage: Ist es nicht schrecklich, dass du dich für mich schämst, dass ich dir peinlich bin, dass du, wenn auch nur für Sekunden, den Wunsch hast, dich von mir zu distanzieren? Du verstehst das sicher nicht, ich meine, du glaubst, ich bin hysterisch, ich bin einfach noch zu verliebt und das wird sich alles schon noch legen, wahrscheinlich hältst du mich für eine hoffnungslose Idealistin, und für naiv und dumm dazu, aber weißt du, das, was ich sagen will, lässt sich nicht anders verständlich machen als dadurch, dass ich es immer wieder ausspreche …«

Lotte wirft das Handtuch auf den Boden und läuft nackt aus dem Badezimmer. Ich stelle die Dusche ab, reibe mich trocken und öffne vorsichtig die Tür. Lotte sitzt auf dem Bett, mit dem Gesicht zum Fenster. Auf ihrem Rücken glänzen Wassertropfen. Ich ziehe meine Unterhose an und lösche das Deckenlicht. Die Leselampen werfen birnenförmige Lichtflecken auf die Wand. Als ich Lotte an der Schulter berühre, zuckt sie zusammen.

»Hast du dich beruhigt?«, frage ich.

Sekunden danach steht sie langsam auf, so langsam, dass ich es erst spät merke, erst, als sie vor dem Fenster steht, die Läden aufreißt und ein Bein auf den Sims hebt. In dem Moment blickt sie sich nach mir um, ich erhebe mich, wie im Traum, und gehe reflexartig in ihre Richtung, ohne zu verstehen, was passiert. Lotte hält sich an den Läden fest, zieht sich nach oben, stößt sich ab, hockt nackt auf dem Fenstersims. In dem Moment umfasse ich ihren Körper, schlinge meine Arme um ihren Rücken, presse die Hände fest auf ihren Bauch und höre, wie sie atmet. Ihr Haar berührt meine Stirn. Von draußen strömt Nachtluft um uns herum. Es ist so still, dass ich mir einbilde, die Insekten zu hören, die sich in den Lichtkegeln der Straßenlaternen zum Tanzen treffen. Lottes Bauch hebt und senkt sich.

»Das musst du verstehen, Max.« Lotte flüstert. »Wenn du unsere Liebe infrage stellst, wenn wir uns fern sind, wenn wir verunsichert sind, habe ich nichts. Ich bin dann so hilflos, dass nichts mehr einen Sinn macht. Es macht keinen Sinn wach zu sein oder zu schlafen, es macht keinen Sinn, mich abzulenken, es macht keinen Sinn, etwas zu sagen oder auch nur weiterzugehen. Wenn ich das Gefühl habe, du bist weg, ist die Welt gegen mich, jedes Auto, das hupt, hupt, damit ich erschrecke, jedes Lachen ist ein Lachen über mich, und alles ist mir lästig. Selbst die Menschen sind dann nicht mehr als eine Horde Insekten, Käfer, die sich über alles hermachen, und es zählt nichts, überhaupt nichts, nur wie es zwischen uns steht …«

## SECHS // CLARA

Wie Kinder sind wir, betrunken, übrig geblieben, pathetisch umklammern wir unsere Gläser und träumen und denken Schlechtes voneinander. Aber alles ist besser als schlafen. *Hörst du, Niklas: Alles ist besser als schlafen.*

Was machen die Männer? Sie schreien und trinken Jägermeister aus kleinen Gläsern, die auf der Glasplatte des Kickers aufgebaut sind. Frank liebt Wettbewerbe, Frank, mein Zwischenmann ohne Gefühle und Ausdauer, in dem die Gedanken aufsteigen wie Blasen in einer Flasche. Frank, dem ich einen kleinen, harten Kuss zuwerfe, der ihn hoffentlich an der Stirn trifft.

Ich liebe Jägermeister, sagt Georg laut. Ich liebe Polterabende. Vor allem, wenn es mein eigener ist, haha. Aber es klingt anders, als wenn Frank es sagen würde.

Sie sind beim fünften Glas, und Franziska fährt sich aufgeräumt durchs Haar, rührt aufgeräumt in ihrem grellen Cocktail, ehe sie sagt: Ich weiß nicht, Georg, ob das so gut ist, du verträgst solche Mengen doch gar nicht.

Und was soll ich denken? Ich stehe auf und laufe ein bisschen herum, vor den Sofas, und höre mir dabei zu. *Man brauchte ein ganzes Leben, um ein Leben zu erzählen, sage ich dir.* Auf dem Tisch haben wir eine Armee leerer Gläser und Flaschen zurückgelassen, voll mit Spuren unserer Finger und Lippen. Das erinnert mich an unfertige Autobahnbrücken, an kaputte Schirme, an ungepflegte Gärten, an vertrocknete alte Menschen, an Zeitungen vom Vortag. Man kann zusehen, wie unsere Abdrücke langsam im Polster verschwinden.

Hinter dem Sofa sind auf einem Sims vier gleiche Vasen mit gleichen falschen Blumen aufgestellt. Warum macht mich Geometrie immer so melancholisch? Oder ist es die Uhrzeit? Vor zwei Stunden haben wir noch im Garten getanzt. Aber jetzt ist vor dem Fenster nichts, nur plumpe Dunkelheit, als hätte jemand Teer ausgeschüttet und gesagt: Es werde Nacht. Eine Handvoll Bäume, ein Pflasterweg, ein Parkplatz, eine Straße, oder besser: ein Weg. Kein einziger Wagen holpert vorbei, um mir mit einem kläglichen Geräusch Recht zu geben. Welt, rühr mich! Ich habe es so satt, melancholisch zu sein. Mein Kopf liegt unter Wasser, und die Geräusche und Lichter und Farben brauchen lange, bis sie mich erreichen, selbst mein eigenes Sprechen kommt von draußen herein wie ein nasser Hund.

Tut mir leid, höre ich Georg sagen, da kann ich wirklich nicht mehr mithalten.

Ich drehe mich um. Georg steht vorgebeugt neben Frank, er wischt sich mit der Hand über den Kopf, so fest, als hätte jemand etwas auf seine Glatze geschrieben. Drei Wülste bilden sich über seinen Brauen. Er grinst und schlägt Frank hart und linkisch auf die Schulter. Ich würde ihn gern malen, aber nur jetzt, in diesem Moment, wie er da steht in seiner ganzen monströsen Körperlichkeit, ihn würde ich malen, ihn und seine Komplexe und Franziska, die neben ihm strenge Blicke in die Tischplatte hämmert. Ihn und Franziska und uns gleich mit, uns mit unserem mittelmäßigen Äußeren, unserer mittelmäßigen Intelligenz, unseren mittelmäßigen Möglichkeiten, weil sich das alles sowieso für nichts eignet als für die Kunst, die die Makel liebt, die Mängel und Leerstellen und Fehlfunktionen, und davon haben wir viele, wir hübsch herumstehenden Antihelden mit unseren Zigaretten und Meinungen.

Na, Stulle?

Ich kneife die Augen zusammen, um die Unschärfe zu vertreiben. Frank steht neben mir, schiebt die falschen Blumen zur Seite und setzt sich auf den Fenstersims, zieht mich auf seinen Schoß. *Jetzt muss ich reden, und dabei habe ich das doch verlernt.*

Und, wie ist sie so?, flüstere ich.

Wer?

Franziska. Gefällt sie dir? Sie passt in dein Muster.

Ich weiß nicht. Wenn du meinst, dass sie so auf interessante Frau macht …

Ach, ihr habt da eine eigene Kategorie für? Interessante Frau?

Ich muss lachen. Frank grinst. Er zieht einen Träger meines Kleides hoch und lässt ihn zurück schnippen.

Siehst gut aus heute Abend.

Ja?

Sehr gut.

So sind die interessanten Frauen. Schluss jetzt mit den Komplimenten.

Aber wieso denn …

Frank macht schon wieder an den Nähten und Öffnungen meines Kleides herum.

Du bist ein Ficker, sage ich. Ein elender Ficker.

Aber das kann Frank nicht erschrecken. *Wie mich das anödet, mir zuzuhören! Alles wird mir schwer, Niklas, sogar, mich selbst zu spielen. Es muss lange her sein, dass ich einmal gut darin war.* Jetzt schiebt Frank die Lippen vor wie ein Fisch und legt den Kopf schief.

Komm schon, lass uns ein bisschen hochgehen.

Ist es dringend?

Ach bitte.

Hältst du es nicht wenigstens noch ein paar Stunden aus?

Wenn du willst, sage ich dir sogar, dass ich dich liebe.

Geh mir bloß weg mit Liebe, du Pferd!

Gut, dann nicht. Aber ich könnte es manchmal schon sagen, macht mir nichts aus. Manchmal in der Früh zum Beispiel, wenn du so neben mir liegst und kaust.

Ich kaue? Oh Gott! Wir sind zu alt, um uns beim Schlafen zuzusehen, weißt du das nicht?

Du bist alt.

Frank beißt mir in den Hals, so sehr, dass es wehtut, wie ein Vampir schlägt er seine Zähne in meinen Körper. Ich könnte schwören, er riecht nach Testosteron, muffig und buttrig, wie alle Männer nach dem Sex riechen, aber er riecht immer so.

Dann zieht er mich vom Fenster weg, und ich sehe uns in der Scheibe verschwinden, in der Mitte zwischen zwei Sternen.

Franziska schlägt die Hände zusammen und lässt sich in die Couch fallen. Morgen heirate ich!, sagt sie. Trallali, trallala. Sie sagt es noch einmal mit höherer Stimme, dann seufzt sie und streichelt ihr Kleid über den Knien.

Und, Haus schon gekauft?, fragt Frank und nimmt seine Hände von mir. Jetzt kommt auch Georg herüber und krempelt seine Ärmel hoch, setzt sich neben Franziska.

Ein Grundstück haben wir schon, sagt er.

Ist ja auch Zeit, sagt Franziska. Ich meine, jetzt, mit Josephine. Wenn man sich sicher ist …

Und das Haus baust du selber, sagt Frank zu Georg, haha.

Ja, wir haben da Freunde … Aber günstig wird das nicht.

Wie viel verdient man denn so als Bibliothekar?

Kommt drauf an.

Und dann muss ja auch bald ein Kombi her, dann ist es vorbei mit der Freiheit.

Franks Lachen klingt wie Steine, die von sehr weit oben auf den Boden fallen. Morgen heirate ich, sagt Franziska, trallali, trallala. Und ihr? Wollt ihr nicht auch heiraten?

Ich mache wieder einen Schritt auf das Fenster zu.

Frank sagt: Ach, irgendwann vielleicht, aber nicht Clara! Einmal sollte man das schon gemacht haben im Leben. Er schmeißt sich in den Sessel.

Ich kann nur sagen, sagt Franziska, ich kann nur sagen, es ist herrlich, die ganze Vorbereitung, man hat plötzlich so infantile Wünsche … Ich hätte ja niemals gedacht, dass mir die ganze Sache mit dem Brautstudio so gefällt. Immer sind sie um einen herum und zupfen hier und da, und man bekommt Krönchen aufgesetzt und darf auf den Laufsteg und so weiter. Da wird man direkt wieder zum Mädchen. Sagt sie und seufzt.

Und Frank: Warum kein Junggesellenabschied? Komm, Georg, das wär doch was für dich gewesen. Sammeln gehen, Trinkspiele, Strip-Club.

Nein, ehrlich, sagt Georg, also das fehlt mir jetzt gar nicht.

Ist schon klar, sagt Frank, ich würde an deiner Stelle auch nicht offen reden.

*Nicht zuhören, zählen: Eins, zwei, drei, vier, fünf, sechs, sieben … Und immer so weiter. Mir wird schlecht, Niklas, mein ganzes Leben lang ist mir schlecht, aber ich verhalte mich still, ich übergebe mich nicht, ich rede nicht. Etwas stimmt nicht mit meinem Körper, sage ich dir, er wird alt.*

Aber die Hochzeit machen wir schon ganz klassisch, sagt Franziska. Also mit Kutschen und Oldtimer und Torte und weißem Kleid. Ich hoffe nur, dass die Predigt schön wird, auf so was hat man ja keinen Einfluss. Nicht, dass dann alle ganz schlechte Laune kriegen, weil der Pfarrer so negativ an die Sache herangeht. Eine Freundin hat das erlebt. Der Pastor war eigentlich sehr nett, aber er hat eben die ganze Zeit von Wagnis geredet und dass es schon ein großer Schritt sei und sich die meisten Paare eh wieder scheiden ließen und so weiter. Ich glaube, da bedankst du dich auch als Braut, wenn dann so was kommt.

Aber Recht hat er ja, sagt Frank.

Wer?

Na der Pfaffe, Recht hat er.

Jaja, schon irgendwie, aber trotzdem, man will das an so einem Tag nicht unbedingt hören, meine ich. Ist ja klar, dass in einer Beziehung nicht immer eitel Sonnenschein sein kann, und aus Krisen kann man ja auch wieder Kraft beziehen. Und überhaupt, wenn die Verliebtheit erst einmal vorbei ist, lernt man sich sowieso noch einmal ganz anders kennen.

*Ein Vogel wollte Hochzeit machen in dem grünen Walde, fiderallalla, fiderallalla, fiderallallallalla. Ich will meine Ohren verschließen, fest verschließen, wie man die Nase verschließen kann oder den Mund.*

Das haben wir auch schon erlebt, sagt Georg.

Was?

Ich meine, wir haben uns auch schon ernsthaft gestritten. Das muss ja nichts Schlechtes sein.

*In einer gesunden Beziehung …*

In einer gesunden Beziehung gehört das eben dazu, sagt Georg.

*Natürlich! Und Lieben ist überhaupt so eine Sache. Man kann einmal lieben, zweimal lieben, dreimal lieben, sogar zehnmal. Man kann sehr lieben oder nicht so sehr oder noch weniger. Es gibt die große Liebe und die kleine Liebe und die wahre Liebe und die unerfüllte. Und man kann sich verlieben und entlieben und Liebe machen … Warum können sie nicht über etwas reden, worüber sie auch nur fünf Minuten nachgedacht haben?*

Es ist halt alles eine Entscheidung, sagt Franziska. Am Ende ist alles eine einzige Entscheidung.

Sagt sie und küsst Georg mit einem Mund so spitz wie eine Nadel. Willst du uns noch was zu trinken holen, Schatz?

*Nein, will ich nicht, Schatz. Darüber haben wir gelacht, erinnerst du dich? All diese Paare, die, wenn man zu ihnen hinüberschaut, hektisch ihre Hände verknoten.*

Es ist schon etwas Besonderes, sagt Franziska, so eine Hochzeit. Ich meine, man arbeitet ewig darauf hin, man hängt so viele Hoffnungen daran …

Hoffnungen, sagt Frank, zehn Buchstaben.

Was?

Hoffnungen, zehn Buchstaben. Na los, teste mich.

Was …

Hochzeit, acht Buchstaben. Aber das ist noch gar nichts. Bundeskanzleramt, sechzehn. Schneeverwehungen, siebzehn.

Das hast du doch bestimmt auswendig gelernt.

Nee, ich kann das. Sag halt was, irgendwas.

Keine Ahnung. Autowerkstatt?

Einfach. Dreizehn.

Warte mal, also Auto, das sind vier, Werk, noch mal vier, statt, s-t-a-t-t, fünf, plus vier, plus vier, dreizehn. Stimmt sogar.

Komm schon, noch eins.

Polterabend.

Elf. Billig. Komm, was Schwereres.

Kanalisationssystem.

Neunzehn.

Kana … K-a-n-a …

Weiter.

Wochenendfernsehprogramm. Gibt's das überhaupt?

Vierundzwanzig.

Hör mal, Georg, stell mal das Zeug ab. Hast du das eben mitgekommen? Hast du das mitbekommen? Pass mal auf. Friedhofsverwalter.

Achtzehn.

Kinderzahnspange.

Sechzehn.

Hampelmann.

Zehn.

Verrückt, oder? Ist doch völlig verrückt.

Und wie machst du das genau?, fragt Georg. Siehst du die Wörter dann auch? Ich habe mal eine Fernsehsendung über ein Mathegenie gesehen. Dieser Mann behauptete, er könne Zahlen sehen, wie Landschaften, in unterschiedlichen Farben und Größen …

Ich setz die einfach zusammen. Kinder, sechs, Zahn, vier, Spange, sechs, macht sechzehn. Ganz einfach.

Aber so schnell? Dann visualisierst du es ja im Prinzip doch auf gewisse Weise …

Keine Ahnung, wahrscheinlich. Na los, noch eins.

Georg überlegt. Kannst du auch Himmelherrgottnochmal? Zusammengeschrieben.

Klar. Einundzwanzig.

Du könntest damit, kreischt Franziska, du könntest damit in diese Fernsehshow …

*Du hast immer gesagt: Mach etwas kaputt. Du hast immer gesagt: Auf Irrationales kann man nur mit Irrationalem reagieren.*

Clara! Was ist denn los, himmelherrgottnochmal? Haha, himmelhergottnochmal! Aber ehrlich! He Clara, was ist denn los?

Da stehen sie, Franziska und Georg, und ich halte die Hände noch in der Luft. Da! Die bösen Hände! Um meine Füße hat sich das falsche Grün ausgebreitet, die falsche Erde, und Scherben.

Was ist denn nur los?, fragt Franziska. Geht's dir nicht gut? Ist dir vielleicht schlecht? Clara?

Ich sehe sie an, Franziska, Georg, dahinter Frank, ich schaue von einem zum anderen und nehme mir viel Zeit dafür. Dann forme ich ein Lächeln, ein besonders schönes, ein perfektes Lächeln, und das schenke ich ihnen, einem nach dem anderen.

Topfpflanze, sagt Frank, elf Buchstaben.

Haha, lacht Franziska, haha, und hält sich den Bauch.

Nein, sage ich, mir geht es gut. Ich konnte euch nur einfach nicht mehr zuhören. Ich dachte: Wenn ich jetzt nichts tue, passiert etwas in meinem Inneren. Verstehst du? Es war mir ein dringendes Bedürfnis, etwas kaputt zu machen.

Franziska steht noch immer gekrümmt und mit verzerrtem Gesicht da, nur kurz hat sie widerwillig das Lachen unterbrochen und den Kopf über die Schulter nach mir umgedreht.

Frank sagt: Bedürfnis, neun, mit ue zehn.

Darauf, sagt Georg feierlich, trinken wir eins, auf das Bedürfnis.

Auf alle, sagt Franziska, auf alle Bedürfnisse, groß und klein …

*Und, geht es dir besser?, hast du mich immer gefragt, mit deiner Stimme. Und? Geht es dir besser? Und du hast die kaputte Lampe und den kaputten Schirm rausgetragen, zu den Mülltonnen, am helllichten Tag, so dass die Leute auf der Straße sich nach dir umdrehten … Ich will jetzt ganz lieb sein, Niklas, lieb sein und mir Mühe geben. Ich werde sogar reden. Und wie ich reden werde, pass nur auf.*

## SIEBEN // FRANZISKA

Clara hat den Blumentopf runtergeworfen. Lass sie doch den Blumentopf runterwerfen, denke ich. Ich kann Clara nicht leiden. Ich kenne Clara seit sieben Jahren, und ich kann sie nicht leiden. Ihre ganze irgendwie rücksichtslose Art und Weise. Aber das ist auch egal. Gehen wird sie jedenfalls nicht, dafür kenne ich sie zu gut. Clara geht immer als Letzte, weil sie nämlich in Wirklichkeit schrecklich allein ist. Außerdem bin ich eigentlich fröhlich.

– Kommt, ihr Süßen, trinken wir noch einen Ramazotti zusammen.

– Aber von Ramazotti wird man müde, sagt Clara.

– Dann trinken wir halt Prosecco, sage ich.

– Genau, seien wir schwul, trinken wir Prosecco, sagt Frank.

– Na na, sagt Georg.

Und dann steht der Prosecco schon auf dem Tisch, als wir uns umdrehen. So muss es sein, denke ich, du drehst dich um, und da stehen vier Gläser Prosecco.

– Und jetzt zeige ich euch mal was, sagt Georg, da werden euch die Augen übergehen.

Ich lache und sehe zu, wie er sich Bierdeckel geben lässt an der Bar, wie er eine wirklich hohe Pyramide baut, wie er einzelne Deckel wieder rauszieht, ohne dass die Pyramide zusammenfällt. Und ich mag, wie er redet, und wie er die Zunge innen gegen die Wange drückt, wenn er angestrengt ist.

– Und, ist das etwa nichts?, fragt er dann, und Frank grinst.

– Passt zu dir, Pyramiden bauen, wirklich.

Georg hat ein ganz rotes Gesicht, als er den Kopf wieder hebt, ich kneife ihn in den Nacken und bin verliebt. Es ist egal, dass er nicht besonders hübsch ist, es ist egal, dass er kein Künstler ist, es ist egal, dass er eine Glatze hat, es ist egal, dass ich die Sachen, die er trägt, nicht leiden kann, es ist egal, dass er immer sofort das Licht ausmacht, wenn er aus einem Zimmer geht, es ist egal, dass er ...

– Wer kommt denn da?

Da stehen sie plötzlich: Max und Charlotte, verschämt und zerrupft, und Charlotte sagt:

– Wir haben Hunger.

– Genau, sagt Max, wir haben Hunger, und da dachten wir, vielleicht ist hier was aufzutreiben.

– Was ist denn da passiert?

Sagt Lotte und zeigt mit dem Finger auf den kaputten Blumentopf.

– Clara hat, sage ich.

– Ich hatte Lust, etwas runterzuwerfen.

– Das verstehe ich nicht, sagt Charlotte, einfach so?

– Das hat sie manchmal, sagt Frank.

– Sie hatte etwas gegen unser Gespräch, wenn ich mich richtig erinnere, sage ich. War es nicht so, Clara? Ich glaube, sie mag es nicht, wenn man über Liebe redet.

Clara sitzt einfach so in ihrem Sessel, als wäre sie gerade aufgewacht, sie lächelt abwesend und wie ein Geist, als würde ihr das alles nichts ausmachen. Jetzt zeigst du's ihr, denke ich, sie kann doch da nicht einfach so sitzen.

– Ich glaube, sie hat überhaupt was gegen Beziehungen. Oder, Clara? Ich meine, im Ernst. Kommst hier rein und stellst Frank als deine Übergangslösung vor – entschuldige bitte, Frank, das geht wirklich nicht gegen dich – und denkst, nur weil du die Einzige bist, die keinen festen Freund hat, bist du fein raus … Es ist immer einfach, sich aufzugeben und dann ironisch zu sein.

– Ich bin nicht ironisch, sagt Clara freundlich.

– Ich wollte jetzt darüber auch nicht diskutieren, aber das musste einfach mal gesagt werden. Den einen streiten wir zu viel, den anderen sind wir zu albern … Vielleicht kommt einfach die ganze Welt nicht damit klar, dass wir eine ganz gesunde Beziehung haben, oder, Georg? Eine ganz gesunde Beziehung …

Jetzt sitzt sie da und lacht, aber ich habe gewonnen, du hast gewonnen, denke ich und lege meine Hand auf Georgs Unterarm. Georg sagt:

– Wenn wir Glück haben, hat das Restaurant noch offen.

Charlotte guckt, als wäre gerade ein Elefant vorbeigekommen, Max hält sie an der Taille umfasst, Clara feixt, Frank trinkt, und ich stehe auf, um den Kellner zu suchen. Aber da steht er auch schon neben unserem Tisch und beugt sich vor. Und woher habe ich überhaupt die Zigarette? Ich habe eine Zigarette in der Hand.

– Entschuldigung, sage ich, hat das Restaurant noch offen?

– Um die Zeit nicht. Aber ich könnte Ihnen ein paar kalte Platten machen, wenn Sie mögen.

Der Junge hat ein schmales, spitz zulaufendes Gesicht und steckt in einem schwarzen Anzug, er verschränkt die Arme hinter dem Rücken. Ist das derselbe?, denke ich, derselbe, der uns die Drinks gebracht hat, der Musik gemacht hat? Wenn er lächelt, sieht das aus als wenn ein Hund lächelt, genau so uneindeutig und beängstigend.

– Tun Sie das. Können wir uns trotzdem ins Restaurant setzen?

– Sie haben das Hotel gemietet, sagt er und macht eine komische Geste mit den Armen.

Ich ziehe einen Schein aus meiner Handtasche und winke den Kellner zurück, um ihm den Schein in die Hand zu drücken, da verbrennt er sich an meiner Zigarette. Er zieht die Hand zurück und streift sich die Asche von der Haut. Mir wird heiß, ich drücke die Zigarette aus und stehe so auf, dass mein Stuhl umfällt.

– Entschuldigen Sie, oh, entschuldigen Sie, das …

Wie soll man da um Himmels willen souverän bleiben?

– Das tut mir wirklich wahnsinnig leid, ich hoffe, Sie haben sich nicht …

Und die anderen starren mich an, Frank, Clara, Georg, Max, nur Charlotte tut taktvoll so, als untersuche sie ihren Rock auf Flecken.

– Kein Problem, sagt der Kellner und versucht zu lächeln. Sein spitzes Kinn zittert aber, wie bei Josephine, wenn sie wütend ist und sich noch nicht entschieden hat, ob sie schreien wird oder nicht. Er sieht mich an, ich schaue zurück, und natürlich ist das peinlich, da gibt es nichts, was die Peinlichkeit dieser Situation irgendwie abschwächen würde.

– Ist es schlimm?, fragt jetzt auch Georg, in sachlichem Ton, und der Junge zieht seine Hand zurück, als wollte irgendjemand sie ihm wegnehmen, verbirgt sie unter seiner Achsel und sagt:

– Nichts passiert.

Kurz stehen wir einfach so herum, und es geht weder vor noch zurück, bis Georg endlich den ersten Schritt macht und sagt:

– Also dann.

Er streckt ein Bein aus und winkelt es an, und so verharrt er, bis die anderen Anstalten machen, ihm zu folgen.

Sie gehen vor mir her und reden, ganz normal, oder sie tun so, als würden sie ganz normal reden, sie reden über Fleisch, und alle haben ganz normale Stimmen und sagen normale Dinge. Mir ist schwindelig, und zwar richtig, so schwindelig, als hätte ich ewig lange meinen Kopf nach unten gehalten, bis alles Blut hineingelaufen wäre.

– Also, ich habe ein Kaninchentrauma, sagt Charlotte, seit mein Lieblingskaninchen getötet wurde. Meine Eltern haben mich gezwungen, es zu essen, stellt euch das mal vor!

– Ich habe viele geköpfte Hühner gesehen, sagt Clara, auf dem Dorf ist das üblich.

– Und die laufen dann wirklich noch weiter, so kopflos?, fragt Charlotte.

– Sie rennen nicht durch den ganzen Hof, wenn du dir das vorstellst. Aber sie flattern und bewegen sich, ja.

– Ich hab da kein Problem mit, sagt Frank. Wenn ich ein Schwein sehe, denke ich auch sofort an Schweinebraten.

– Das kann ich mir vorstellen, sagt Clara.

Ich höre ihnen zu, aber ich denke an Georg und Gerlinde und Josephine. In einem der Spiegel an der Wand sehe ich mich nach dem Babyfon in der Tasche greifen, und plötzlich denke ich: Hier ist das Licht auch nicht besser als in der Bar, genau so kalt und tot. In diesen Spiegeln sieht jeder alt aus. Warum kümmert sich eigentlich niemand um Lichtdesign? Da zahlst du schon vier Sterne, und die Innenarchitekten haben sich nicht gerade ein Bein ausgerissen. Immer diese Hotelbäder, in denen du aussiehst wie zur eigenen Beerdigung. Bei dem Licht hast du an den unmöglichsten Stellen Cellulitis. Überhaupt ist hier nicht nur das Licht feindlich. Mit dem ganzen Hotel stimmt doch was nicht. Und was hier überhaupt für komische Gestalten herumrennen! Aber wahrscheinlich liegt es an mir. Die Sache mit der Zigarette hat mich völlig aus dem Konzept gebracht. Ich habe schon wieder diesen Blick, den Blick, den ich habe, wenn ich krank bin. Genauso war es, als ich mit Josephine aus dem Krankenhaus kam, genau so, ich erinnere mich. Damals kam es mir vor, als wäre die Stadt voller Irrer, voller umgefallener Mülleimer, voller höhnisch grinsender junger Mädchen und voller kranker Vögel, die im Kreis laufen. Und jetzt kommt mir wieder alles feindlich und unpassend vor, die roten Läufer und diese falschen barocken Spiegel, dieses Dämmerlicht, das die Gesichter orange färbt. Gut, dass wir aus der Bar verschwunden sind! Diese Teufel auf den Zigarettenwerbungen mit ihren Schwänzen und übergroßen Hufen, dieser riesige, erdrückende Berg von Flaschen hinter der Theke, wie eine ägyptische Pyramide, wie ein Vulkan ... Aber Georg ist schuld, mit den Scherben hat es überhaupt erst angefangen, diese verdammten Scherben, bis dahin war alles gut gewesen.

– Nein, das Problem ist natürlich auch, dass die Tiere das merken.

– Wenn sie sterben sollen?

– Ich hätte kein Problem damit, ein Tier zu töten.

– Du hast überhaupt keine Ahnung, sagt Clara. Du würdest ja nicht mal die Geräusche aushalten, du Weichling, geschweige denn das ganze Blut.

– Ach ja, glaubst du?

– Das ist was anderes als Ameisen zerdrücken.

Clara bläst Zigarettenrauch in Franks Gesicht. Georg lacht.

– Ich bin auch grundsätzlich für Fleisch. Mitleid mit Tieren ist doch Sophisterei.

Seltsam, denke ich, Georg hatte immer eine andere Meinung dazu. Warum sagt er so was? Vielleicht stimmt etwas nicht mit ihm. Die Sache mit den Scherben … Und was reden die da überhaupt? Wie sind sie bloß auf dieses Thema gekommen?, denke ich, du musst das unbedingt aufschreiben.

– Um Schweine ist es schon schade, sagt Max. Ich mag Schweine. Die sind nicht nur reinlich, sondern auch intelligent, intelligenter als Hunde zum Beispiel.

– Das Schwein, der beste Freund des Menschen? Frank feixt.

– Ich habe Schweine mal ficken sehen, sagt Clara.

Sie ist am Treppenabsatz angekommen, dreht sich jetzt kurz um, ascht in einen Blumenkübel und steigt die ersten Stufen hinauf. Über ihrem Kopf hängen goldene Pfeile, auf denen steht: Restaurant 2. Stock, Suiten 3. Stock. In unsere Richtung zeigt der Pfeil mit Bar 1. Stock, und zwei zeigen nach unten: Bowling EG, Wellness, Spa UG.

– Fickende Schweine, sagt Frank, das wäre doch ein Titel für dich.

– Und worum soll es in dem Buch gehen?, fragt Max.

– Um den ewigen Kampf zwischen Geist und Trieb, worum denn sonst?

– Oder um echte Schweine, sagt Georg. Es gibt viele Bücher, die aus der Perspektive von Tieren …

– Oh toll, sagt Clara, das ist sicher unendlich spannend. Ich wollte schon immer einmal wissen, was in einer Schildkröte vorgeht.

– Aber Schildkröten sind niedlich, sagt Charlotte.

– Niedlich? Clara dreht sich um. Sie sind alt und weise, wie Elefanten. Hast du einmal einer hundertfünfzigjährigen Schildkröte in die Augen gesehen? Die weiß ganz genau, dass dein bisheriges Leben für sie nur ein Wimpernschlag ist.

– Du glaubst, Schildkröten entwickeln altersbedingte Ironie?

Georg beugt sich zu Clara hinüber, die einen letzten Zug raucht, sich bückt und die Zigarette in den Teppich drückt. Dann blickt sie hoch und grinst. Wir stehen vor dem Restaurant, letzte Tür rechts, und es ist offen. Die anderen gehen vor, und ich höre Claras Stimme von drinnen.

– Das ist ja allerliebst, wirklich.

Als ich den Raum betrete, stehen die anderen zwischen den Tischgruppen an Pulten mit aufgeschlagenen Menükarten, Georg zieht eine Karte herunter, knickst wie ein Schulkind und sagt:

– Heute empfehle ich das magere Adlerfischfilet mit Krebsschwänzen in Fenchelsoße an Artischockenherzen.

– Kein Steak?, fragt Frank, der vor einer Vitrine mit Gläsern steht und die goldenen Trennwände zwischen den Tischgruppen untersucht, die irgendwie an Gitter aus Beichtstühlen erinnern. Charlotte steht vor einem Bild an der Wand und summt vor sich hin, und sie bewegt die Hüften so, dass ihr Rock ein bisschen hin und her wedelt. Sie erinnert mich an eines der blonden, gut gelaunten Mädchen an der Wursttheke unseres Fleischers, an das Mädchen, das langsamer ist als die anderen und manchmal Dinge fallen lässt und dann nachlässig lächelt wie jemand, dem das oft passiert. Max sitzt neben Clara, die sich einen Tisch ausgesucht hat und über die Swarowskisteine auf ihrem Kleid streicht, ihrem schwarzen Charlestonkleid mit den Fransen, das sicher tödlich teuer war. Frank setzt sich jetzt auch. Georg geht mit großen Schritten durch den Raum und ruft:

– Hallo, ist da jemand?

Dann verschwindet er, ist aber gleich wieder da, mit einem silbernen Servierwagen, den er vor sich herschiebt, mit drei Tabletts voller Häppchen darauf.

– Gibst du mir eine Wurst, Baby?, singt Clara, und Charlotte dreht sich von ihrem Bild weg, geht zu Max hinüber, setzt sich auf seinen Schoß und fragt:

– Reden die immer so miteinander?

– Frank kenne ich nicht besonders. Clara ist immer so.

– He Georg, sagt Frank, setz dich zu uns und iss was. Musst ja zu Kräften kommen. Du weißt ja, morgen ist Hochzeitsnacht. Haha!

– Oh Gott, sagt Clara. Max! Rette mich! Ich glaube, du bist der einzige Mann hier, der Männlichkeit nicht mit Animalität verwechselt. Willst du dich nicht ein bisschen mit mir unterhalten?

Ich komme näher und umfasse das Babyfon in meiner Tasche. Wie kann das sein, denke ich, dass alle so gut gelaunt sind? Wie kann es sein, dass sie ohne dich zurechtkommen?

## ACHT // MAX

Clara senkt ihren Blick, dann sieht sie mir tief in die Augen.

»Ich kann Frank nicht leiden«, sagt sie, »aber was soll ich machen? Ich liebe seinen Geruch.«

Dabei beugt sie sich zur Seite und reibt ihr Gesicht an seiner Achsel. Ich weiß nicht, was ich denken soll. Lotte streckt ihre Hände nach den Häppchen auf dem Messingwagen aus. Drei große Platten mit Leberpastete, Käse und Weintrauben, Thunfischsalat, Chicoreerollen mit buntem Reis und Schnittchen. Sie rutscht auf meinem Schoß nach vorn und füllt sich einen Teller. Frank steht schon wieder auf und geht zwischen den Tischen herum wie ein Boxer. Aus irgendeinem Grund schiebt er Stühle hin und her. Georg isst sehr langsam eine Wurst.

»Max? Du bist doch Redakteur beim Radio, oder? Ich wollte schon immer mal wissen, wie dieses Berufsbild aussieht.«

Clara seufzt und steckt sich eine Zigarette an.

»Mondieu«, sagt sie.

»Was willst du denn genau wissen?«, frage ich.

Georg schaut mich auf diese Gastgeberart an und zuckt mit den Schultern.

»Ist doch interessant! Zum Beispiel würde mich der Unterschied zwischen öffentlich-rechtlichen und privaten Sendern interessieren. Und welches Ressort bearbeitest du genau? Musst du auch selbst Beiträge produzieren? Oder schreibst du sie nur?«

»Na ja«, sage ich. »Beherrschen muss man als Redakteur im Grunde alles.«

Ich zucke mit den Achseln. Irgendwie kommt mir Georgs Interesse übertrieben vor. Man weiß bei ihm einfach nie, was hinter seinen Fragen steckt. Entweder interessiert er sich tatsächlich für jedes Detail, oder er beabsichtigt mit der Fragerei irgendetwas, von dem ich keine Ahnung habe, was es sein könnte. Jedenfalls erscheint es mir oft aufgesetzt, dass er bestimmte Dinge wissen will. Und ich kenne mich aus mit Rhetorik, das ist unablässig in meinem Beruf. »Ich habe noch keinen Menschen getroffen, der, wenn er etwas Unwichtiges fragt, ein dermaßen ernsthaftes Gesicht macht und so überdeutlich artikuliert«, denke ich. Mich jedenfalls beschleicht da ein Gefühl von Peinlichkeit, ich fange an, die Fingernägel in meine Hosentaschen zu bohren oder mit den Füßen die Stuhlbeine auf und ab zu fahren.

»Ihr werdet ja quasi vom Steuerzahler finanziert«, sagt Georg. »Oder? Nur, dass ich mir kein falsches Bild mache.«

Clara sitzt sehr still, schnaubt und bläst Rauch aus. Dann steht sie plötzlich auf. Sie legt sich eine Hand auf die Brust, macht sich fest wie eine Säule und hebt ihr Kinn.

»Allons, enfants de la patrie, le jour de gloire est arrivé …«

Georg hat aufgehört zu sprechen. Er sitzt jetzt einfach nur da und sieht dabei traurig aus oder gelangweilt, aber vielleicht wirkt er auch einfach nur ein bisschen unpassend, weil ihn Claras Zartheit noch stämmiger macht als er ohnehin schon ist.

»Aux armes, citoyens! Formez vos bataillons! Marchons, marchons!«

Frank dreht sich um und ruft herüber:

»Sie ist immer so, macht euch keine Sorgen. Es geht ihr ausgezeichnet. Oder, Täubchen?«

»Yes, chief. I'm just happy to be here. I wanted to thank you from the bottom of my heart. This was the greatest evening of my life ...«

»Ihr müsst ihr nur was zu trinken geben! Gebt ihr einfach was zu trinken, dann lässt sie euch in Ruhe.«

»Halt die Klappe, du Tier!«

Clara setzt sich wieder hin.

»Aber er hat Recht. Ich brauche was zu trinken.«

Sie seufzt und legt ihren Kopf auf die Hände. »Es gibt Dinge, die kann einfach nur Clara tun«, denke ich. Ich zum Beispiel würde mich nie so verhalten, aber an Clara wirkt es nicht aufgesetzt. Alles, was sie macht, kommt einem so vor, als wäre es das Einzige, was sie in dem Moment machen könnte. Und außerdem ist sie bei allem, was sie tut, auf eine seltsame Art anmutig. Anders kann man das nicht beschreiben.

»Ich hole uns was«, sage ich. »Was wollt ihr? Wein?«

»Rot und trocken.«

»Bringst du mir ein Wasser mit?«, fragt Charlotte leise.

»Bier!«, sagt Georg. »Ich nehme Bier!«

»Das ist mein Text«, ruft Frank herüber.

»Und Franziska?«

Mir ist noch gar nicht aufgefallen, dass Franziska immer noch in der Tür steht. Sie hat etwas Verstörtes im Gesicht. Wahrscheinlich ist sie wieder verstimmt, warum auch immer. »Das kann man bei Frauen nie so genau wissen«, denke ich.

»Sekt«, sagt sie.

Ich hebe Lotte von meinem Schoß und stehe auf. Bevor ich in die Küche gehe, sehe ich mich noch einmal um. Es kommt mir vor, als hätte ich das Zimmer noch gar nicht wirklich wahrgenommen. Eigentlich ist das Restaurant hübsch eingerichtet, mit dem üblichen luxuriösen Schnickschnack, vom Flügel bis zur in Leder gebundenen Speisekarte mit goldenen Prägebuchstaben. Die Vorhänge sehen auch aus wie echte Seide. »Ich wette, hier geht man zu zweit nicht unter hundert Euro raus«, denke ich, »und da muss man das Dessert schon weglassen.« Die Kronleuchter verströmen ätherisches Licht, das nicht zu hell ist, und die Tische und Stühle sind aus dunklem Holz. Sie stehen in einem Kreis um eine säulenförmige Vitrine voller Gläser in allen Formen. Die Tapeten haben gelbe Streifen und vergolden das Licht. Von der linken Wand neigen sich große Spiegel herab. Rechts hinten steht ein Flügel, und auf der linken Seite sind drei französische Fenster, durch die man in den Garten blicken kann. Jetzt kann man fast nur noch Umrisse erkennen, weil es eine so dunkle Nacht ist, aber die Schnüre mit den Lampions kann man noch erahnen, die Biertische, das Podest. In der rechten hinteren Ecke haben Lotte und ich getanzt, und Lotte hat mir etwas ins Ohr geflüstert, dass ich nicht ganz verstanden habe. Als ich darauf nickte, strahlte sie mich an und legte ihre Stirn wieder an meine Schulter.

In der Nähe der Tür gibt es einen Durchgang zur Küche. Auf dem Weg dorthin denke ich in wenigen Sekunden sehr viele Dinge. Zum Beispiel frage ich mich, warum wir immer noch nicht im Bett liegen. Vor allen Dingen Franziska, die sich sonst immer solche Sorgen um ihr Äußeres macht. Ich denke daran, wie ich mich verhalten würde, wenn das meine Trauung wäre. »Immerhin macht man so etwas nicht alle Tage«, denke ich. Das sollte man bei vollem Bewusstsein erleben. Bei meiner eigenen Hochzeit hatte ich Durchfall. Ich habe nicht selten Durchfall, aber auch nicht besonders häufig, deswegen weiß ich nicht, ob das wirklich etwas über meinen Zustand aussagt. Jedenfalls hatte es nichts mit dem Essen zu tun, so viel ist sicher. Aber man fragt sich ja auch manchmal, warum man Herpes hat, und dann war es einfach ein schlecht gewaschenes Glas im Restaurant. So etwas kann man nie mit Sicherheit wissen.

Aus dem Gang kommt ein Geräusch. Ich gehe ein paar Schritte zurück und schiebe den Kopf aus der Tür. »War das eben nicht wieder dieser Barmann?«, denke ich. Zumindest war es jemand, der ihm verdammt ähnlich sieht. Ich frage mich, was er hier zu suchen hat. Kontrolliert er die Gänge? Steht er vor der Tür und belauscht uns? Hotelangestellte waren mir immer schon auf eine gewisse Art suspekt. Ich habe sogar den Verdacht, dass sie nach einem bestimmten Muster ausgewählt werden. Wahrscheinlich ist das Absicht, dass sie sich alle so ähnlich sehen, damit man als Gast das Gefühl hat, dass die Menschen, die einen heute verabschieden, dieselben sind, die einen gestern begrüßt haben. Wahrscheinlich soll dadurch so etwas wie Verbindlichkeit und Geborgenheit erzeugt werden. Ich frage mich nur, wo alle diese Menschen schlafen. Wohnen sie im Hotel? Laufen sie nachts mit Filzschlappen durch die Gänge? Vielleicht wohnen sie im Keller, und manchmal verschwinden ein paar von ihnen, um durch andere ersetzt zu werden.

Ich befinde mich in einer Art Vorraum zur Küche. Vor mir stehen riesige Kühlschränke, in denen wohl Getränke gelagert werden. Rechts und links davon stehen Küchenregale, wahrscheinlich Vollholz. Es ist ziemlich dunkel, nur vom Restaurant fällt ein schiefes Viereck Licht auf den Boden. Als ich die Tür zu einem der Kühlschränke aufmache, schlägt mir eine Wolke kalter Luft entgegen. Das ist so angenehm, dass ich eine ganze Weile vor der geöffneten Tür stehen bleibe, bis mir kalt wird. Die Kälte kriecht vom Halsausschnitt in mein Hemd und flicht sich um meine Brust wie Schleier aus Eis. Ich atme ein paarmal tief ein. Als wenn man in der Dusche steht und mit sich selbst verhandelt, wie lange man noch so stehen bleibt, den Duschkopf an die Brust gelegt, das Wasser auf heiß gestellt. Man sagt sich: »Nur noch zehn Sekunden« oder: »Bis Lotte das nächste Mal nach mir ruft«, und dann sind die zehn Sekunden vorbei, und Lottes vorsichtige Stimme ruft »Schatz? Wo bleibst du?«, und man duscht einfach weiter, bis man sich eine Minute später wieder eine willkürliche Frist setzt. »Also Rotwein, Bier und Sekt«, denke ich. Nur kenne ich mich mit Sekt nicht besonders aus. Ich greife nach drei Flaschen Rotkäppchen und will schon umkehren, da fällt mir plötzlich ein, dass ich einfach eine von den Weinflaschen öffnen und trinken könnte. Nicht, dass ich besonders große Lust dazu hätte, aber irgendetwas reizt mich an der Vorstellung. Das wäre dann wahrscheinlich eine Art Geheimnis. Ich ziehe eine der Flaschen aus dem Kühlschrank, es ist ein Chardonnay, kein besonders teurer. Jetzt muss ich nur noch einen Öffner auftreiben. Es liegt keiner herum, also gehe ich die Schubläden der Schränke durch, bis ich einen finde. Dann öffne ich die Flasche und trinke einige Schlucke. Ich setze mich auf den Boden, strecke die Beine aus und stelle mir die Flasche zwischen die Oberschenkel. Sie leuchtet ein wenig in der Dunkelheit der Küche, und ich fühle mich auf eine seltsame Art schelmisch, oder, wie man sagt: »Ich empfinde eine diebische Freude.« Ich könnte jetzt über alles Mögliche nachdenken. Zum Beispiel über Lotte. Ich habe schon sehr lange nicht mehr an sie gedacht, obwohl sie doch nebenan sitzt und ich, wenn ich mich anstrengen würde, ihre Stimme hören könnte. Das kommt manchmal vor, dass ich mich dabei ertappe, dass ich sehr lange nicht an sie denke, und dann fällt mir irgendeine unwichtige Episode ein und ich denke: »Ach ja. Lotte.« Ich freue mich dann auch, dass ich sie habe und so weiter, aber das ist nicht das Entscheidende. Der Punkt ist, dass ich so lange nicht an sie gedacht habe. Es muss jede Menge anderer Menschen geben, die sich nicht so leicht vergessen. Immerhin gibt es eine Menge Menschen, die in der Wir-Form von sich und ihrem Partner sprechen. Im Grunde würde ich auch gern in der Wir-Form über Lotte und mich sprechen, aber dazu habe ich zu wenig das Gefühl, dass wir etwas sind, das sich zusammenfassen lässt. Aber egal. Ich bin der Meinung, dass es überhaupt nur eine Handvoll Themen gibt, über die man sich wirklich Gedanken machen kann. Zum Beispiel gibt es das große Thema »Männer und Frauen«, das ist eine Art System, über das man nachdenken kann. Ein anderes System ist »Macht und Geld«. Das größte System aber, davon bin ich überzeugt, ist das System »Arbeit«. Wenn es einen Schlüssel gibt, also eine Art Code, der die ganze Welt beschreiben könnte, dann hätte der etwas mit Arbeit zu tun.

Ich strecke meine Hand nach dem Lichtviereck neben mir aus, aber ich komme nicht ganz heran, es fehlen ungefähr zehn Zentimeter. Wenn man mit dem Ohr das Gleiche macht wie mit den Augen, wenn man sie zusammenkneift, um verschwommen zu sehen, kann man die Stimmen von Clara, Lotte und den anderen nicht unterscheiden. Sie klingen dann wie eine Stimme, die hoch und runter schnellt und hin und wieder abbricht. Ich weiß, dass ich langsam wieder hinübergehen sollte. Aber das ist wieder wie die Situation mit der Dusche. Ich könnte zum Beispiel warten, bis die Stimme im Restaurant wieder lacht. Aber das kommt sehr häufig vor. Oder ich nehme mir vor, noch bis zum unteren Rand des Etiketts zu trinken, dann breche ich auf. Wenn ich trinke, löst das bei mir niemals einen Rausch aus. Ich kann sehr viel trinken und mich immer noch diszipliniert benehmen. Was die anderen nicht merken, ist, dass ich ab einem bestimmten Alkoholpegel stumpf werde, und damit meine ich nicht nur meinen Körper. Meine Gedanken kommen mir dann wie riesige Felsbrocken vor, gegen die ich mich mit meinem ganzen Gewicht stemmen muss, um sie ein paar Millimeter zu verrücken. Ich kann sie zwar von allen Seiten betrachten, aber bewegen lassen sie sich nicht. Jetzt zum Beispiel werde ich langsam betrunken. Es fängt nicht in den Füßen an, auch nicht mit dem Blick, der sich verengt. Zuerst ist es nur der Gedanke, wie schwer es mir fallen würde, jetzt aufzustehen. Ich versuche es mir vorzustellen, aber es will mir nicht gelingen. Was mir sonst wie ein einziger, logischer Bewegungsablauf erscheint, kommt mir jetzt unsinnig und schwierig vor, wie eine Kette unzusammenhängender Bewegungen voller Hürden und Finten.

Ich höre Clara lachen. Es ist eindeutig Claras Lachen. Ich bin mir nicht sicher, ob ich Lottes und Franziskas Lachen auseinanderhalten könnte, aber Claras Lachen ist eindeutig. Clara ist auch ein Thema, über das man nachdenken kann.

Clara ist eine ungewöhnliche Frau. Ich habe sie noch nie genau angeschaut, aber nicht, weil sie nicht schön wäre, sondern eher aus einer diffusen Ehrfurcht heraus, die sich ein bisschen wie die anfühlt, die man als Kind Erwachsenen gegenüber empfunden hat. Und vielleicht auch, weil sie älter ist als Franziska, und älter als Charlotte sowieso. Wenn ich mich nicht täusche, ist Clara schon über Mitte dreißig, vielleicht noch ein ganzes Stück älter. Aber das kann man bei ihr schwer schätzen, weil ihre Art von Schönheit etwas ganz Zeitloses hat. Manchmal kommt Clara einem ägyptisch vor, dann wieder hat sie etwas unverschämt Italienisches, und einmal habe ich sie im Winter gesehen, und sie hatte diese charmante Zerbrechlichkeit nordischer Frauen, die immer leicht kränklich wirken. Ich denke, damit verhält es sich genauso wie mit ihren Facetten, darum kann man Clara auf kaum etwas festlegen. Schön ist sie jedenfalls, aber nicht auf die gleiche Art wie Charlotte oder Franziska. Wenn Charlotte hübsch ist und Franziska erotisch, dann ist Clara schön. Um einem Idealtypus zu entsprechen, sind ihre Schultern zu breit, ihre Brüste zu klein und ihr Hals zu lang. Ihre Haut ist im Sommer sehr braun und im Winter sehr weiß, und auch ihre Augen wechseln die Farbe: Manchmal sind sie grau, manchmal eher grün, manchmal haben sie fast etwas Dunkelblaues. Sie hat ein ausgeprägtes Kinn, das man als männlich beschreiben könnte, und lange, perfekt geformte Arme. Überhaupt sind an ihr viele Dinge schön, die an anderen Frauen überhaupt nicht schön sind: ihre runden Schultern, die Unterarme, die Finger, die Kniekehlen, die Schulterblätter, die Stirn, die Ohren. Aber ihre Ohren sieht man nur, wenn sie ihre schwarzen, gerade geschnittenen Haare nach hinten streicht. Ihr Pony berührt die Augenbrauen, und wenn sie einen anschaut, weiß man nicht, wie sie als nächstes sein wird. Ich glaube, es gibt Frauen, die sind ein bestimmter, unveränderlicher Typ. Sobald sie diesen Typ bemerken, das heißt, ihr Körper diktiert ihnen den Typ, richten sie sich danach aus. Es ist ja auch zum Beispiel bewiesen, dass Frauen, die ihre Haare färben, bestimmte typische Eigenschaften der neuen Farbe instinktiv annehmen, dass sie sich also zum Beispiel mit schwarzen Haaren verruchter und geheimnisvoller geben, oder mit blonden frecher, unbedarfter und mädchenhafter. Oder die Haarlänge. Bei Sandra war das auch so eine Sache. Als ich sie kennenlernte, hatte sie lange, hellbraune Haare. Nach zwei Jahren ließ sie sich von einem Frisör einen Pagenschnitt aufdrängen. Der stand ihr auch, irgendwie, obwohl ich bis zuletzt dachte, dass sie eigentlich zu groß dafür war, das heißt, zu schlaksig, und ihre Augen waren auch zu klein. Insgesamt war der Schnitt unvorteilhaft für ihr hartes Gesicht. Ein weiteres Jahr später redete ihr ein Frisör ein, ihr würde eine Kurzhaarfrisur stehen, und seitdem trug sie diesen militanten Jungenschnitt. Den ließ sie sich auch noch dunkel färben. Sandra war ohnehin nie ein großer Freund von Röcken gewesen, sie behauptete, zu dicke Fesseln dafür zu haben, aber mit der neuen Frisur trug sie nur noch Hosen. Zuerst veränderte sich ihr Gang ganz automatisch, sie machte einfach größere Schritte. Manchmal steckte sie auch die Hände in die Hosentaschen. Erst dachte ich, das würde sich bald wieder geben, aber ihre Wesensveränderung hatte gerade erst angefangen. Vielleicht war das auch ihr Ziel gewesen, eine Art Schutzwall, den sie sich errichtete, aber ich hatte den Eindruck, dass sie nicht nur immer unzugänglicher wurde, sondern vor allen Dingen auch immer weniger Frau war. Sicherlich habe ich das auch übertrieben empfunden, aber es kam mir so vor, als hätte ihr Äußeres sogar Einfluss darauf, wie sie über uns dachte und redete. Aber das ist ja jetzt egal. Jedenfalls hat man bei Clara das Gefühl, sie könnte alles davon sein, also im Grunde alle Frauen. Ich bin sogar sicher, dass es ganz natürlich für sie ist, von einer Verfassung oder Form in die andere zu wechseln. Sie könnte in einem Moment herrisch und wild sein und eine Sekunde später unschuldig, anschmiegsam und unterwürfig. »Und wenn sie das sein kann«, denke ich, »dann ist sie im Grunde auch alles zur selben Zeit, weil ja alle Möglichkeiten immerzu in ihr vorhanden sind, auch wenn nicht alle gleichzeitig zum Einsatz kommen.«

Jetzt ist ein guter Zeitpunkt. Ich gehe erst in die Hocke, dann stehe ich auf. Ich habe Lust, den Kühlschrank noch einmal aufzumachen, wegen der Kälte, aber dann lasse ich es sein. Es kommt mir so vor, als wäre es noch dunkler geworden. Die Flasche lasse ich auf dem Boden stehen. »Ich habe keine Ahnung, ob der Weißwein gut oder schlecht war«, denke ich. »Ich habe gar nicht bemerkt, dass ich die ganze Flasche ausgetrunken habe.« Ich zucke die Schultern und greife nach dem Sekt. Dann laufe ich über das Lichtviereck zurück ins Restaurant. Mir kommt es vor, als wäre ich weit weg gewesen. Es sind zwanzig Schritte bis zum Tisch.

## NEUN // CLARA

Max hat Augen aus Glas. Frank verzieht das Gesicht.

Bist du auf dem Weg eingeschlafen?

Er reißt ihm die Flaschen aus der Hand, köpft drei davon, verschüttet die Hälfte, als er die Gläser füllt, und reicht sie uns herauf. Er selbst trinkt Bier aus einer Halbliterflasche. Er legt den Kopf zur Seite und hält das Feuerzeug unter seine Zigarette, bis sie aufglimmt. Wie er beim Reden mit der Zigarette zwischen den Fingern gestikuliert! Wie er Zigarette und Flasche mühelos in derselben Hand hin und her schwenkt! Wie seine Bewegungen nur die kürzesten Wege zwischen zwei perfekten Posen sind! Andere müssen dafür ewig schlechte Western gucken, müssen in Fußballstadien gehen und Rockkonzerte besuchen!

Du bist das Publikum, sagt Frank. He, Max! Nicht einschlafen! Das ist eine Podiumsdiskussion, verstanden?

Genau, dies ist eine Podiumsdiskussion, und wir amüsieren uns. Hoch oben sitzen wir, auf Stühlen, die Frank auf Tische gehoben hat, aufgereiht wie Hühner auf einer Stange: ich ganz rechts, neben mir Franziska, Georg und Charlotte. Sogar Franziska ist wieder bester Laune. Und Max ist das Publikum. *Du, Niklas, du bist mein ewiges Publikum.*

Worüber reden wir?

Fragt Franziska, mit einer Stimme wie eine Straßenbahn, wie das Geräusch, wenn sie bremst und vorlaut schrillt, weil noch jemand über die Schienen huscht. Überhaupt ist vieles an Franziska wie eine Straßenbahn.

Charlotte streckt ihre Hände nach Max aus und setzt ihm von oben einen Kuss auf den Kopf. Hingebungsvoll, als gäbe es einen Preis zu gewinnen: Das verliebteste Paar. Aber Max ist betrunken und schiebt Charlottes Kleid ein wenig hoch, so dass ihr Schlüpfer sichtbar wird, ihr Schlüpfer, auf dem Flugzeuge oder Wolken oder Bären abgebildet sind, und niemand sonst könnte dabei so unschuldig gucken wie Charlotte. Ihr Blick ist rein wie der eines Ponys, weiß wie frisch gewaschenes Bettzeug.

Kunst!, sagt Frank, reden wir über Kunst!

Ich weiß nicht, sagt Georg, ob wir dafür die Richtigen sind.

Ihr versteht das falsch, sage ich. Er meint nicht Kunst, wenn er Kunst sagt. Eigentlich will er über Geld reden. Richtig, mein kleiner Hugendubel-König? Der Mann muss raus in die Welt und Dinge erledigen. So ist es doch …

Wer redet nicht gern über Geld? Du hast ja keine Ahnung, was das für ein Coup war mit der DBH! Wir haben Thalia überholt!

Ich gähne.

Du verkaufst Bücher, was hat das mit Kunst zu tun? Sei ein guter Moderator und gib uns ein Thema, mit dem wir uns zerfleischen können.

Krieg?

Es ist doch gerade kein Krieg, flüstert Charlotte.

Eben! Es ist ja gar kein Krieg, rufe ich. He, Moderator! Wir haben nichts zu sagen!

Ich fordere meine Gäste auf, mir ihre Träume zu schildern, sagt Frank.

Den von letzter Nacht?, fragt Franziska. Oh Gott.

Sie verschränkt ihre Arme hinter dem Kopf. *Du musst sie dir so vorstellen, Niklas: Sie verfällt oft in äffische Posen, wenn sie unbeobachtet ist.*

Hatte unser Gast etwa sexuelle Träume?

Nein, um Gottes willen. Ich habe von Georg geträumt.

Von mir?

Georg streicht sich über die Stirn. Seine Hose ist zu eng.

Genauer gesagt von dir und Markus und Mathias, ihr kanntet euch irgendwie alle. Und deine Ex-Freundin war auch dabei, Georg, diese Heike.

Wie schrecklich!, sagt Charlotte.

Überhaupt nicht, ich mag Heike ja ganz gern, ich meine, ich kann verstehen, dass Georg mit ihr zusammen war.

Das ist ja noch viel schrecklicher!, sagt Charlotte. Wenn ich Sandra begegnen müsste, ich würde … Ich kann ja nicht mal ihren Namen aussprechen, ohne dass mein Herz stehen bleibt.

*Ich amüsiere mich, Niklas, hörst du? Ich amüsiere mich.* Unmöglich, mir vorzustellen, nicht künstlich zu sein. Dann müsste ich mich in einem fort über alles wundern.

Jedenfalls waren wir alle zusammen im Bus unterwegs.

Im Bus?

Ich glaube, wir hatten einen Ausflug geplant oder so was in der Richtung. Und dann rief Gerlinde an und meinte, mit Josephine sei etwas nicht in Ordnung, sie würde so komische Geräusche machen. Also sind wir ausgestiegen, und ich habe die Männer zurückgelassen, und Heike und ich sind den ganzen Weg bis nach Hause gerannt, so dass wir am Ende total verschwitzt waren. Wir gingen ins Haus, und Josephine lag im Bett und schlief. Ich dachte, dann ist ja alles in Ordnung, dann kannst du ja auch wieder gehen, aber als Gerlinde ins Zimmer kam, wachte Josephine auf und hatte plötzlich eine Männerstimme bekommen, eine richtige Männerstimme, mit der sie murmelte und schrie und all das.

Das ist ja sehr realistisch, sage ich.

Überhaupt nicht.

Doch, ein sehr realistischer Traum. Träume sagen ja viel über Fantasie und Intelligenz des Menschen aus ...

Ach ja?

Unbedingt. Ich wette, Georg hat von seiner Arbeit geträumt. Und Charlotte, was hat Charlotte geträumt? Mal sehen. Charlotte hat von Tieren geträumt, richtig, Charlotte?

So falsch ist das gar nicht. Es kamen zumindest Tiere drin vor. Schwarze Hunde, die so groß waren wie Kühe. Aber eigentlich ging es um was anderes. Max und ich saßen im Auto, das heißt, Max sah nicht aus wie Max, aber es war Max, das wusste ich in dem Traum sehr genau, und als wir gerade starten wollten, rissen schwarz uniformierte Männer die Türen auf und schlossen irgendwas vorne an, unter dem Handschuhfach, so eine Art riesige Klemmen mit Kabeln dran, wie diese Dinger, an die man die Batterie anschließt, und dann vibrierte unser Auto, und es gab einen Mordslärm, und ich hatte sogar Schmerzen. Ich wusste genau, dass ich sterbe.

Das ist aber mal ein wirklich rührender Traum, sage ich. Wirklich. Rührend.

Gott, wie gern ich sie alle habe in diesem Moment. Das muss der Alkohol sein.

Und nun bitte ich Max, sagt Frank. Max?

Ja?

Ich bitte dich als unseren Experten für Traumdeutung, diesen Traum zu interpretieren.

Max errötet sehr hübsch, von unten nach oben.

Ich weiß nicht, sagt er, Träume sind Schäume.

Der Meinung bin ich auch.

Georg setzt sich noch ein bisschen breitbeiniger hin, sein Stuhl kippelt.

Träume sind Schäume. Wilde Konstruktionen unseres Hirns, die überhaupt keinen Sinn machen.

Also für mich sieht das so aus, sage ich, als hätten sowohl Franziska als auch Charlotte Angst vor dem übermächtigen Männlichen.

Herrlich, denke ich. So ein Gespräch ist wie eine Möglichkeit, mindestens eine Erinnerung daran! Fast glaube ich es wieder: dass ich jederzeit eine Traube Verehrer um mich scharen könnte, die mich heißblütig missverstehen, weil ich, sosehr sie mich verehren, um alles in der Welt ein Geheimnis bleiben muss, ein Versprechen, allerhöchstens ein Intermezzo zwischen zwei ehrlichen Versuchen, eine Zwischenfrau, ein großer, schöner, aber gestaltloser Geist.

Komm jetzt bloß nicht mit Vaterkomplex, sagt Franziska.

Nein, nein, ganz anders. Ich meine, ihr habt ein Problem mit dem Männlichen an sich, oder anders formuliert: mit der männlichen Sexualität. Die Natur des Mannes, Befriedigung zu verlangen, zu unterjochen, zu versklaven. Der Fluch seiner flüchtigen Erregung. Die natürliche Promiskuität des Mannes, sein Verlangen nach Abwechslung. Das schreckliche Verständnis für seine Triebhaftigkeit, seine Empfänglichkeit für visuelle Reize.

Was wird das denn jetzt?, schreit Franziska.

Die Unmöglichkeit, dem Mann zu genügen, ohne sich zu unterwerfen. Die Selbstdefinition der Frau über das Begehren des Mannes. Die Unfähigkeit des Mannes, sich zu beschränken. Der Sex der Frau, der experimentell ist, zärtlich, tastend. Der Sex des Mannes, der mit der Erektion beginnt und mit dem Koitus endet. Die Unmöglichkeit, beides zu einem zu machen. Die Unmenschlichkeit, die Gnadenlosigkeit der Biologie.

Ich will das nicht hören, sagt Charlotte, streckt die Arme nach Max aus, der vor den Tischen auf dem Boden hockt.

Ich habe gerade erst angefangen, sage ich. Jetzt zum eigentlichen Problem: Es gibt keine ungestörte Sexualität mehr. Zivilisation ist das eine, Sexualisierung und Pornografisierung das andere. Heute hat jeder seine sexuellen Neurosen. Franziska zum Beispiel hat jede Menge heimlicher Fantasien. Georg ist eigentlich asexuell, ein Simulant. Charlotte ist devot …

Ruhe!, sagt Frank, beenden wir dieses Thema. Vergessen wir das Ganze.

Es ist still. Aber im entscheidenden Moment will sich niemand entschließen, mir böse zu sein. Franziska lacht betrunken, und die anderen stimmen dankbar mit ein.

Übrigens habe ich für meinen Teil eine ganz normale Sexualität, sagt Frank noch. Ich mag es von vorn, von oben und von unten, in der Küche oder im Wohnzimmer, und meine Devise ist: Einfach nicht zu viel darüber nachdenken. Und jetzt reicht es mit deinem Vortrag, jetzt reden wir über was Normales.

Oh ja, bitte, sagt Georg und räuspert sich. Zum Beispiel über Urlaub.

Genau, sage ich, oder Zahnarztbesuche oder Fernsehserien oder warum ich nach fünfzehn Jahren die Tageszeitung abbestellt habe. Tolle Idee.

*Jetzt bin ich müde, Niklas, das habe ich davon. Immer diese Schattenkämpfe. Aber ich habe kein Mitleid mit mir, nein, nur manchmal, manchmal, an launischen Sonntagen, an mahnenden Freitagen, an Abenden wie diesen möchte ich mich selbst in den Arm nehmen und sagen: Einmal hört der Lärm auf. Einmal ist alles still.*

Die anderen schreien durcheinander.

Also Anfangsmythen, sagt Franziska.

Du meinst, wie es mit uns angefangen hat? Mit Max und mir?

Charlotte lacht mit sauberen Zähnen, mit diesen unerhört sauberen Zähnen, die klein sind, weiß und gezackt, als wären es ihre ersten.

Das würde ich wahnsinnig gern erzählen, sagt sie.

*Ach Niklas, jetzt bin ich wieder in dieser Stimmung.* Es ist genau diese Stimmung, die ich haben muss. Einer dieser Momente, in denen etwas Großes passieren könnte, mir unterlaufen könnte, aber dafür müsste ich jetzt vor einer Leinwand stehen oder vor einem Blatt Papier sitzen, genau jetzt, nicht in fünf Minuten, aber natürlich tue ich nichts, bleibe nur sitzen, und neue Momente verschütten den einen, nützlichen, um den ich trauern könnte, aber selbst dazu fühle ich mich zu schwach, zu unempfindlich, zu alt. Also werde ich mich einfach morgen vor die Leinwand stellen oder an den Schreibtisch setzen und eine dieser postromantischen, postchaotischen, posttraumatischen, postnotwendigen Geschichten schreiben, eine dieser irgendwie melancholischen, irgendwie lethargischen, irgendwie wehmütigen Geschichten, in denen nichts passiert, aber immer alles kurz vorm Passieren ist, und wenn etwas passiert, dann implodiert es höchstens mal, ohne Geräusch, oder nur mit einem Geräusch wie von feinem Regen oder fallendem Schnee oder Luft, die aus einem Reifen entweicht, jedenfalls nie mit dem Geräusch einer Fliege, die zerdrückt wird, oder einem Auto, das am Rinnstein aufsetzt, oder einem Vogel, der mit Karacho gegen eine Scheibe fliegt, eine dieser scheißdemokratischen, scheißsynthetischen, scheißmimetischen Geschichten werde ich schreiben, von denen ich tausend schreiben könnte, die sich selbst nicht braucht und die ich dann Schöner Scheitern oder Schöner Leiden nenne. Über die werde ich dann ganz abgeklärt und kühl und unaufgeregt reden, weil die, mit denen ich rede, sie Literatur nennen, und dabei ist es einfach nur ein Scheiß, ein winziger Fliegendreck, aber alle werden überzeugt sein, dass es eine Geschichte ist, weil sie einen Namen hat und als Geschichte daherkommt, und irgendwann werde ich es selbst auch vergessen haben, dass ich vielleicht mal etwas ganz anderes gewollt habe, dass da mal etwas anderes gewesen ist, etwas Kompromissloseres, Schonungsloseres, Abtrünnigeres, Uneleganteres als das, was da zu lesen ist, und was bleibt, ist nur ein diffuser Phantomschmerz, ein Restziehen, das immer seltener wird, immer seltener, immer seltener, und dann nur noch an Freitagen und Sonntagen. So muss es allen Schriftstellern gehen, denke ich, so müssen sie sich fühlen, in diesem kurzen Moment, bevor sie Schreiberlinge werden. Ich öffne die Augen und kehre zu den anderen zurück. *Ich kehre immer zu den anderen zurück.*

Jetzt zieh halt nicht so das Gesicht kraus, sagt Franziska gerade.

Sie rutscht auf ihrem Stuhl hin und her, der gefährlich nah an der Tischkante steht.

Tu ich doch gar nicht, sagt Charlotte.

Und ob du das Gesicht kraus ziehst. Letztendlich ist das mit dem Internet ja auch nichts anderes, als wenn man sich in einer Bar kennenlernt und den anderen Sachen fragt.

Nur ohne Bar, sagt Frank.

Und wie funktioniert das?, fragt Charlotte. Suchen die dir dann einen, der dieselben Hobbys hat wie du?

Es ist ganz einfach. Du gibst Informationen über dich raus, wer du bist, was du willst und so weiter, und die gleichen das dann mit den Informationen der Männer ab. Du kannst natürlich auch Wunschmerkmale eingeben, zum Beispiel ein bestimmtes Alter oder so.

Ja, sagt Georg, es ist nichts anderes als Zeitungsannoncen. Ich habe sogar gelesen, dass die Männer im Internet nach den gleichen Kriterien entscheiden.

Genau, sage ich. Die Frauen suchen Akademiker, die Männer hübschen Schmuck.

Ich bin wieder da, denke ich. Ich bin nur ein kleines bisschen trauriger als vorher.

Das klingt ja, sagt Charlotte, das klingt ja so nach Angebot und Nachfrage …

Du kannst das vielleicht in deiner Situation nicht nachvollziehen, sagt Franziska, aber irgendwann ist man einfach an dem Punkt, an dem man nicht mehr ununterbrochen suchen will.

Ja, sagt Georg, und es ist ja schließlich auch egal, wie man sich kennengelernt hat, Hauptsache, man ist zusammen.

Was für ein Schlusssatz, sagt Frank, was für ein poetischer, pathetischer Schlusssatz.

Also ich fand ihn pragmatisch, sagt Charlotte leise, aber niemand hört ihr zu, weil ihre Stimme jünger ist als das, was sie sagt.

Was sagst du zu dieser Position, Clara?

Ich? Welche Position?

Quasi als Expertin für diese Dinge.

Ich? Da hast du was falsch verstanden. Expertin im Scheitern, das bin ich, ja, und das sage ich nicht, weil es schick klingt. Als ich in der Psychiatrie war, war es noch nicht en vogue, seine Psychosen wie teure Handtaschen mit sich herumzutragen. Was soll ich dazu sagen? Sollen sie sich doch alle im Internet kennenlernen, meinetwegen. Ich würde da nur eins gern wissen. Was gibt man denn da jetzt genau ins Suchfenster ein? Suche One-Night-Stand, suche Urlaubsflirt, suche Affäre, Fernbeziehung, Freundschaft mit Sex, was Ernstes, Mann fürs Leben?

Na ja, sagt Franziska und wühlt in ihren Haaren, so ungefähr kann man sich das schon vorstellen. Man kann natürlich auch konkrete Angaben dazu machen, was man von einem Mann erwartet, damit er infrage kommt. Also zum Beispiel Humor, Kinderfreundlichkeit, Treue, so Sachen halt.

Und was ist mit dem Bildungsgrad?

Klar geht das. Du kannst sogar den Beruf festlegen. Dann schicken sie dir nur die Profile von Ingenieuren, zum Beispiel. Ganz einfach.

Also ich finde das abscheulich, sagt Charlotte, tut mir leid. Ich kann überhaupt nicht verstehen, wie ihr da so ruhig drüber reden könnt. Das ist doch eine Verarmung.

Charlotte wird tatsächlich bleich und beißt die Zähne zusammen, als könnte sie das, was sie gar nicht hören wollte, zerkauen. Franziskas Gesicht schwitzt, Georg wartet ab, Frank weiß nichts mehr zu sagen. Nur Max ist weit weg, schwebt unter der Decke oder kriecht als Windstoß übers Parkett, allein sein schwer gewordener Körper hockt da unten auf dem Boden und schaut zu uns auf.

Man müsste streiten! Es gäbe so viel Grund dazu! Aber wir sind zu sentimental. Wir kleben aneinander und ziehen Fäden, wo wir auf der Stelle treten. Sogar ich bin fröhlich. In mir ist ein Lachen, das tanzt in meinen Armbeugen, dreht Pirouetten hinter meinen Rippen. *Warum bin ich so fröhlich, Niklas? Das muss der Geruch von Haut und Haaren sein. Irgendwo in mir ist es noch, das Tier, das sich zu den anderen legt, um nicht zu frieren.*

Und du, Clara?

Und ich?

Du hast noch keine Anfangsgeschichte beigetragen, sagt Franziska.

Oh nein, sage ich, nein, wirklich.

Ich drehe mich zu den anderen, aber auch sie meinen es ernst.

Bitte, sagt Charlotte.

Oh nein, sage ich, wirklich, was soll ich schon erzählen? Ehrlich, alles, was ich euch erzählen könnte, würde uns nur traurig machen, und mit Franziskas Internet-Memory kann ich es auch nicht aufnehmen …

Ich nehme ihnen meinen Blick weg. Draußen, vor den Fenstern, steht ein weißer Mond, kaum halb: der Rest von einem Bonbon, bevor es ganz zerbissen wird. Es muss kalt sein, die Schatten der Bäume sehen so aus.

*Geh weg, Niklas, lass mich allein.*

Komm, sagt Charlotte, wir waren doch beide auch schon dran.

Und plötzlich bin ich müde. Wer hat mir Decken um den Kopf gelegt? Ich sehe die anderen an, und sie nicken mir zu. Ich drehe mich noch einmal zum Fenster und wieder zurück.

Gut, sage ich, gut, ich erzähle euch eine.

Na los, sagt Franziska.

Welche wollt ihr hören? Gebt mir eine Zahl zwischen eins und zweihundert.

Eine Sekunde lang ist es still. Ist das meine Stimme, die da verhallt? Bin ich über sie erschocken?

Gibt es denn keine Geschichte, die wichtiger war als die anderen?, fragt Charlotte leise.

Doch, natürlich, die gibt es. Ich habe ja nur einen Mann in meinem Leben kennengelernt.

Frank grinst, aber als ich sein Grinsen nicht erwidere, zuckt er mit den Schultern und setzt seine Flasche an die Lippen. Mir ist sehr kalt. Ich würde jetzt gern von Frank genommen werden. Ich selbst würde unbewegt und steif bleiben, wie aus Holz geschnitzt, und alles über mich ergehen lassen, bis Frank über mir zusammenbricht wie eine morsche Brücke, und für fünf endlose Minuten in diesen traumlosen Todschlaf fällt.

Er hieß natürlich Niklas, sage ich, Niklas, wie sonst. Natürlich hatte er einen schönen Namen. Er hatte eine Haut wie aus Papyrus, immer halb geschlossene Augen und den Gang eines Zwanzigjährigen, dabei war er doppelt so alt.

*Du heißt natürlich Niklas, Niklas, wie sonst. Natürlich hast du einen schönen Namen. Du hast eine Haut wie aus Papyrus, immer halb geschlossene Augen und den Gang eines Zwanzigjährigen, dabei bist du doppelt so alt. Als wir uns das erste Mal trafen, verbrachten unsere Köpfe die Nacht miteinander, die zweite Nacht gehörte unseren Körpern. Wir waren eifersüchtig, noch bevor wir unsere Namen kannten, und wir haben uns keine Vorschriften gemacht. Moral, hast du gesagt, ist etwas für Beziehungen, nicht für die Liebe.*

Als wir uns das erste Mal trafen, sage ich, war ich in der Stadt, um Galerien abzuklappern. Zufällig feierte eine Bekannte ein kleines Fest, und ich ging hin. Es war ein schreckliches Fest voller argwöhnischer, verschmuster Schriftsteller, die noch narzisstischer waren als feiernde Schauspieler und sich sehr anstrengten, außergewöhnlich und kapriziös zu sein. Ein paar waren schon bei Verlagen untergekommen, die waren besonders langweilig. Ständig musterten sie einen von oben bis unten und wollten wissen, für welche Preise und Stipendien man sich beworben hat und wie hoch der letzte Vorschuss ausgefallen ist. Ich saß die ganze Zeit allein im Wohnzimmer, zusammen mit einer Gruppe depressiver Lesbierinnen, die kreuz und quer ineinander verliebt waren und sich selbst bedauerten. Irgendwann kam Niklas ins Wohnzimmer, ging direkt auf mich zu und sagte: Lass uns nicht über Kunst reden. Wir blieben den ganzen Abend zusammen, und um vier verabschiedete ich mich, ohne zu wissen, wie er hieß.

*Du kamst auf mich zu und sagtest: Lass uns nicht über Kunst reden. Stattdessen hast du mir dein Leben erzählt, dein Leben, das heißt, deine ganze letzte Woche. Ich habe versucht, dir meine abgegriffenen Anekdoten anzudrehen, aber du hast es gemerkt, wie du alles gemerkt hast, und du hast gesagt: Keine Angst, ich bin nicht auf Geheimnisse aus, und ich verlasse dich nicht, wenn ich dich kenne. Das zweite Mal traf ich dich in einer anderen großen Stadt, in die ich gefahren war, um einige unschöne Dinge zu vergessen. Nein. Das zweite Mal, dass ich dich traf, war auf der Treppe zu meiner Wohnung, denn du hattest herausgefunden, wo ich wohnte. Nein. Das zweite Mal war im Kino, bei einem schlechten Rohmer, und wir regten uns über das Piano auf und du sagtest: Und das soll jetzt Liebe sein? Denn in dem Film kam ein Paar vor, das immer nackt war und lachte, und andauernd machte es Fotos von sich und seinem Lachen und seinem Glück, und es fuhr Fahrrad und badete und lachte und schleuderte sich durch die Luft. Nein. Unsere zweite Begegnung war ein Zufall, denn wenn man sich schon gehört, kann man sich nicht verloren gehen.*

Das zweite Mal, sage ich, traf ich ihn in einer anderen großen Stadt, in die ich gefahren war, um einige unschöne

Dinge zu vergessen. Ich hatte mich mit dem letzten Geld in ein mittelklassiges Hotel eingemietet und schlief jede Nacht in einer anderen Bar ein. Manchmal brachte ich Männer mit, die ich morgens wegschickte, ein paar davon machten Geschrei auf dem Flur, weil sie nicht abhauen wollten, und man musste sie aus dem Hotel werfen. Ich sah Niklas an einem Nachmittag im Park mit einer fremden Frau. Sie liefen Hand in Hand zwischen den Bäumen. Ich war wütend darüber, obwohl ich kein Recht dazu hatte. Eine Weile folgte ich ihnen, bis sie mich bemerkten. Ich weiß nicht, warum ich das machte, aber ich war so jenseits von Gut und Böse, dass ich begann, ihn fürchterlich zu beschimpfen. Als ich weglief, lief Niklas mir nach. Er blieb die ganze Nacht bei mir, und als ich ihn am Morgen wegschicken wollte, schloss er die Tür ab und warf den Zimmerschlüssel aus dem Fenster. Später befreite uns das Personal. Das war der Anfang.

*Ja, das war der Anfang … Jetzt habe ich dich erzählt, Niklas. Und? Hat sich etwas verändert?*

Was für eine schöne Geschichte, sagt Charlotte.

Und wie geht sie weiter?, fragt Franziska.

Ich drehe mein Gesicht zum Fenster, aber so fest ich den Blick auch werfe, er prallt an der Scheibe ab.

Sie geht überhaupt nicht weiter, höre ich mich sagen. Die Geschichte ist zu Ende. Niklas ist tot.

*Deine Geschichte ist zu Ende. Du bist tot.*

Mir ist nicht kühl. Ich ziehe nicht die Arme um mich zusammen, weil ich nicht fröstele. Ich erinnere mich auch nicht. Ich erinnere mich an gar nichts. Ich sehe mich einfach nur um. Ich sehe links das Fenster, in dem ein Stück Himmel eingeklemmt ist. Ich sehe unten auf dem Boden Max, der sich die Finger in den Hosenbund schiebt, um mehr Halt zu haben. Ich sehe neben mir Franziska und Georg, die sich mit dramatischen Blicken beharken. Ich sehe sogar ihre schmutzigen Überlegungen. Sie denken: Soll ich behaupten, ich hätte etwas Ähnliches erlebt, ich wisse, wie sie sich fühlt? Sie denken: Jetzt kann ich noch nicht auf die Toilette gehen, das wäre unpassend. Sie denken: Vielleicht kann man das später gut erzählen. Und sie wünschen sich, dass ich wenigstens zu heulen anfange, damit sie etwas haben, was sie mir aus dem Gesicht wischen können.

Bis zur Hochzeit ist alles wieder gut, sage ich und muss lachen. Macht euch nichts draus.

Ich strecke mein Glas von mir und warte, bis Max eine neue Flasche Sekt entkorkt hat, aufsteht und mir nachschenkt. Dabei sieht er mir in die Augen, als wären meine Augen eine große Pfütze, in die er seine Schlüssel hat fallen lassen. Dann senkt er den Kopf und zieht die Flasche weg, stellt sie zurück auf den Boden neben Frank. Plötzlich besinnt er sich, hebt die Flasche wieder hoch und füllt auch die Gläser der anderen auf. Alle trinken hastig und wundern sich, dass ihre Gläser schon wieder leer sind.

Als ich zur Seite sehe, hat Franziska ihren Kopf auf Georgs Schulter gelegt. Mit einer Hand streicht Georg ihr übers Haar, mit der anderen hält er Charlottes Finger fest. Charlotte hat eine Hand ausgestreckt, nach der Max von unten greift, und Frank braucht nur kurz, ehe er mit einer entschlossenen Geste vor unseren Tisch tritt und seine Arme hebt, um sie mir auf die Knie zu legen. Als Franziskas Hand an meiner Seite bis zur Schulter heraufkriecht, bleibe ich unbewegt sitzen. Frank legt seinen Kopf auf seine Hände auf meinen Knien und verharrt so. Es ist still. Das Restaurant ist still. Ich bin still, ich, das ist jeder einzelne Körperteil. Ich kann den Schlaf spüren, der das Hotel beherrscht, Etage für Etage, Zimmer für Zimmer. Er sickert durch die Ritzen der Türen, durch die Spalten und Schlüssellöcher. Er kommt mir ungefährlich vor, gasförmig, vielleicht blau. Die Flure sind leer, die Bar dunkel, kein Mensch ist unterwegs, kein Mensch spricht, kein Wind geht. Die Welt könnte sich zusammenfalten und in einer Streichholzschachtel verschwinden, niemand würde es bemerken. Nur wir sind noch da, wir, ein einziger großer Körper. Sie kennen mich nicht, wie konnten sie das einzig Richtige tun? Ein kleiner Schmerz verschwindet in Franziskas Hand, ein anderer in Franks schwerem Oberkörper. Meine Beine sind eingeschlafen, meine Arme sind eingeschlafen, mein Kopf ist eingeschlafen. Es ist still. Das Restaurant ist still. Ich bin still, ich, jeder einzelne Körperteil. Ich kann den Schlaf spüren, er kommt mir ungefährlich vor, gasförmig, vielleicht blau. Kein Mensch ist unterwegs, kein Mensch spricht, kein Wind geht. Nur wir sind noch da, ein einziger großer Körper. Ein kleiner Schmerz verschwindet in Franziskas Hand, ein anderer in Franks schwerem Nacken. Meine Beine sind eingeschlafen, meine Arme sind eingeschlafen. Ich bin still. Ich kann den Schlaf spüren, der mir ungefährlich vorkommt, gasförmig und blau. Nur wir sind noch da, wir, ein einziger großer Körper. Ein kleiner Schmerz verschwindet in Franziskas Hand, ein anderer in Franks schwerem Rumpf. Mein Kopf ist eingeschlafen. Es ist still.

## ZEHN // FRANZISKA

Es kommt mir ganz unwahrscheinlich vor, dass ich Clara noch vor ein paar Minuten gehasst habe. Jetzt, wo sie traurig ist, ist sie wie jeder andere, wenn er traurig ist, sogar wie ich, und ich bin fast dankbar, dass sie traurig ist, weil es so schön ist, in der Gruppe traurig zu sein. Ich halte die Augen geschlossen und versuche, nichts zu denken, nur Claras Parfum einzuatmen, was aber schwierig ist, es fällt einem immer etwas ein, immer, und wenn es nur die Frage nach der Uhrzeit ist, die einen fast wahnsinnig macht. Was zum Beispiel, wenn Josephine genau in diesem Moment zu schreien anfängt?, denke ich. Ich fasse nach dem Babyfon in meiner Tasche, aber das Gerät ist still. Es wäre jetzt der perfekte Zeitpunkt, sich zu trennen, denke ich. Alle werden sich ihr Leben lang an diese Szene erinnern, und du hast nichts dafür tun müssen.

– He, sagt Frank. Jetzt mal Schluss mit dem sentimentalen Gekuschel. Noch jemand was zu trinken? Wie wär's mit ein bisschen Musik?

Ich reiße die Augen auf. Clara streckt sich, das Lächeln in ihrem Gesicht verbreitert sich wie ein Riss, dann streckt sie einen Arm aus.

– Hol mich hier runter, sagt sie und schüttelt meine Hand von ihrer Schulter.

Schon streckt sich auch Charlotte, und Max streicht sich die Haare aus der Stirn, als würde er schwitzen, dabei ist da kein einziger Schweißtropfen. Er guckt Charlotte an, die lächelt und mit den Fingern ihr Haar kämmt.

– Aber bitte keine Unterhaltungsmusik, sagt sie. Nicht so wie vorhin.

– Nicht so wie vorhin?, fragt Georg. Also wenn ich das jetzt richtig deute, hat dir die Band nicht gefallen.

Clara streckt ihre Hand aus und lässt sich von Frank hinunterheben, auch Charlotte klettert ungelenk von ihrem Stuhl auf dem Tisch und hängt sich Max um den Hals. Georg steigt hinab und streckt die Arme nach mir aus.

– Ich weiß nicht, sagt Charlotte, wenn ich ehrlich bin …

– Und du, Max?, frage ich und stütze mich auf Georgs Schultern, ehe ich auf den Boden springe. Und Clara?

– Oh ja, beschissen.

– Verstehe ich das richtig? Ihr seid euch alle einig? Oh Gott …

Ich muss lachen.

– Hast du das gehört, Georg? Alle fanden die Band beschissen! Ist das nicht zum Schießen? Wie viel hat sie noch mal gekostet? Haha! Und alle fanden sie beschissen …

Warum lacht Georg nur so vorsichtig? Max und Frank grinsen mich an, irgendwie verlegen, Clara pudert ihr Gesicht. Trotzdem kann ich nicht aufhören zu lachen, es ist, als würde ein großes Gewicht von weit oben herunterfallen und dabei alles Mögliche mit sich reißen.

– Und wisst ihr was, sage ich. Wisst ihr was? Ich fand sie auch beschissen!

Mein Lachen ist wie Konfetti über unseren Köpfen, kann sein, dass ich mich lächerlich mache, aber ich kann nichts dagegen tun, und ich will es auch gar nicht.

– Jawohl, ich fand sie beschissen! Beschissen, beschissen, beschissen!

Ich lache einfach. Es gefällt mir, wie meine Brüste beim Lachen springen. Ich finde das alles sehr lustig.

Dann steht Max plötzlich auf und schwankt wie eine betrunkene Elfe zum Klavier, immer leicht vorgebeugt, als würde er gleich umfallen.

– Ich kann was Besseres!, ruft er.

Er faltet und spreizt seine Hände, setzt sich auf den Hocker, verstellt die Höhe und lacht uns zu.

– Wer hat was gegen Sibelius?

– Kannst du nichts von Gershwin?, ruft Frank. Was Unterhaltsames.

– Schumann!, ruft Charlotte, Schumann!

– Haydn, sagt Georg.

– Spiel doch Jazz!, lache ich. Thelonious Monk oder so was.

– Und du, Clara?

Sie bückt sich und schiebt die Puderdose in den Strumpf zurück.

– Keine Ahnung. Chopin? Zu verspielt. Debussy? Satie? Die traurigen Russen? Wir könnten auch alle zusammen Bajuschki-baju singen. Die Variante mit Silbermond und Wolkenschäfchen.

– Ich glaube, die Herrschaften hätten lieber etwas Fröhliches.

Ich lache immer noch, aber es stört niemanden mehr.

– Oh ja, sage ich, nichts Düsteres.

– Du singst doch, Clara, sagt Charlotte und fasst Clara vorsichtig am Arm. Singst du uns einen Chanson vor?

– Kinder! Immer diese Chansons! Aber meinetwegen, d'accord, ich gebe euch die Femme fatale, bis ihr tot umfallt. Also, was singen wir? La mer, La vie en rose, einen von diesen Schinken?

– Was immer du willst, meine Teure.

Sagt Max, lässt seinen Kopf einmal über die Brust rollen

und hebt ihn wieder hoch. Clara tänzelt hinüber. Wir taumeln zum Tisch. Mir ist schwindelig, auf die Art, wie es einen schwindelt, wenn man auf einen Turm steigt, nur schöner.

– L'absence? In C?

– Mal sehen. Sing mal an.

– Du weißt schon. L'absence / D'un enfant, d'un amour / L'absence est la même / Quand on a dit je t'aime / Un jour … / Le silence est le même …

– Sie mogelt, kichert Charlotte, setzt sich auf Max' Schoß. Nichts Trauriges, haben wir gesagt.

– Oh, pardon. Tatsächlich? Gut, dann machen wir was von Albin de la Simone. Kennst du Albin de la Simone, Max?

– Schon mal gehört.

– Gib mir mal ein F. Ich singe einfach. Du findest schon was.

– Gut.

– Auf den Flügel, ruft Frank, hoch mit dir! Allez-Hop!

– Bitte nicht.

– Auf den Flügel!, ruft jetzt auch Charlotte. Auf den Flügel! Auf den Flügel!

Ich klatsche in die Hände. Georg stimmt ein. Charlotte trommelt mit ihren Fingern auf der Tischplatte. Frank hat die lauteste Stimme.

– Gut, von mir aus, sagt Clara. Ihr habt gewonnen. Ich füge mich.

Max steht auf und schiebt den Klavierhocker zu Clara hinüber. Sie steigt auf den Hocker und dann auf den Flügel, liegt da, als hätte sie nie etwas anderes gemacht. Ich rücke mit meinem Stuhl näher an Georg heran und umarme ihn, er lächelt milde und streckt sich. Frank hat angefangen, Zigaretten zu drehen, er kann das sogar mit einer Hand, die Papers rascheln zwischen seinen Fingern wie kleine Feuer. Charlotte hat den Kopf in die Hände gestützt und träumt angestrengt, fast kann man die Träume sehen, wie sie als kleine Kugeln vor ihrer Stirn schweben. Manchmal ist es so wie jetzt, dass ich alle umarmen und küssen und festhalten will, manchmal ist es so. Das kommt plötzlich, wie eine Idee, manchmal mit alten Liedern, manchmal, weil jemand etwas sehr Richtiges sagt, und manchmal kommt es einfach so, ohne Grund. Dann habe ich alle gern, sogar für das, was mir sonst an ihnen missfällt, und ich will vor Rührung heulen, einfach darüber, dass es uns schon so lange zusammen gibt, und ich denke: Kommt, lasst uns morgen treffen und übermorgen und überübermorgen, lasst uns zusammen in den Urlaub fahren und lasst uns einander nie verlieren …

– Tu vois, j'ai changé, j'ai changé, j'ai changé – ne t'enquiètes pas, singt Clara.

Ich stehe auf, um uns ein paar Weinflaschen zu holen, die Georg öffnet. Wir füllen unsere Gläser auf, egal, was vorher drin war. Frank prostet uns zu, ich ziehe Georgs Hand auf mein Knie und beobachte Max, dessen Klaviergesicht konzentriert ist, als würde er Servietten falten oder zwei schwierige Scherben zusammenkleben, oder wie früher, wenn er in Geometrie gestrichelte Linien zeichnen musste. Das muss die Musik sein, dass ich mich so erinnere, es ist diese Musik, die dich sentimental macht, und kaum schließt du die Augen, sind da Sätze wie: Früher war es einfach, zusammen zu sein und zusammenzubleiben, es gab immer genügend Dinge, über die man eine Meinung hatte und sich gemeinsam aufregte, und dass man in der Schule nebeneinandersaß, war Schicksal genug, um gegen irgendetwas zusammenzuhalten. Du findest Max immer noch hübsch, denke ich, das ist der eigentliche Punkt, darum erinnerst du dich an all das.

– Georg?, flüstere ich. In der Schule war ich mal in Max verliebt. Hab ich dir das schon erzählt?

Georg dreht sich zu mir.

– Das ist doch nicht wichtig, sagt er, und seine Stimme ist sanft und nachsichtig und abwesend, und er sieht mich an, wie man ein Bild anschaut, nur so genau, dass man es später grob beschreiben kann, dann beobachtet er wieder Clara und Max. Ich nehme einen großen Schluck aus der Weinflasche, Georg drückt ein bisschen meine Hand.

– Großartig, die zwei, sagt er und lächelt.

– Catherine Deneuve, ça m'est égal/Brigitte Bardot, ça m'est égal/O tout ça c'est tant pis, c'est fini …

Ich denke nichts Eifersüchtiges, sollte ich? Mir gefällt es, wie Clara singt. Da ist etwas in ihrer Stimme, ich weiß nicht, ist es Spott? Ironie? Einsamkeit? Jedenfalls macht es mich fröhlich und traurig zugleich. Und auch, wie Max' wendige Finger auf dem Klavier hierhin und dorthin springen, unter seinem Gesicht, das orange strahlt. Woran denke ich? An den Brief, den ich Max geschrieben habe, dieses peinliche Ding? An das erste Treffen mit Clara, als sie im Vorzimmer der Literaturagentur hockte und rauchte, obwohl ich ihr drei Mal gesagt hatte, hier würde nicht geraucht? Oh, pardon, hat sie nur gesagt, gelächelt, die Asche unter ihren Stuhl geschnippt und weitergeraucht. Daran, wie Max, Clara und ich uns in meiner neuen Wohnung zum Kochen trafen, zum ersten Mal mit Georg an meiner Seite? Als wir zusammen in der Küche saßen und ich daran dachte, wie Mathias am Anfang unserer Beziehung zu mir gesagt hatte: Man sollte nur zusammenbleiben, so lange man sich liebt wie zwei Kinder, die Hand in Hand über eine Wiese laufen? Daran erinnerte ich mich an diesem Abend in der Küche und dachte: So kommst du niemals mit irgendjemandem am Ende der Wiese an, und am selben Abend fragte ich Georg, ob es nicht Zeit sei, über alles nachzudenken, die Zukunft, ein Haus, Kinder, diese Dinge …

– Und noch ein Lied von Mathieu, weil's so schön war. Mathieu Boogaerts mit Quelque chose. Bitte, Monsieur le pianiste …

Oder denke ich daran, wie ich Markus einmal bei der Arbeit besuchte, wie er da an seinem Schreibtisch saß und eine Tasse Kaffee trank und ganz normal tat, wo doch über seinem Kopf an der Wand zwischen den ganzen Postkarten ein Erotikkalender hing? Und wie ich dachte: Wie sollst du nur jemanden ernst nehmen, der unter einer nackten Frau im Dschungel sitzt? Georg war nicht so, Georg war ganz anders. Oder denke ich daran, wie es plötzlich anfing, so vor zwei, drei Jahren, dass ich immer weniger normale Briefe bekam und immer mehr Rundschreiben, denen Babyfotos beigelegt waren? Oder daran, wie Max und Clara uns besuchten, als Josephine erst ein paar Wochen alt war, noch vor der Party, wie wir alle um den großen Tisch herum saßen und Eis aus einer Dose löffelten?

– Est-ce que ça veut dire quelqu'chose / Quand tu te réveilles la nuit comme ça / Est-ce que ça veut dire / quelqu' chose dis-moi / Dis-moi c'que ça veut dire …

Max sieht glücklich aus mit seinem Klavier, er lacht zu uns herüber. Clara, die auf dem Flügel liegt, den Kopf in die Hand gestützt, schwenkt in der anderen Hand ihr Glas zum Zeichen, dass sie trinken will, und Frank steht auf und gießt ihr nach.

– Jetzt singen wir was von Coralie Clément, der kleinen Schwester von Biolay. D'accord, Max? Salle des pas perdus?

Wie die Musik den Raum bis unter die Decke füllt! Ich wünschte, ich könnte auch Musik machen. Irgendetwas Sinnvolles, Schönes! Etwas, mit dem man solche Augenblicke erzeugen kann, in denen sich alles fügt, in denen alles Sinn macht, sogar ein lautes Lachen oder das Geräusch einer herunterfallenden Gabel.

– Mon nom ne vous dit rien / Vous devez ignorer / Que nous sommes voisins / Depuis le mois de mai …

– Sie ist wunderschön, wenn sie singt, hm?

Charlotte hat sich zu mir herübergebeugt, mit ihrer Hand formt sie einen Trichter vor meinem Ohr.

– Sie hat dann nichts Böses …

Ich lache und nehme ihr Gesicht zwischen die Hände, ziehe ihr Ohr an meine Lippen heran.

– Weißt du, Charlotte, flüstere ich zurück, ich mag dich, verstehst du?, und Charlotte lächelt, zieht vorsichtig ihre Stirn zurück, ihre unheimlich blonden Wimpern, diese runde weiße Nase mit zwei winzigen Leberflecken darauf. Jetzt steht sie auf, hüpft hinüber zum Fenster, wo auf dem Sims Sträuße in großen, bauchigen Vasen stehen, dann blickt sie sich kurz um, wie, um eine Erlaubnis einzuholen, nimmt einen Strauß aus der Vase, schüttelt das Wasser von ihm ab und fängt an, ihn zu zerpflücken. Sie lacht in das Lied hinein, geht auf Clara zu und wirft Blüten nach ihr und Max, und manchmal auch Blätter und einen Stängel. Georg drückt meine Hand fester, ich weiß nicht, warum, bin aber fröhlich, fröhlich und leichtsinnig wie du es an den ersten Sonnentagen im Jahr bist, wie die Autofahrer, die ihr Glück herausfordern, wenn sie in den Kurven überholen, und die das gleiche irre Lachen im Gesicht haben wie du selbst.

Clara zupft sich mit einer eleganten Bewegung eine Blüte aus dem Pony, singt weiter, mit dieser etwas nebligen Stimme, dann lehnt sie sich zur Seite, beugt sich vor und stützt sich auf den Händen ab, um den Kopf zu Max hinunterzubeugen, ihn anzusingen, kurz nur und ohne echten Ehrgeiz.

– Je vous ai aperçu / Salle des pas perdus / Un soir, était-ce à Saint Lazare?, singt sie, und Max lacht verlegen oder froh, oder beides.

Ich stehe auf, gehe ebenfalls zum Fenster und nehme einen der Sträuße, um Blüten in die Luft zu werfen, einfach, weil ich Lust dazu habe. Ich drehe mich im Kreis und werfe Blüten. Ich mache das sonst nie, es gibt auch wenig Anlässe dafür, aber es macht ungeheuren Spaß, sich im Kreis zu drehen und Blüten zu werfen. Ich drehe mich einfach immer weiter, zupfe Blüten ab strecke den Arm aus, reiße ihn in die Luft und öffne die Hand. Ich bemerke Georgs Blick, Georgs unverständigen Blick in meinem Rücken, aber das ist mir egal. Es ist mir egal, will ich rufen, ist nicht schlimm, dass du mich nicht verstehst! Mach dir nichts draus! Ich drehe mich einfach weiter, immer um die eigene Achse, rechtsherum, dann wieder linksherum, alles ist gut, solange noch genug Blüten zum Werfen da sind. Manchmal sehe ich Charlotte an mir vorbeiziehen, sie hält den Saum ihres Kleides in den Händen und tanzt, und manchmal sehe ich Georg. Schaut mir jemand zu? Beobachtet mich Max? Sieht jemand, wie schön mein Kleid sich bauscht, wenn ich mich drehe? Wie meine Brüste springen?

– On écoute du chant grégorien / Elle parle à peine et moi

je dis rien, singt Clara und lacht. On a une relation comme ça /Fanny Ardant et moi.

Und dann erlöschen auf einmal die schummrigen Lampen über den Tischen ganz. Ich rufe:

– Hey!

Da war doch ein Schatten an der Tür, denke ich, da war doch jemand.

– Wie romantisch, sagt Frank laut.

– Wir haben sowieso die ganze Le-Pop-Bagage durch, sagt Clara. Ich brauche etwas zu trinken. Kann mal jemand das Licht …?

Und dann habe ich den Schalter erwischt und drehe mich um. Ist das da in der Tür eben nicht wieder ein Hotelangestellter gewesen? Hat er nicht eben hereingestarrt? Hat er mich nicht eben seltsam angesehen, mit auf dem Rücken verschränkten Armen? Warum ist er so hastig weitergelaufen? Gebückt, als sollte niemand ihn sehen. Und schnell, wie ein Sportler. Du willst dich gerade versichern, dass du richtig siehst, schon sind sie wieder verschwunden. Wie viele gibt es denn um Himmels willen von denen? Wie Insekten sind die. Wie Spinnen, die, wenn du lange weg warst, deine Wohnung beherrschen, bis in die hintersten Winkel.

Ein ungeheuer lauter Pfiff plötzlich, Frank war das, er zieht die zwei Finger aus seinem Mund und klatscht.

– Bravo, Stulle!, ruft er in Richtung Clara, und Clara streckt ihr Glas von sich.

– Ich verdurste! Bringe er mir den Wein!

Und natürlich steht Georg auf, Georg, nicht Frank, und er lächelt und schenkt ihr Wein nach und verschüttet die Hälfte.

– Eins noch, bettelt Max und rutscht auf dem Klavierhocker hin und her. Komm schon, Clara. Eins aus »Acht Frauen«.

– Fini! Ich singe keinen Ton mehr. Früher hätte ich dich jetzt mit nach Hause genommen, das lassen wir heute mal weg und machen einfach frisch und fröhlich da weiter, wo wir aufgehört haben. Worüber reden wir?

– Das meinst du nicht ernst, oder?, sagt Charlotte heiter. Sie steht in der Mitte zwischen Tisch und Flügel und atmet noch schwer. Der Boden um ihre Füße ist voller Blüten.

– Was?

– Dass du ihn ...

– Dass ich ihn mit zu mir nehmen würde? Warum nicht? So ein kleiner Pianist ... Hast du den Feminismus verpasst? Frauen jagen jetzt. Keine Angst, ich nehme Rücksicht. Ich habe ohnehin keine Lust, außerdem bin ich gerade gebunden. Stimmt's, Prolet?

– Sie nennt dich Prolet?

Georg hat leise gefragt, jetzt feixt er. Frank wiegt den Kopf von einer Schulter zur anderen, der klein wirkt über dem breiten Nacken, über dem das weiße Knitterhemd spannt, dann grinst er, wie er immer grinst.

– Sie sagt alles Mögliche zu mir. Prolet, Gangster, Chief, Darling, Romeo ... Wie sie gerade lustig ist.

– Du hast die Hälfte vergessen. Oft nenne ich dich auch Idiot, Bauer, Tier oder Trampel.

Clara lässt sich vom Flügel gleiten, kommt langsam zu uns herüber, pickt eine der selbstgedrehten Zigaretten von der Tischplatte und zündet sie sich an.

– Ja, Clara, sage ich, ich glaube, das reicht.

– Hast du ein Problem? Wir führen eine ganz legitime pragmatische Beziehung, die obendrein wunderbar funktioniert. Demütigung gehört bei uns einfach dazu, verstehst du? Erotische Spiele.

Plötzlich bricht Max in Lachen aus, laut und so heftig, dass er, als er den Kopf vorbeugt, mit der Stirn ein paar Tasten des Flügels berührt, ein Ton, der irgendwie verächtlich klingt, verächtlich und entrüstet. Charlotte starrt Clara verständnislos an, wischt sich mit der flachen Hand die schweißverklebten Strähnen aus der Stirn und starrt auf den Rest Strauß in ihrer Hand, bis sie sich Sekunden später entscheidet, ihn zurück in die Vase am Fenster zu stellen, was natürlich idiotisch wirkt, weil von den Blumen nichts übrig ist als ein Bund kümmerlicher Stängel mit Blättern. Das verschlimmert Max' Lachkrampf noch, und plötzlich lacht auch Charlotte hysterisch, und Georg lacht wie eine Frau, bis alle lachen, und ich auch. Frank erhebt sich, baut sich vor Clara auf und umfasst sie an der Hüfte.

– Ich gehe was rauchen. Bist du dabei, Weibsstück?

Und an mich gerichtet:

– Wie kommt man hier an Frischluft? Gibt es so was wie einen Balkon?

– Ich weiß nur, sage ich, dass die Suiten im dritten Stock Balkone haben.

– Ihr schlaft doch da oben, sagt Frank. Wir wäre es, wenn wir auf einen Sprung mit raufkommen?

Jetzt ist sowieso schon alles egal, denke ich. Warum also nicht?

– Warum eigentlich nicht? Auf eine letzte Zigarette. Oder, Georg?

– Sicher, sagt Georg und zwinkert Frank überdeutlich zu, als wäre der kurzsichtig. Nimm aber ordentlich was zu Trinken mit!

Wenn ich mit ihm allein bin, würde Georg nie so reden, höchstens macht er mal einen anzüglichen Spruch, aber selbst das kommt fast nie vor. Frank verschwindet und taucht mit drei Ginflaschen wieder auf.

– Also dann, sagt er, packt Claras Hintern und schiebt sie zur Tür. Dort zieht er sie heftig an sich und beißt in ihren Hals. Er greift ihr an den Po, knetet ihn und rafft wie nebenbei das schwarze Kleid hoch, bis zu den Oberschenkeln, dann schiebt er seine Hand zwischen Claras Beine. Schnell geht das, er ist geübt darin, zieht die Hand wieder hervor und lässt das knielange Charlestonkleid langsam über die halterlosen, mit einem Silikonband weit über den Knien abschließenden Feinstrümpfe gleiten. Bitte nicht, denke ich noch, nicht jetzt, aber schon kommt es wieder. Ich kann überhaupt nichts dagegen tun. Ich sehe ganz deutlich vor mir, wie Frank Claras Brüste aus dem Ausschnitt hebt wie Beutel, wie er anfängt, sie zu massieren, an ihnen herumzudrücken, sie zu kneten wie Teig. Gerade sagt Charlotte:

– Dann kannst du mir dein Hochzeitskleid zeigen, Franziska! Bitte, du musst mir unbedingt dein Hochzeitskleid zeigen!

Und dann sehe ich, wie auch Max Charlottes Brüste in den Händen hält. Wie Max und Frank gleichzeitig an den Brüsten ihrer Frauen herumdrücken. Ich sehe es ganz deutlich, es ist wie in einem dieser Wachträume, in denen man mitbestimmen kann. Ich kann von einem Paar zum anderen gehen, ich kann mich so nah über einen der Ausschnitte beugen, dass ich die Haut riechen müsste, ich kann sogar bestimmen, in welchem Rhythmus der Mann ihre Brüste knetet, ich kann überhaupt alles bestimmen, nur den Ton nicht, nur nicht, was sie sagen.

– Ist es ein weißes Kleid?, fragt Charlotte gerade. Ich möchte auch in Weiß heiraten, Weiß wie die Unschuld.

Dabei drückt Max gleichmäßig Charlottes Brüste mit beiden Händen zusammen und lässt sie wieder los. Er berührt ihre Brustwarzen mit den Fingern und sagt:

– Wenn schon, denn schon, oder?

Ich kann nicht aufhören. Es ist wie damals, als ich zwölf war, als wir alles Mögliche in uns hineinschoben, Finger, Stifte, Kerzen, nur ich bin davon niemals weggekommen, bei mir hat sich nichts verändert, ich werde immer noch feucht, wenn sich im Film eine Frau auszieht, und ich schalte immer noch nachts auf die Sender, auf denen diese Werbung läuft.

– Wie schrecklich, sagt Charlotte, dass man es nie wieder anziehen kann.

Und Clara:

– Das wäre mal eine Recherche wert. Wo verschwinden all die Hochzeitskleider? Keine schlechte Frage.

Frank nimmt ihre Brüste in die Hand, hebt sie hoch und lässt sie wieder fallen. Ich kann nicht aufhören. Ich starre ihre Brüste an und kann nicht aufhören. Vor ein paar Jahren dachte ich, ich wäre lesbisch, weil ich auf Brüste reagiere, und es hat sich nichts verändert seitdem, nur dass ich es schon so lange mit mir herumtrage, dass es mir inzwischen kaum mehr heimlich vorkommt, fast normal, wie eine Krankheit, an die man sich gewöhnt, die man mit einschließt, wenn man Ich sagt. Clara hat Recht, denke ich, wir sind alle sexuell geschädigt, und kein einziger Mensch kann mehr normal sein in dieser Welt. Unsere Fantasien laufen neben uns her wie Schatten, und wenn du einen Moment lang nicht aufpasst, kommen sie und überwältigen dich. Du überlegst vielleicht gerade, was du morgen anziehen willst oder wie du den Kinofilm beschreiben sollst, den du gestern gesehen hast, da kommt es über dich und färbt deine Gedanken wie Tinte. Es ist, als würdest du anfangen, von innen heraus zu verfaulen, das ist es, genau so fühlt es sich an. Aber das Schlimmste ist nicht, dass du die anderen nicht ernst nehmen kannst, wie sie da halbnackt vor dir stehen und aneinander herummachen, und auch nicht, dass der andere keine Ahnung hat, dass er sich keine Vorstellung macht von diesem Tümpel in dir, weil du, wenn er dich fragt, wie es war, ob du an ihn gedacht hast, nicht einfach antworten kannst: Nein, ich habe nicht an dich gedacht, Georg, ich habe mir stattdessen alle möglichen Paare beim Ficken vorgestellt, zum Beispiel Anke und Thomas, kennst du die noch? Ich habe mir vorgestellt, wie sie auf einem Tisch auf dem Rücken liegt und er ihre gestreckten Beine hochhebt und seinen Schwanz in sie hineinrammt, weißt du?, nein, das Schlimmste ist, dass du tatsächlich erregt bist, und dass du dir nicht sicher bist, ob es deine Vorstellung ist, die dich erregt, oder die echten Menschen, und was eigentlich schlimmer ist. Und dann ist es vorbei, ganz plötzlich, wie ein Sturm, und ich stehe ein bisschen blöd und verwüstet herum und habe sofort wieder Lust zu lachen. Gut, denke ich, du hast Geheimnisse, aber keine besonderen, nur ganz gewöhnliche kleine widerliche Geheimnisse, wie jeder sie hat, keine große Sache.

– Woran denkst du?

– Ich. Überhaupt nichts.

Georg verlangsamt seinen Schritt und legt eine Hand auf meine Schulter.

– Du sahst so aus. So nachdenklich.

– Ich habe überlegt, ob wir morgen genug Kuchen zusammenbekommen.

– Mach dir keine Sorgen, sagt Georg.

Mach dir keine Sorgen. Sagt er und rechnet mir vor, wie viel Kuchen wir haben. Im Gehen lege ich kurz meinen Kopf auf seine Schulter.

– Haben wir gut geplant, sage ich.

Georg streicht mir übers Haar. Wir laufen. Es ist nichts passiert, denke ich, du hast dich wieder gefangen, niemand hat etwas bemerkt. Charlotte streift beim Gehen mit der Hand die Flurwände, manchmal dreht sie sich nach uns um und lächelt. Wir laufen. Ich zähle die Zimmertüren an beiden Seiten. Zimmertür Nummer fünfzehn ist halb offen. Dahinter steht jemand im Halbdunkel, mit dem Rücken zur Tür, und lässt sein Hemd auf den Boden fallen. Einer dieser Hoteljungen. Warum zieht er sich aus?, denke ich. Und für wen?

– Du liebst mich doch noch?, fragt Georg.

– Aber sicher, warum fragst du?

Und dann geht alles schnell. Wir sind oben im dritten Stock, wo die Zimmernummern antik sind und vergoldet. Ich ziehe den Schlüssel aus der Tasche und zucke zusammen, als Frank fragt:

– Na, Georg? Wie ist das Hochzeitsbett? Schon getestet?

Du kannst doch jetzt nicht einfach Braut spielen, denke ich noch, und: Nimm dich zusammen, niemand weiß etwas. Ich greife nach dem Babyfon in meiner Tasche. Georg sagt:

– Herein, die Herrschaften.

Sie stürzen ins Zimmer, Charlotte voraus, die alles anfasst, was ihr in den Weg kommt, den Holzschrank im Vorraum, den großen Spiegel, die Garderobe. Die Couch im großen Zimmer, den Fernseher, die Regale, den Schreibtisch, die bodenlangen, zur Seite gerafften Gardinen und Ornamenttapeten. Alles ist goldfarben oder rosa, und überall stehen Engelsfiguren in den Ecken, Vasen mit Blumen, zierliche Beistelltische und so weiter, und ich sehe uns durch den Raum schleichen und die Dinge berühren, als würde uns das irgendetwas bringen, und dann weckt mich Claras Stimme.

– Sich vorzustellen, sagt Clara, wie viele Paare hier ihren Hochzeitsfick …

Und ich zucke zusammen, wirklich, ich zucke, und denke: Dass du nie daran gedacht hast! Wahrscheinlich sind Hochzeitssuiten die Orte, wo die meisten Paare Sex hatten, immerhin müssen sie ja, denke ich, warum ist dir das bloß nie aufgefallen.

– Wir sind dann draußen, sagt Frank, drei Flaschen Gin im Arm wie Babys, er verschwindet quer durch den Raum auf die Seite, wo der Balkon angrenzt, öffnet die Tür, und sein Rücken wird vom Dunkel geschluckt. Max folgt ihm, Georg zögerlich auch, und jetzt sind wir allein, Clara, Charlotte und ich, und Charlotte hält die Hände vor den Mund, kommt aus dem Staunen nicht mehr heraus.

– Darf ich das Kleid sehen?, fragt sie, feierlich, als wäre das der Anfang einer Rede. Also schließe ich den Schrank auf und ziehe den Bügel mit dem verpackten Kleid heraus, schlitze die Folie auf und halte es Charlotte hin, die es sofort an sich reißt, mit ihren kleinen, kompakten Händen darüberfährt, den Stoff prüft, daran riecht, als könnte sie etwas daraus lesen: wie lange die Ehe hält, wen sie selbst heiraten soll, wann ihre Hochzeit ist und wie man glücklich wird.

– Das ist wunderschön, sagt Charlotte, Clara, sag doch auch was!

– Du darfst es anprobieren, wenn du willst, sage ich, es macht mir nichts aus.

Clara sitzt auf der Couch und sieht durchs Fenster über den Balkon, der die dritte Etage umspannt wie ein Ring, sieht zwischen unseren Männern auf den Parkplatz hinunter, dreht sich dann zu uns um, lächelt vage und wendet sich wieder ab.

– Hübsch, sagt sie. Großer Ausschnitt.

Ich zucke schon wieder. Du darfst nie zu viel von dir zeigen, denke ich, sonst kommen sie und wühlen in deinen Wunden herum, und am Ende weiß jeder alles.

Charlotte verschwindet mit dem Kleid auf den Armen im Badezimmer, und ich setze mich auf den Schreibtischstuhl. Auf dem Schreibtisch liegt rechts ein lederner Umschlag mit Briefpapier und ein Informationsblatt des Hotels. Links, bei der Schreibtischlampe, liegt die Fernbedienung und eine Fernsehzeitung, auf der eine Frau im Bikini posiert. Wenn man so eine Fernsehzeitschrift besitzt, denke ich, ist das, als hätte man eine zweite Frau im Haus. Davor liegt ein Zettel, auf dem Georg mit seiner unleserlichen Schrift irgendetwas notiert hat. Es ist auf einmal sehr still im Zimmer, so still, dass ich mir den Lärm einer Baustelle herbeiwünsche oder das Kreischen von Gruppen, die unter dem Fenster vorbeigehen. Manchmal sind dir Menschen plötzlich nah, zum Beispiel in der U-Bahn, wenn du dich für fünf Minuten mit ihnen verbündest, einfach, weil einer ganz laut ein trauriges russisches Volkslied singt, und alle schauen sich an und lächeln, und in dem Moment hast du vielleicht mehr mit diesen Menschen gemeinsam als an manchem Morgen mit dem Mann, den du liebst. Und manchmal siehst du Menschen, die du schon lange kennst, und sie machen eine Bewegung, die dir fremd ist, und du denkst: Wer ist das? Ich kenne ihn nicht.

– Du hast dich verändert, sage ich zu Clara.

Aber schon im Moment des Aussprechens weiß ich, dass er falsch ist, der Satz, dass er vorn und hinten nicht stimmt. Clara steht von der Couch auf, langsam, als hätte jemand sie dazu aufgefordert. Dann legt sie sich die Arme um den Körper und bleibt einfach so stehen. Sie sagt nichts, sie geht nicht zum Fenster, sie lächelt nicht, sie bleibt einfach stehen.

ELF // MAX

»Sylt? Da fahren doch nur Spießer hin.«

Frank setzt die Flasche an die Lippen, hebt sie an und lässt sich den Gin in den Hals fließen, ohne zu schlucken. »Wahrscheinlich hat er das lange geübt«, denke ich, »dass er da keinen Schluckreflex hat.«

»Ich weiß nicht. Franziska wollte da hin.«

Georg fährt sich mit den Händen über die Glatze. Frank sieht ihn an, als würde er auf ihn hinunterschauen, dabei sind er und Georg ungefähr gleich groß. Georg räuspert sich.

»Na ja, mir ist es eigentlich egal, wo wir sind. Strand, Bikinis, was will man mehr ...«

Er lacht albern und schlägt Frank mit der Faust gegen den Oberarm, allerdings zu langsam, so dass es beinahe wie eine Zärtlichkeit aussieht. Ich bin sehr klar im Kopf, aber mir fällt es schwer, Entfernungen abzuschätzen. Dieser Baum da unten zum Beispiel: Wenn ich die Augen zusammenkneife, rückt er bis auf zehn Meter heran, dabei könnte ich wetten, dass er mindestens fünfzig Meter weit weg steht. Auch die Ginflasche auf dem Boden kommt schneller näher, als ich mich bücke, und ich muss mich konzentrieren, um nicht danebenzugreifen. Den Deckel abzuschrauben kommt in etwa der Anstrengung gleich, die es kostet, einen Faden durch ein Nadelöhr zu kriegen.

»Was ist mit dir?«, sagt Frank. »Du hast doch auch schon mal.«

»Was?«

»Geheiratet.«

»Ja ...«

»Wohin ging's?«

»Wir haben nur eine kurze Städtereise gemacht. Drei Tage Rom. Und später dann normal Sommerurlaub.«

»Rom?«

Frank pfeift durch die Zähne.

»Italienerinnen.«

Ich war nie ein großer Freund von reinen Männerrunden. Ich meine, sie würden mir wahrscheinlich nicht sonderlich fehlen, aber es stört mich auch nicht, mit Männern allein zu sein. Als Radioredakteur muss man schon hin und wieder mit seinen Kollegen ein Bier trinken gehen. Trotzdem kann ich Männer nicht verstehen, die die ganze Zeit davon schwärmen und weiß Gott was für eine Sache draus machen. Am Anfang hielt ich das ja für ein hartnäckiges Klischee, wie Männergespräche ablaufen, aber ich glaube, es macht tatsächlich überhaupt keinen Unterschied, ob Bauarbeiter oder Radioredakteur oder weiß der Geier was, es sind überall die gleichen Themen. Aber das ist auch gar nicht der Sinn von Männergesprächen, glaube ich. Im Grunde geht es nur um den Subtext. Im Grunde geht es nur um diese sehr tierischen Signale, die man sich gibt. Am Ende könnte man sich das ganze Gerede sparen und nur in gewissen Abständen so was sagen wie »Ich finde dich in Ordnung« oder »Mir geht's genauso«, das käme aufs selbe raus. Außer vielleicht bei Künstlern. »Wenn jemand was zu besprechen hat«, denke ich, »dann wahrscheinlich Künstler.«

»Römerinnen!«, sagt Georg. Er möchte mit Frank anstoßen, aber Frank macht einen Schritt vor ans Geländer und sieht auf die Wagen hinunter. Auf einen davon zeigt er.

»Deiner?«

»Nein«, sage ich.

»Echt nicht? Ich hätte schwören können, dass du Audi fährst.«

Ich weiß nicht genau, wie er das gemeint hat. Wahrscheinlich war es kein Kompliment. Frank nimmt wieder einen Schluck aus der Flasche, dann macht er ein paar Verrenkungen mit den Armen, wie Kraftfahrer an Raststätten.

»Und, wie ist das so?«

»Was?«

»Heiraten.«

»Keine Ahnung«, sage ich. »Kommt auf die Frau an, schätze ich.«

Frank grinst. Offenbar hat ihm meine Antwort gefallen.

»Und? Scheidung schon durch?«

»Noch nicht. Zieht sich.«

»Nimmt sie dich aus?«

»Sie bekommt ziemlich viel.«

»Schlimme Sache.«

Georg nickt auch und hebt seine Flasche. Frank stößt widerwillig mit ihm an, dann prostet er mir zu.

»Chin Chin.«

Es ist sehr dunkel. Wahrscheinlich kommt es mir nur deswegen so dunkel vor, weil es selten vorkommt, dass ich nachts draußen bin. Ich mag es, wenn es nachts so dunkel ist, dass der Tag mit seiner Helligkeit sich deutlich davon abhebt. Man sollte ohnehin spätestens mit der Rente in den Süden ziehen, das ist meine Meinung. Da gibt es noch klare Grenzen, das ganze Jahr über. Da ist es nicht wie hier, wo monatelang die Sonne weder auf- noch untergeht. »Aber so einen Wunschtraum vom Süden trägt auch jeder mit sich herum«, denke ich, »und zu Ende bringt man dann doch nichts.« Frank hat die Unterarme aufs Geländer gelegt und den Kopf auf seine zwei Fäuste gesetzt. Sein weißes Hemd spannt über dem Rücken. Ich mag Frank. Ich bin völlig klar im Kopf, ich kann jeden von Franks Muskeln genau erkennen. Georg steht links neben Frank und trinkt immer dann aus der Ginflasche, wenn ich zu ihm hinsehe. Etwas stimmt mit Georg nicht, da bin ich sicher. Vielleicht ist er auch einfach nur langweilig. Jedenfalls ist seine Jeans zu eng.

»Tja«, Frank schlägt Georg auf den Rücken, so dass er sich verschluckt. Er wischt sich den Gin aus seinen Mundwinkeln. »Morgen bist du verloren, Junge.«

Georg dreht sich um und lehnt sich gegen das Geländer. Wenn ich den Kopf leicht nach rechts neige, sieht es aus, als hätte Georg einen Heiligenschein. Das ist der Mond.

»Es ist alles austauschbar«, sagt Frank. »Das Bett, in dem du schläfst, der Job, den du machst, die Frau, die hinten auf dem Motorrad ihre Brüste an deinen Rücken drückt …«

»Ich weiß nicht«, sagt Georg, aber er gibt es auf und redet gar nicht erst weiter. Frank zwischen uns lehnt sich gegen das Geländer und wird größer, er ist ein großer schwarzer Schatten, der redet.

»Ihr habt alle einen Denkfehler«, sagt er, »einen fetten Denkfehler, weil ihr nämlich davon ausgeht, dass das Leben Sinn macht.«

Mir wird übel. Ich bin sicher, dass das von Franks Gerede kommt. Frank muss einfach aufhören zu reden. Mir ist so übel, dass ich spüre, wie ich bleich werde, weil ich jedes Mal, wenn ich mir übers Gesicht fahre, Farbe herauswische. Ein paar Minuten kann ich vielleicht noch dagegen antrinken, dann ist es vorbei. »Frank muss einfach aufhören zu reden«, denke ich.

»Frank? Kannst du bitte aufhören zu reden?«

Frank dreht sich nicht zu mir, er redet einfach weiter. Er sagt:

»Das ganze Leben ist von vornherein eine völlig sinnlose Sache. Da muss man nur mal rausgehen und schauen, was mit der Natur los ist.«

Während Frank redet, wird er immer größer, erst sein Rücken, dann auch Arme und Beine. Frank sagt:

»Davon versteh ich was. In den Garten, den ich da mit meinen Spezeln gemietet hab, steck ich jedes Jahr eine Heidenarbeit rein. Und jedes Mal wuchert der ganze Scheiß wieder zu! Und es sieht genauso aus wie vorher! Versteht ihr, Leben und Tod, Leben und Tod ...«

Frank bewegt seine Arme. Er steht mit dem Rücken zu mir. Er wird immer größer, und ich werde immer leichter, bis ich so leicht bin, dass ich mich in die Luft schwingen kann wie ein Wind. Da oben, über Frank und Georg, habe ich alles im Blick, das ganze Hotel, die ganze Welt. Ich sehe zum Beispiel schon den Tag, weit hinten, ein Streifen Rot, nichts weiter, und ich sehe sogar den übernächsten und überübernächsten Tag. Ich sehe Frank auf dem Balkon stehen und reden, am übernächsten und überübernächsten Tag. Er sagt genau dasselbe, und es passiert genau dasselbe: Die Sonne geht auf, wir werden wach, wir stehen auf, wir essen, wir reden die gleichen Sachen wie gestern und vorgestern und vorvorgestern, wir machen die gleiche Arbeit, wir legen uns hin, wir schlafen. Wir stehen auf, wir essen, wir reden immer die gleichen Sachen, wir kaufen Autos, wir verkaufen Autos, wir kaufen neue Autos, wir kaufen Hosen, wir kaufen Brot, wir kaufen Regenschirme, wir kaufen Häuser. Wir bekommen Rechnungen, wir bezahlen Rechnungen, wir bekommen neue Rechnungen. Wir schreiben Briefe, wir telefonieren, wir besuchen uns, wir vergessen uns. Wir kommen zusammen, wir trennen uns, wir machen Kinder, wir erinnern uns. Wir stehen auf, essen und reden, wir werden krank, wir werden gesund, wir begraben Leute, wir taufen Leute. Wir sehen fern, wir hören Radio, wir lesen Zeitung, wir schmeißen die Zeitung weg, wir hören die Nachrichten, wir vergessen die Nachrichten, wir hören neue Nachrichten. Wir stehen auf, wir essen, wir reden, wir legen uns hin, wir schlafen. Wir arbeiten, wir bekommen Geld, wir arbeiten, wir geben Geld aus, wir feiern Geburtstag, wir gratulieren uns, wir vergessen Geburtstage. Wir stehen auf, wir trinken Kaffee, wir pinkeln, wir trinken noch mehr Kaffee. Wir hängen uns Kalender an die Wände. Wir ziehen uns an, wir ziehen uns aus, wir ziehen uns an, wir schlafen. Wir stehen auf, wir essen, wir reden die gleichen Sachen, wir fahren weg, wir kommen wieder, wir reden, wir essen, wir schlafen. Und immer so weiter. Ich verstehe die Welt.

Frank nimmt mich an den Schultern. Er blickt mir eine Zeit lang in die Augen, dann lässt er mich los und grinst.

»Du bist dicht, Max.«

Er reibt seine Hände aneinander. Plötzlich taumelt er einen Schritt zurück, fällt gegen das Geländer, richtet sich wieder auf und grinst. Seine breiten Schultern sind angespannt.

»Nur Show«, sagt er und lacht.

»Und jetzt hört mir mal zu. Hört mir mal zu! So ist das und nicht anders. Es ist alles ein ewiger Kreislauf, alles wiederholt sich, und es ist nicht aufzuhalten. Ich hab da meine Theorien. Ich lasse mir da nichts mehr vormachen.«

Georgs Augen wandern zwischen Frank und mir hin und her. Ich kann sein Gesicht deutlich erkennen, obwohl es dunkel ist. Mit einer Hand hält er sich am Geländer, mit der anderen an dem Gitter fest, hinter dem der nächste Balkon liegt. Frank hebt seine Flasche schwungvoll vom Boden, schraubt sie auf und trinkt, ohne mit den Lippen die Öffnung zu berühren. Dann richtet er die Flasche gegen uns, erst gegen mich, dann gegen Georg. Er hält sie ihm sehr nah vors Gesicht, dann hebt er sie an und trinkt wieder.

»Max, ich mag dich ja. Wäre trotzdem besser, wenn du eine Pause machst. Geh rein, schau, was die Frauen treiben, geh pissen, ganz egal. Aber was du da redest, ist einfach Schwachsinn.«

»Was? Ich habe nichts gesagt.«

»Du hast mich schon verstanden, mein Freund.«

Ich sehe alles sehr deutlich. So deutlich, wie man alles sieht, wenn man zu lange nichts gegessen hat, der Hunger aber längst hinter einem liegt, da haben die Dinge auch eine ganz andere Qualität. Es ist alles ganz anders, als es scheint. Die Dinge schälen sich nämlich aus sich selbst heraus und sind andere Dinge als die, die sie zu sein vorgeben. Es ist alles ganz einfach. Im Grunde ist alles ganz einfach.

»Was hast du gesagt?«

Frank kommt auf mich zu, so nah, dass unsere Körper sich berühren, und atmet in mein Gesicht.

»Nichts, ich habe nichts gesagt! Überhaupt nichts!«

»Du bist ja krank.«

»Aber ich habe doch gar nichts gesagt …«

»Man macht ja sowieso immer denselben Fehler: Man macht Frauen stark genug, einen zu verlassen. Das hast du gesagt.«

»Was?«

»Das hast du gesagt.«

»Hab ich?«

»Hast du.«

»Scheiße.«

»Verstehst du, was ich meine? Komm, Max, hör einfach auf zu reden. Setz dich ruhig in eine Ecke, geht alles vorbei.«

Ich setze mich rechts in eine Ecke auf die Fliesen. Ich winkele die Beine an und sitze einfach nur so da. Ich sehe Georg, Frank, die Ginflasche, das Gitter, die Bäume, die Wagen, die Straße. Alles normal. Georg stößt sich jetzt vom Gitter ab und kommt auf mich zu. Ich mag seinen Körper nicht, alles an ihm ist zu dick, wie bei Säuglingen.

»Ich denke, er macht sich Sorgen wegen Charlotte«, sagt Georg.

»Einen Dreck macht er sich. Der braucht nur frische Luft.«

»Trotzdem glaube ich, dass er sich Sorgen macht.«

Er geht wieder zurück an seinen Platz.

»Ich mache mir Sorgen«, denke ich, »das ist es.«

»Ich mache mir Sorgen«, sage ich, »wegen Charlotte.«

Frank dreht sich zu mir und kneift die Augen zusammen. Georg kommt auch wieder näher. Sie beugen sich über mich. Eine Stelle an Franks Kinn ist unsauber rasiert, und Georgs Wangen beginnen schon zu hängen, wie bei alten Menschen, oder im Schlaf, wenn man auf der Seite liegt.

»Sie lächelt schon auf genau die gleiche Art wie Sandra«, sage ich.

»Sandra?«

»Seine Ex-Frau.«

Georg und Frank sehen zu mir herunter. Georg leckt sich über die Lippen. Auf Franks Hemd haben sich in den Achseln Schweißflecken gebildet. »Ich mache mir Sorgen«, denke ich, »das ist es.«

»Als ich Lotte kennen gelernt habe, war sie am Ende. Ich meine, sie war am Ende! Sie war so verstört, dass sie im Kaufhaus zu schwitzen angefangen hat, wegen der anderen Leute.«

»Hast du sie wirklich gerettet?«, fragt Georg. »Sie hat erzählt, sie sei fast gestorben damals.«

»Ich weiß nicht, keine Ahnung! Keine Ahnung. Niemand weiß, ob sie gestorben wäre. Man hat die Borrelien ziemlich früh nachgewiesen, durch Antikörper, aber man kann nicht genau sagen, ob die Krankheit ausgebrochen oder schon wieder geheilt war, das ist ziemlich schwierig. Sie haben ihr Antibiotika gegeben. Sie hatte ganz normales Fieber, Nackenschmerzen und Probleme mit den Gelenken, das hätte alles Mögliche sein können. Als sie im Park umgefallen ist, kam ich zufällig vorbei. Ich habe ihr ein paar Fragen gestellt, und es kam raus, dass sie vor sechs Wochen eine Zecke hatte. Ich habe gleich gewusst, wonach sie suchen müssen, mein Vater ist Arzt. Sie ist ziemlich am Ende gewesen. Ich bin mit ins Krankenhaus gefahren und habe sie jeden Tag besucht. Die Ärzte mussten sicherstellen, dass die Krankheit noch nicht chronisch geworden war. Als sie entlassen wurde, waren wir zusammen. Sie war ein Wrack. Seht sie euch jetzt an! Ich hab vielleicht noch zwei Jahre. In zwei Jahren wird sie anfangen. Sie wird einen Tanzkurs belegen, sie wird sich abends mit Freundinnen treffen, sie wird sich Kleider kaufen, ohne mich vorher zu fragen, ob sie mir gefallen, sie wird doch noch studieren wollen … So fängt es an …«

»Sei doch froh, wenn sie nicht mehr klammert.«

Frank schnippt sich eine Zigarette in den Mund und zündet sie an.

»Ich meine, ich verstehe, dass du an ihr hängst. Aber wie man überhaupt sein ganzes Leben an eine einzige Frau vergeuden kann …«

»Ich verstehe das schon«, sagt Georg. »Du hast Angst, dass sie sich von dir entfernt.«

»Sie wird immer stärker! Sie wird einfach immer stärker. Ich meine, ich bin auf dem absteigenden Ast. Wir sind alle auf dem absteigenden Ast. Frauen verstehen nichts von Sentimentalität! Ich meine, sie wissen immer genau, was richtig und falsch ist …«

»Franziska hat auch vor Kurzem einen Tanzkurs begonnen.«

Georg sieht auf die lange Reihe Bäume hinunter, die hinter den Autos verläuft.

»Mit dir?«, fragt Frank.

»Wir haben es probiert. Jetzt tanzt sie mit einem Marco.«

»Oh, Marco.«

Frank pfeift durch die Zähne. »Ich mache mir Sorgen«, denke ich, »das ist es.« Mir geht es schon viel besser. Wenn nur das Sprechen nicht so schwierig wäre.

»Es gibt einen unüberbrückbaren Unterschied zwischen Männern und Frauen«, sage ich.

»Ach ja?«

Frank trinkt, stemmt sich gegen das Gitter und federt ein paarmal vor und zurück.

»Wisst ihr was, Männer? Ihr strengt euch viel zu sehr an.«

Er grinst und nickt uns zu.

»Ihr macht euch kaputt wegen der Frauen. Clara sagt immer, Männer und Frauen passen schon aus rein biologischen Gründen nicht zueinander. Sie sagt, jede Trennung sei der ganz natürliche Endpunkt einer natürlichen Entwicklung, wie das Verblühen von Pflanzen zum Beispiel, und dass die ganze Welt sich viel zu sehr anstrengt.«

Georg schüttelt langsam den Kopf. Gleich wird er etwas sagen. Gut, denke ich, gleich wird er etwas sagen, mit der gleichen Stimme wie immer. Er wird das Gleiche sagen wie gestern und vorgestern und vorvorgestern, und er wird es mit seiner Stimme sagen, die immer so klingt, als hätte er auch für das Gegenteil von dem, was er sagt, ungeheuer viel Verständnis.

»Ich weiß nicht, ich bin da anderer Meinung«, sagt Georg.

Frank bläst Rauch in die Luft und grinst.

»Clara sagt, dass jede Beziehung eine innere Uhr hat, und dass, wenn es eine Liebe gäbe, sie nichts mit Arbeit und Anstrengung, Konditionierung und Kompromissen zu tun hätte.«

»Und was meint sie damit? Das ist doch, ich meine, das kann man doch so einfach nicht sagen. Es gibt immer Dinge, die einen am anderen stören.«

»Wer sagt das? Franziska?«

»Sie hat sogar zugegeben, dass ihr gewisse Dinge an mir fehlen.«

»Ts.«

Frank pfeift durch die Zähne und wiegt seine Flasche in der Hand. Georg fährt sich über die Glatze.

»Ich bin zwar nicht unintelligent …«

»Ich versteh schon.«

»Aber ich glaube, ich bin ihr manchmal zu prosaisch.«

Frank grinst und schnippt seine Zigarette übers Gitter. Ich sehe dem Punkt hinterher, bis er aufhört zu glimmen. Georg lässt seine Arme fallen.

»Doch, doch, das glaube ich. Aber betrogen hat sie mich nie. Und das ist doch das Wichtigste. Ich meine, man kann nicht alles vom Partner verlangen, das sagt Franziska auch, der Partner kann ja nicht der einzige Mensch sein. Aber was man bei ihm nicht findet, kann man sich ja woanders suchen. Und dann ist es ja auch wieder in Ordnung, dass sie mit Marco tanzt.«

»Kleinlich«, sagt Frank und verzieht den Mund, »kleinlich würde Clara das nennen. Passt doch vorne und hinten nicht, die ganze Sache. Einen lieben, der aber nicht ausreicht, andere wollen, sich aber zusammenreißen … Ist doch alles Schwachsinn.«

Ich blicke durch die Gitterstäbe nach unten. Da steht mein Auto zwischen den anderen. Ich weiß nicht, warum, aber ich glaube, es ist gut, dass mein Auto da unten steht.

»Ich denke«, sagt Georg, »man kann auch aus Spannungen unheimlich viel gewinnen. Man wird sich ja mit der Zeit erst immer vertrauter. Streits können ja durchaus die Beziehung auch beleben, zum Beispiel.«

»Schwachsinn.«

»Das ist kein Argument. Du hast einfach keine Argumente.«

»Schon mal gehört, dass wir zu mindestens vierundneunzig Prozent mit den Bonobos übereinstimmen? Das sind diese Affen, die andauernd ficken und darum so ruhig sind. Und weißt du auch, warum die andauernd ficken? Weil die Frauen die Männer ranlassen, und zwar nicht nur den eigenen, sondern alle möglichen. So verhandeln die, tauschen Essen, schließen Frieden. Das ist eine Art Matriarchat. Die Weibchen haben die Männchen fest im Griff, und zwar nur durch Fickerei. Das ist bei denen ganz beiläufig. Wenn die zeigen wollen, dass sie sich mögen, reiben die sich aneinander, die knutschen sogar wie Menschen, blasen sich gegenseitig einen, alles, was du dir vorstellen kannst. Ich sag dir was. Bei den Menschen ist da einfach was aus dem Ruder gelaufen. Wir sind nicht nur für einen gemacht, ist doch auch pure Verschwendung. Liebe ist eine Erfindung, und der liegt ein ganz einfaches biologisches Programm zugrunde, das man nicht aus Sentimentalität Liebe nennen sollte. Kann ja sein, dass es so ein Mann-Frau-Ding gibt, von mir aus auch so was wie, dass man einen mag und so weiter, aber …«

»Ich glaube, Max ist schlecht.«

»Was?«

»Max ist schlecht.«

»Max, ist dir schlecht?«

»Ich bin völlig klar.«

»Er ist völlig klar.«

»Bist du sicher?«

»Ich bin völlig klar.«

Frank dreht sich um.

»Der braucht nur ein bisschen Überblick. Oder, Max? Ich habe da eine Idee.«

Er schiebt Georg zur Seite wie eine dieser übergroßen

Schachfiguren, mit denen in Parks Kleinkindern das Spielen beigebracht wird.

»Meinst du, man kommt da hoch?«

»Ich weiß nicht, ob das eine gute …«

»Hilf mir mal.«

»Bist du sicher?«

»Mach dich locker, Georg, man heiratet nur einmal im Leben … Wenn ich oben bin, hilf Max beim Aufstehen, ich zieh ihn aufs Dach.«

## ZWÖLF // CLARA

›Sie haben ja ein ausgesprochen kleinbürgerliches Innenleben, mein Freund.‹

Sage ich, lache mich tot, stoße die Minibar mit dem Fuß zu und denke daran, wie schön es ist, ganze Tage liegend zu verbringen, ohne zum Essen aufzustehen, ohne sich zu waschen, sogar ohne zu sprechen.

*So war es, Niklas, und wir schauten amerikanische Serien, bis wir dumm waren und zynisch, und wir schauten Cartoons, bis wir albern waren wie verzogene Kinder, ganze Tage lagen wir nebeneinander wie hingeworfen, wir konnten zusehen, wie unsere Fingernägel wuchsen. Du bist langweilig, hast du gesagt, es ist so langweilig mit dir, und ich habe gelacht.*

Was?

Das war ein Zitat.

Wie?

Aus »Grande Illusion«, von diesem ... diesem ... ich hab's vergessen.

Charlotte schüttelt den Kopf, kleine, hübsche, arglose Charlotte. Ich lege mich wieder auf die Couch, gieße Gin und Tonic zusammen und blicke hinüber zu Franziska, die bäuchlings auf dem französischen Hochzeitsbett im Schlafzimmer liegt.

Wie auch immer, sagt Franziska. Lange Rede, kurzer Sinn: Alles ist doch Sex, oder nicht, du hast es selbst gesagt.

Aber natürlich, sage ich.

Und jedes Mal, wenn er meine Brüste anstarrt, starrt er ein fremdes Dekolleté weniger an. Das ist doch wenigstens was.

Vielleicht am Anfang. Glaub mir: Auch große Brüste werden dem Mann beim dritten Mal langweilig. Und dafür sechstausend?

Drüben im Osten machen die das mittlerweile für die Hälfte.

Meine liebste Franziska, sage ich, stehe auf und lasse Niklas auf dem Sofa zurück. Wir leben im Postfeminismus.

Jaja, ich weiß schon, was du mir sagen willst, ich weiß es schon.

Du kapitulierst vor der männlichen Sexualität, weil du ihr immer noch genügen willst. Dabei ist das völlig unmöglich. Das musst du begreifen. Dann verhärtest du von ganz allein. Nimm dir einfach, was du brauchst, ohne zu fragen.

Und wenn ich eben Treue brauche? Sicherheit? Bodenständigkeit? So was wie einen Anschluss an die Welt? Treue bekommst du eben bloß mit sexuellen Mitteln, indem du konditionierst und so weiter. Du musst doch deine weiblichen Waffen einsetzen. Ganz gezielt und dosiert.

Puh, sagt Charlotte und nippt an ihrer Saftschorle.

Sie reißt die Augen auf und geht im Raum herum. Als sie vor der Couch stehen bleibt, ziehe ich sie an der blauen Schleife ihres Kleides zu mir herab und streiche ihr eine Falte aus der Stirn.

Du weißt gar nicht, sage ich zu ihr, wie gut ich dich verstehe. Wir reden wie diese mit Klunkern behängten alten Weiber, die alle irgendwann mal Lehrerinnen waren und jetzt in Vinotheken versauern. Willst du über etwas anderes sprechen?

Nein, nein. Ihr sollt keine Rücksicht auf mich nehmen. Überhaupt nicht. Ich finde nur, das ist alles sehr einseitig, was ihr da sagt.

Einseitig?

Tu nicht so, als ob du nicht … Ich weiß genau, dass ihr mich nicht für voll nehmt.

Franziska lässt mir zwischen die schweren Vorhänge hindurch ein Lächeln wie Geheimpost zukommen, sauber und leise schneidet es durch die Luft.

Wir?, sagt sie. I wo.

Doch, doch, ihr glaubt, nur weil ich jünger bin als ihr, hätte ich zu dem Thema nichts zu sagen. Oder, ich weiß nicht, was ihr denkt, vielleicht zählt bei euch auch die Menge an Erfahrungen oder so was.

Franziska sagt: Hör mal, Charly.

Charlotte geht zum Durchgang ins Schlafzimmer, löst die Bänder, die den schweren Brokatvorhang zurückhalten, und zieht ihn vor Franziska zusammen.

Nicht Charly, flüstert Charlotte durch den Zaun ihrer fest zusammengebissenen Zähne hindurch, mit einem bis obenhin verschlossenen, weichen Körper. Hinter sich hält sie die Enden des Vorhangs zusammen und steht gerade wie ein Strich.

Liebe, sagt sie, ist nicht immer schon vorbei. Es macht mich traurig, was ihr sagt, und es macht mich krank, dass es euch nicht traurig macht. Ich will es eigentlich überhaupt nicht hören, weil es mich vergiftet. Es vergiftet mich, was ihr redet. Ich denke schon, dass ihr einen Grund habt, so zu sprechen, aber ich für meinen Teil glaube an die Liebe …

Das tun wir doch auch, sagt Franziska hinter dem Vorhang, und ich denke: Das tun wir nicht.

*Und ich erinnere mich: Wie wir still im Bett nebeneinanderlagen. War es Sommer? War es Winter? Es war immer die gleiche Jahreszeit, und selbst die Orte zogen nur an uns vorbei, und wir berührten sie so wenig, wie sie uns berührten. Ich habe ein Lied gesungen, ich weiß nicht mehr welches, und an einer Stelle hieß es: And we're still making love in my secret life, und du sagtest: Making love, so ein Schwachsinn, aber du sagtest es, wie du sagtest: Deine Haut ist weich. Und ich: Making, da muss ich an Spinnen denken, die Netze bauen. Und du: Making. Making love, so ein Schwachsinn.*

Manchmal denke ich, sagt Charlotte, man muss die Welt einteilen in die, die lieben, und in die, die nicht lieben, weil man sich nur untereinander wirklich versteht.

Sie zieht den Vorhang wieder auf und setzt sich an den Schreibtisch, ganz vorn auf die Kante des Stuhls, wie Franziska vorhin, und schiebt ein paar Sachen auf der Tischplatte hin und her. Sie nimmt ein kleines Papier zwischen die Finger, hebt es hoch und legt es vorsichtig zurück an seinen Platz.

Er schreibt dir Zettel, sagt Charlotte in Richtung Schlafzimmer, wie schön.

Als es an die Tür klopft, höre ich Charlotte zusammenzucken, ich höre meinen idiotisch schnellen Atem. Ich höre, wie Franziska sich vom Bett rollt, herüberkommt und Na, na sagt. Na, na.

*Na, na, das hast du auch gesagt, Niklas, na, na und schsch, an jedem dieser verfluchten Abende, am Ende dieser endlosen Streits, während derer wir tausendmal die Rollen getauscht, Kräfte verschleudert und zurückerobert hatten, bis wir wie angeschwemmte Tote mit ausgebreiteten Armen und Beinen auf dem Bett lagen, verkreuzt, mit schmerzenden Gliedern, unfähig, uns zu bewegen, unfähig, überhaupt etwas von uns zu geben außer vielleicht einen einzigen immergleichen Ton, einen langen, immergleichen Ton ... Das war Erschöpfung. Und Tränen nicht mehr als ein Erschlaffen des Muskels, der sie zurückhält. Dann kam der Schlaf, Niklas, der tiefe, komatöse, verschenkte Schlaf, der uns am Morgen darauf eine Stunde lang die Illusion wiedererlangter Kraft schenkte, genau die Stunde, die wir brauchten, um uns erneut in einen Streit zu verwickeln, einen unserer Streits, die wir immer wieder führten, jeden Monat, jede Woche, jeden Tag. Du hast gestritten, um dich zu verteidigen, Niklas, dich und deine Vergangenheit. Ich stritt, weil ich dich insgeheim dafür hasste, dass du bei mir bliebst, bei mir, der Frau, die dich quälte, die das Glück nicht ertragen konnte, der es mit dem Anfang dieser Geschichte unmöglich geworden war, Künstlerin zu sein, die voller Zorn und Ungeduld auf den Moment wartete, da die Geschichte mit ihrem Ende zu einem abgeschlossenen, nutzbaren Packen Stoff zusammenschnurren würde, um endlich zu Kunst zu werden, um sich endlich zu erfüllen ...*

Ja?, sagt Franziska. Bitte?

Es bleibt still, still wie nach einem Tischgebet, und endlich geht Franziska zur Tür, öffnet sie laut, steht da wie ein Fels. Hinter ihrem Rücken wartet jemand: schwarzer Anzug, glattes Haar, verlegene Hände.

Es befinden sich Personen auf dem Dach, sagt der Hotelangestellte. Sie müssen die Fassade hochgeklettert sein. Wir haben Hinweise, dass das von ihrem Balkon aus geschehen ist. Wissen Sie etwas darüber?

Franziska legt den Kopf schief.

Das kann nicht sein, sagt sie. Hier ist niemand.

Der Hotelangestellte presst die Lippen aufeinander.

Wir müssen uns alle an die Regeln halten, sagt er.

Er verbeugt sich und verschwindet. Franziska schließt die Tür und dreht sich zu uns um.

Personen auf dem Dach, sagt sie und tippt sich an die Stirn.

Charlotte lächelt den Schreibtisch an, sie hält mit ihren Händen die Tischplatte fest, als wäre Sturm, und sie lächelt. Ich hebe meine Beine von der Couch herunter.

Gut, sagt Franziska, dann schaue ich mal, was die Männer treiben.

Sie zieht die Glastür zum Balkon auf und verschwindet im Dunkeln.

Wir bleiben zurück. Charlotte hält immer noch die Tischplatte fest. Ich stehe auf, hocke mich neben sie, öffne die Minibar und mixe mir eine Rum-Cola. Für mich nichts, sagt Charlotte, dann schweigt sie wieder. Ich nehme einen Schluck aus dem Glas, knipse die Schreibtischlampe an und wieder aus und schlendere zurück zur Couch. Charlotte lässt die Tischplatte los, ihre Arme fallen herunter, als gehörten sie nicht zu ihr. Sie sieht aus wie ein Engel aus Fleisch und Blut oder wie eine Kellnerin in einem Biergarten, mit dieser weißen Haut und dem dichten Haar.

Wie mir Frauen mit dichtem Haar schon immer unheimlich sind! Wie sie so in der Welt stehen mit diesem Haar wie eine Fahne, das im Ganzen auf und ab wogt. War ich jemals mit einer Frau allein?

Charlotte legt den Kopf ein wenig zur Seite. Etwas wie ein winziges Missbehagen findet sich in ihrer Art zu stehen, in ihrer Art, die Finger gar nicht mehr aus den Locken zu nehmen. Als sie aufsteht und ein paar Schritte macht, ist es, als wolle sie bloß ein Gespenst vertreiben. Unser Schweigen ist förmlich. Wir wachsen fest im Raum, schon legt sich Staub auf unsere Schultern.

Charlotte macht versuchsweise ein paar Schritte auf mich zu, lauernd, wie eine Hand, die man schnell wieder zurückziehen könnte. Der Gin steigt mir in den Hinterkopf. Waren da nicht eben noch Franziska und die anderen? Ewig scheint das her. Und wo ist Frank, mein schwitzendes Tier? Er soll mir eine Mulde machen mit seinem Körper. Stattdessen steht unsere selbst gemachte Stille im Raum bis zur Decke, und mit Husten und Schritten lässt sie sich nicht vertreiben.

Clara?

Charlotte schickt ein Lächeln vor, und als ich es erwidere, wird sie mutiger.

Ich weiß nicht, sagt sie, ich hatte nur das Gefühl, dass … Kommst du dir nicht manchmal auch fremd vor hier? Hast du nicht auch manchmal dieses Gefühl, diesen Widerwillen, wenn sie in ihren Gesprächen Ordnung und Liebe in Zusammenhang bringen?

Sie legt den Kopf zur Seite, spricht langsam, als krame sie

jedes ihrer Wörter umständlich und verschämt hinter Truhen hervor.

Diese Genügsamkeit, sagt sie. Manchmal kommt es mir wie ein kalter Wind vor … und manchmal wie ein seltsamer Kult, in den ich nicht einwilligen kann. Ich mag sie alle, das ist es nicht, ich mag auch Franziska. Aber ich will … ich will nichts mit dieser Art … mit dieser Art von Liebe zu tun haben, in der man arbeiten muss, um belohnt zu werden, in der man sich immerzu neu vergewissern muss … Du denkst doch auch nicht so wie sie. Du denkst nicht so über die Liebe. Oder?

Charlotte nippt von meiner Rumcola, die auf dem Schreibtisch steht, ich könnte schwören, dass sie zu Milch wird in ihrem Mund.

Als ich … Als Max in mein Leben kam, war ich schüchtern und traurig. Ich war nicht traurig über etwas Bestimmtes, ich war traurig von Natur aus, wenn man das sagen kann. Ich war immer krank, ich hatte alles Mögliche … Als Kind bin ich oft in Ohnmacht gefallen, einfach so, im Garten, im Bad … Ich hatte Fieber, Husten, Kopfschmerzen, seltsame Krankheiten … Ich bildete mir ein, Krebs zu haben, so groß wie ein Ei, ich konnte ihn fühlen im Kopf. Es war, als stoße etwas von innen gegen den Schädel, bei bestimmten Bewegungen …

Sie wiegt den Kopf ein paarmal, legt ihre Hand an eine Seite, prüfend, ängstlich, als könnte sich wiederholen, wovon sie spricht.

Ich war verloren … Ich war verloren, bis Max kam. Max kam und hat mir gesagt, was ich machen soll. So wie er mir immer noch sagt, was ich machen soll …

Charlottes Lächeln verweigert sich mir. Auch wenn sie mich anschaut: Ich kenne die Bilder hinter diesem Lächeln nicht, ich höre nur ihre riesigen Wörter, die mich beschämen, weil sie mir egal sind, wie weinende Frauen in U-Bahnen, die es nicht schaffen, meine Gleichgültigkeit zu touchieren. Mein Blick muss unwirsch sein. Ich trinke den letzten Rest Rum-Cola und strecke mich auf der Couch aus wie ein Patient. Aber Charlotte ist es, die spricht.

Er hat mich gerettet. Er hat mich zum Leben erweckt, Max … Er kam und sagte mir, was ich tun soll. Bei Max zu bleiben war einfach. Ich hatte keine andere Wahl. Mit Max zu leben ist einfach. Er nimmt mir alles ab, alles Normale, mit dem ich nicht zurechtkomme, alles Umständliche. Es ist nicht so, dass … Es überfordert mich einfach. Ich kann nicht einmal einen Brief schreiben, ohne überfordert zu sein. Geschweige denn alle diese Ämter, alle diese … Das erledigt Max für mich. Max ist meine Erde. Aber Max ist auch mein Himmel … Max hat sinnvolle Träume, sinnvolle Ideen … Ich weiß nicht, wie ich das sagen soll …

Eine Weile hält Charlotte ihr Lächeln noch fest, wie Menschen am Bahnsteig, die sich innig verabschiedet haben und ihr Lächeln noch eine kurze Zeit mit sich herumtragen, ehe es sich verkapselt und von ihnen abfällt wie ein Fremdkörper.

Max ist großartig. Max ist so … Seine Liebe ist leicht und selbstverständlich. Ich muss nicht immerzu … ich muss nicht immer um ihn werben … Ob er wohl seine Frauen vor mir auch so geliebt hat? Ob er sie mit der gleichen …? Wir können über alles reden, Max und ich. Wir können über Gott und die Welt reden. Einmal habe ich ihn gefragt, wie es war zu heiraten, und er lächelte und sagte: Wie Hochzeiten eben so sind, jeder hat schreckliche Erinnerungen an Hochzeiten. Meine war auch so, mit Hochzeitszeitung, Babyfotos, Brautentführung, Wimpeln an Autos, Weinverkostung, Unterhaltungsband. Es war nichts Besonderes. Ich fragte ihn: Seid ihr gleich in den Urlaub gefahren? Am selben Tag noch? Nein, sagte er, wir haben im Hotel übernachtet. Ich schwöre, ich wollte es nicht … Ich schwöre, ich wollte es nicht fragen … Ich fragte: Wie war deine Hochzeitsnacht? War sie gut? Ja? Wie war sie? Max sah mich an, ganz irritiert … Er sagte: Ach, darauf willst du hinaus. Natürlich war er wütend. Ich knirschte mit den Zähnen. Mir war schrecklich übel. Ich dachte, ich würde sterben, so übel war mir … Aber dann weinte ich doch bloß. Ich weinte, weil ich nichts Besseres wusste! Max sagte: Du hättest mir eine viel schönere Hochzeitsnacht bereitet, das sagte er, im Ernst, und er schaute mich so an … wie er das immer tut. Ich meine, ich liebe ihn. Ich weiß, dass er mich liebt. Ich bin sicher, dass er mich liebt! Ich bin sicher …

Das sagt Charlotte, aber schon hat sich Wut in ihr Schwärmen gemischt und breitet sich aus wie ein Tropfen Farbe im Wasser. Da hilft es auch nichts, dass Charlotte mit der Hand wedelt, als wolle sie Insekten vertreiben. Von jetzt an machen sie allein die Wörter, die sie ausspricht, noch wütender, sie beginnt, Gefallen an diesem neuen Ton zu finden, an seiner eigenen, kühlen Hitzigkeit. Ich lehne mich zurück und betrachte den Mond: ein Perlmuttplättchen an einer Kette, das allerletzte, die anderen sind verschwunden, heruntergefallen, abgerissen, nur das eine ist übrig, halb, oben angeschlagen.

Manchmal, in der Nacht, träume ich von ihr. Ich träume von ihr, obwohl ich sie nie gesehen habe! Sie könnte alle Frauen sein … Sie könnte meine Apothekerin sein! Die höfliche Bäckerin! Die Frau in der Wäscherei! Eine der Frauen in den Cafés, die Sonnenbrillen tragen und auf jemanden warten! Immer sieht sie anders aus in meinen Träumen. Aber ich weiß genau, dass sie es ist. Ich sehe sie und weiß: Das ist die Frau, mit der Max verheiratet war. Komisch, nicht? Am Anfang, als wir zusammenkamen, hat Max den Ring noch getragen. Es ist ja nichts Schlimmes dabei, ich meine … Er war ja noch … Er ist ja noch mit ihr verheiratet. Da war sie schon seit einem halben Jahr ausgezogen. Schon lange! Aber er hat den Ring noch getragen. Ich habe mich nie … nie beschwert. Einmal, vor zwei Monaten, hat er ihn dann abgenommen. Ich habe es beim Frühstück bemerkt. Ich weiß nicht, was er damit gemacht hat, ich weiß es nicht … Ob er ihn weggeschmissen hat? Oder versteckt? Einmal … einmal saßen wir im Auto zusammen. Wir fuhren über die Landstraße, wir hörten Radio, ich summte … Plötzlich kam uns ein Wagen entgegen, er überholte einen LKW und raste direkt auf uns zu. Er schaffte es nicht, schneller zu überholen, und hinter dem Lastwagen waren andere Autos, also konnte er sich nicht wieder zurückfallen lassen. Er kam immer näher, und Max trat auf die Bremse, wie ein Irrer. Der Wagen zog knapp vor uns nach links. Wir hatten so großes Glück … großes Glück … Und dann erzählte Max auf einmal diese Geschichte, wie er mit seiner … mit seiner Frau … mit dieser … ich kann ihren Namen nicht aussprechen! … wie er einmal mit ihr im Auto gesessen hatte, und wie hinter einer Hügelkuppe ganz plötzlich mitten auf der Fahrbahn ein Wagen lag, auf dem Dach. Er war schnell gewesen, sagte er, über hundert. Es war ganz unmöglich, zu bremsen … ganz unmöglich … Und nur aus einem Reflex heraus, ohne zu denken, riss er das Steuer herum. Er kam knapp daran vorbei, ohne dass das Auto, wie er sagte, ausbüchste. Danach waren beide kreidebleich. Wir waren beide kreidebleich, sagte er … zu mir. Und?, fragte ich. Ich konnte nicht anders! Und? Hat sie dich in den Arm genommen? Hat sie dich geküsst und gesagt, dass sie dich liebt? Warst du glücklich? Und weil Max nichts sagte, habe ich einfach weitergeredet, ich sagte: Sie hatte nicht das Recht, dich in den Arm zu nehmen. Doch, sagte er, doch, damals schon, und ich sagte: Sie hatte nicht das Recht, Ich liebe dich zu sagen. Nein, sagte er, wenn sie mich geliebt hätte, wäre sie ja bei mir geblieben. Das hat er gesagt! Wenn sie mich geliebt hätte … Und du?, dachte ich. Und du? Wie kannst du das auch nur denken, ohne dass dir schlecht wird, ohne dass dir die Haare ausfallen … Wie kannst du dir das einfach so vorstellen, dass du statt mit mir noch mit ihr zusammen bist? …

Charlotte sieht mich an, sieht Max, in mir, an der Wand, in der Lampe, und ihr Oberkörper bebt, als wäre sie zu schnell gelaufen. Ich drehe meinen Kopf zur Seite, nur ein kleines Stück, und versuche mir Niklas vorzustellen. Aber er ist weg. Seine Augen sind da, sein Mund und seine Nase, aber die

Zwischenräume fehlen. Diese Augen könnten in jedes Gesicht gehören. Ich bin zufrieden.

Das Licht der Sterne und des zerfressenen Mondes weht ins Zimmer, legt sich auf uns wie Schnee.

Oft denke ich ... Oft denke ich daran, wie viele Dinge es im Leben gibt, die man nur ein einziges Mal tut. Da wären zuerst einmal alle Dinge, die man zum ersten Mal macht: Man schläft nur einmal zum ersten Mal mit jemandem, man zieht nur einmal zum ersten Mal mit jemandem zusammen, man heiratet nur einmal zum ersten Mal ... Und dann gibt es da noch alle Dinge, die man sowieso nur ein einziges Mal im Leben macht, weil sie sich ... weil sie sich irgendwie erschöpfen. Zum Beispiel, denke ich, gibt man nur einmal im Leben seinen Beruf für jemanden auf. Und es ist ... es ist doch schrecklich zu wissen, dass alles immer schon einmal vor einem gemacht wurde, mit jemand anderem. Ich meine, manchmal sind es große Sachen ... manchmal sehr kleine ... Ich kann nicht Motorrad fahren mit Max, ohne zu wissen, dass er dieses Gefühl ... dieses Gefühl, den Fahrtwind im Gesicht zu haben und einen warmen Frauenkörper, der sich an einen presst ... dass er das alles schon einmal hatte ... und besser wahrscheinlich, denn er war jünger, er war voller wilder Träume! Manchmal sind es ganz kleine Dinge ... zum Beispiel Gewürze. Da stehen Gewürze in seiner Wohnung, und ich weiß ganz genau ... ich weiß einfach ganz genau, dass die noch dreißig Jahre lang reichen werden. Und das ist doch schrecklich! Das ist furchtbar! Ich weiß, dass ich noch dreißig Jahre lang mit den Gewürzen, die er mit seiner ... die er mit seiner ersten Frau gekauft hat, kochen werde. Und dann diese Gewohnheiten ... Zum Beispiel, dass er jeden zweiten Morgen Rührei isst. Irgendwann hat er das mal entwickelt, irgendwann mit seiner Frau ... und es hat sich nichts daran geändert. Immer muss ich mir dann vorstellen, wie sie statt mir ihm gegenübersitzt, wenn er sein Ei isst ... sie statt mir. Und dann frage ich mich: Warum hat er nichts Neues erfunden? Warum inspiriere ich ihn nicht? Warum kann er nicht wenigstens in Zukunft Schinken in sein Rührei machen? Irgendwas! Ich will doch nur, dass irgendwas ... irgendwas sich verändert ...

Mir ist kalt geworden von ihrem Reden. Ich friere und liege. Aber selbst das ist nur eine Erinnerung an ein früheres Frieren und Liegen, an ein erstes Frieren und Liegen, auf das alle späteren verweisen wie auf einen weißen Fleck. Charlotte kneift die Augen zusammen.

Nein, es ist nicht so ... es ist nicht so, dass ich eifersüchtig wäre. Ich denke nicht in diesen ... ich denke so nicht. Ich glaube nicht, dass sie, dass diese ... dass seine Frau noch irgendeine Gefahr darstellt. Das ist es nicht. Es ist keine Angst, auch kein Ärger, ich weiß nicht ... Es ist einfach ein Schmerz.

Ich höre, wie Charlotte sich bewegt, wie sie irgendeine Bewegung macht, dann höre ich, wie sie sich vor mir auf den Boden niederlässt, ich höre, wie die Spannung aus ihren Muskeln weicht, aus ihrer Wirbelsäule. Es ist still, still wie in Wüsten, wie tief unten im Meer, wie im Schnee.

Und die anderen?, fragt Charlotte. Gehen wir zu ihnen?
Ich drehe meinen Kopf zur Seite, lächele.
Sicher, sage ich. Sicher.

## DREIZEHN // FRANZISKA

– Da sind sie ja, die Weiber, ruft Frank. He! Hierher!

– Hier oben, rufe ich und winke mit beiden Armen. Ihr müsst auf die Trennwand steigen.

Clara und Charlotte legen ihre Köpfe in den Nacken.

– Gib mir deine Hand, sagt Frank, los!

Er zieht erst Charlotte, dann Clara zu uns herauf, mit einem Ruck, dass sie fast vornüberkippen. Clara streift ihr hochgerutschtes Kleid wieder über die Knie und schaut sich um, Charlotte lächelt mich fragend an. Ihre Haare fliegen im Wind, und das Weiße in ihren Augen leuchtet im Dunkeln.

– Wir hatten gerade entschieden, Eierlauf zu spielen, erkläre ich, dann ist uns aber aufgefallen, dass wir weder Eier noch Löffel haben.

Georg und ich brechen in Lachen aus, Frank nickt und grinst. Clara verzieht das Gesicht und baut sich hinter Frank auf.

– Habt ihr mir wenigstens was übrig gelassen, ihr Schlümpfe?

Sie beugt sich über Frank und fasst in die Brusttasche seines weißen Hemdes.

– So ist es fein.

Dann klebt sie mit geschickten Händen ein paar Filter zusammen, streut das Zeug darauf, leckt eine Seite an und rollt einen perfekten Trichter, den sie sich anzündet und aus dem sie ein paar Züge nimmt, ehe sie ihn für Charlotte in die Luft hält. Die steht mit verschränkten Armen und hochgezogenen Schultern hinter uns und schüttelt den Kopf. Da geht Clara zu ihr hinüber, hält ihr Kinn fest, nicht böse, eher wie bei einem Kind, und öffnet ihre Lippen mit zwei Fingern, Charlotte lässt alles geschehen. Dann dreht sie sich um und geht zu Max, der ein Stück entfernt auf dem Rücken liegt. Sie flüstern etwas, das könnte aber auch der Wind sein.

Es ist schön hier oben an der Dachkante, unter dem schwarzen Himmel, zu allen Seiten Bäume, Blau und Nichts, es ist so, als ob du selber auch etwas anderes bist, ein Teil dieser Bäume, des Blaus und des Nichts, jedenfalls eher, als dass du eine Tochter bist oder eine Ehefrau oder was auch immer.

– Na, was ist? Hat jemand Lust, ein bisschen die Gegend zu erkunden?

Frank steht auf und tippt Georg auf die Schulter, erst leicht, und als er nicht reagiert, immer stärker.

– Was ist? Pennt ihr jetzt alle?

– Oh, oh, sagt Clara und nimmt einen tiefen Zug. Sie geht direkt bis an die Kante, dann lässt sie sich geräuschlos neben uns nieder.

– Das hätte ich euch vorher sagen können. Frank wird davon immer sehr, wie soll ich sagen … geschäftig! Nicht wahr, mein Recke?

Georg federt unter Franks Boxhieben nach vorn, ich halte ihn an der Schulter fest.

– Na komm schon! Komm schon!

Frank kniet hinter Georg und boxt ihm gegen den rechten Oberarm.

– He, lass ihn, sage ich. Das ist gefährlich.

Aber über das Wort »gefährlich« muss ich kichern.

– Nimm doch Max mit, sagt Clara.

– Geht nicht, sagt Frank, Max ist nicht in bester Form. Max hat …

– Max hat sich übergeben, sage ich.

– Jawohl.

Frank grinst und weist mit einer ausladenden Armbewegung über das Dach hinaus.

– Max hat gekotzt.

Clara lächelt und schnippt den Stummel über die Kante auf den Parkplatz hinunter. Frank wippt und boxt in die Luft. Georg zieht die Hand von meinem Knie, schwingt herum, zieht die Beine aufs Dach und steht.

– Okay, Frank. Dann mal los.

– He, sagt Clara, lass mir die Zigaretten da, und Frank wirft ihr eine Blechschachtel vor die Knie. Zum Abschied beugt er sich hinunter und beißt ihr ins Ohr. Clara schreit leise, sagt: Grobian, und schiebt sich sofort eine Zigarette zwischen die Lippen. Die Männer verschwinden im Dunkeln. Dann ist es sehr still.

– Sind die leer?

Clara nickt in Richtung der Ginflaschen links von mir. Ich hebe eine an, halte sie mir dicht vor die Augen und stelle sie wieder ab. In der zweiten ist noch ein Rest, der Gin blitzt im Mondlicht metallisch blau, ich schiebe Clara die Flasche hin. Sie dreht den Verschluss ab, wischt mit der Hand über die Öffnung und trinkt einen Schluck. Dabei sieht sie vornehm aus, obwohl sie aus der Flasche trinkt, ihr schwarzes Profil hebt sich vom Himmel ab: der strenge Rücken, der gerade Hals, die arrogante Stirn. Sie zieht an ihrer Zigarette und behält sie im Mund, während sie sich das Kinn und die Nase pudert.

Ich habe keine Lust, etwas zu sagen oder zu tun. Seltsam, denke ich. Du denkst, es ist still, aber das täuscht, denn es ist niemals absolut still hier draußen. Jeder Baum macht sein eigenes Geräusch, und der Wind rüttelt an allem, was ihm in den Weg kommt. Wie schön so eine Nacht sein kann, ist mir nie aufgefallen, ich habe immer in Städten gelebt. Clara muss es wissen, sie kommt vom Dorf. Sagt man nicht, dass alle wahren Künstler in der Provinz aufgewachsen sind? Vorhin, als Clara gesungen hat, habe ich mir vorgestellt, wie sie zu sein. Jetzt weiß ich, dass das Unsinn ist. Natürlich wäre es schön, eine Künstlerin zu sein, aber nüchtern betrachtet bringt das nur Unglück. Ich sage mir: Besser, dich mit Künstlern zu umgeben, als einer zu sein. Keine Existenzängste, keine Leidenschaften, keine Abhängigkeiten. Du kannst an allem teilhaben, aber nichts kommt dir zu nah. Leben bedeutet, alle möglichen Dinge unter einen Hut zu bekommen, ein Netz zu haben, das dich trägt, wenn es drauf ankommt. Ich jedenfalls habe einen Mann, der mich nicht verlassen wird, ich habe das Geklapper der Pfennigabsätze in der Agentur jeden Morgen, ich habe die Möglichkeit, zu malen und zu schreiben, wenn ich Lust dazu habe. Ich habe eine Mutter, ich habe eine Vergangenheit, ich habe den Wunsch, alles Mögliche besser zu machen, ich habe realistische Träume. Das richtige Maß bestimmt das Glück.

Clara lässt den Verschluss ihrer Puderdose einrasten, rafft ihr Kleid hoch und schiebt die Dose zurück in den Strumpf. Ihre Lippen zittern ein bisschen, obwohl es warm ist, und hinter ihrer geraden Nase steht ein Mond, dem oben ein Stück fehlt, als wäre er angesengt. Aber kaum Sterne. Kaum Sterne heute Nacht. Clara schließt die Augen und lässt den Rauch aus ihrem Mund quellen.

Wie sie so neben mir sitzt, denke ich: Du hast ihr Unrecht getan. Ich denke: Du hast dir einen Haufen böse Gedanken über sie gemacht. Wenn die sichtbar würden, wäre sie sicher sehr verletzt. Ja, denke ich, natürlich ist Clara in vielen Dingen ganz anders als du, aber du kannst einem Menschen doch nicht ernsthaft seine Einstellungen vorwerfen. Und wenn du ehrlich bist, musst du doch zugeben, dass es nicht selten Clara war, die unsere Gruppe ein bisschen aufgemischt hat. Lange Rede, kurzer Sinn, es ist doch so, dass du auch stolz sein kannst, so eine Freundin zu haben, mit ihrer Verrücktheit und Ehrlichkeit und Extrovertiertheit, und am Ende hängt sie ja auch an uns, sonst wäre sie nicht hier. So denke ich. Claras lange Arme liegen in ihrem Schoß, und an ihren braunen Schulterblättern haben sich die Haare halb aufgestellt. Der Rauch ihrer Zigarette steigt ganz gerade auf, wie ein Strich. Und letzten Endes, denke ich weiter, ist das ja genau der Sinn einer Freundschaft, dass deine Freunde anders sind als du, damit ihr euch gegenseitig weiterbringt, sonst hast du ja nichts davon, dann kannst du dich gleich mit den dümmsten Menschen zusammentun. Du vergleichst dich ja sowieso immerzu mit den Dümmeren, um dich zu beruhigen, um ein Erfolgserlebnis zu haben, um nicht durchzudrehen. Clara legt sich langsam auf den Rücken und verschränkt die Arme vor der Brust. Sie schließt die Augen und sieht immer noch klug aus. Die Zigarette zwischen ihren Lippen glimmt auf und wird dunkler, und der Rauch quillt aus Claras Mund, als käme er aus ihr, als wäre sie voll davon. Ich beuge mich über sie und studiere ihr Gesicht, das fast wie das Gesicht eines Mannes ist. Jedenfalls will ich nicht, dass Clara glaubt, ich würde sie nicht mögen, das will ich auf keinen Fall. Ich lege ihr eine Hand auf die Schulter, und Clara öffnet ihre Augen und kneift sie zusammen.

– Clara, sage ich, weil ich denke, dass es wichtig ist, ihren Namen auszusprechen. Claras Schulter wird hart unter meiner Hand.

– Falls ich jemals etwas Schlechtes über dich gesagt oder dich beleidigt habe oder … Also, falls ich jemals schlecht von dir geredet oder gedacht haben sollte, dann tut es mir leid.

Ich schließe meinen Mund wieder und fühle mich stolz und ruhig. Clara sieht mich sehr genau an, mein Gesicht, meine Augen, einige Sekunden lang, dann stützt sie sich wieder auf ihre Arme und setzt sich auf. Jetzt blickt sie wieder geradeaus, lacht einmal kurz, drückt die Zigarette auf dem Dach aus und lässt sie hinunterfallen.

– Okay, sagt sie und schüttelt ihren Kopf leicht, so dass ihr die schwarzen Haare auf die Wangen fallen. Wir sehen auf den Parkplatz hinunter, die Bäume, den Mond darüber. Alles sieht sehr glatt aus, als wäre es gar nicht echt, und wenn du die Hand ausstrecken würdest, würdest du merken, dass es bemalte Pappe ist, sonst nichts. Wie in den Alpen, denke ich. Einmal war ich mit Georg in den Alpen, ein Mal, und ich habe die ganze Fahrt über nach Geld gesucht für diesen Tunnel, jeder von uns hat die Hälfte bezahlt. Wir teilen immer alles durch zwei. Ich beobachte Clara, und sie wendet ihre Augen schnell ab.

– Das sieht schön aus, sage ich, wenn du so große Pupillen hast, früher haben die Frauen sich doch dieses Zeug …

– Belladonna.

– Genau …

Dann schiebt plötzlich Georg sein Gesicht über meine Schulter und keucht. Seine Wangen glänzen feucht, er küsst mich, ohne auf meine Lippen zu zielen.

– Da sind wir wieder, sagt er, wir sind gerannt.

Ich küsse Georg zurück und lege meine Hand an seine Wange.

– Das sehe ich.

– Herrlich, sagt Georg. Es ist so dunkel da hinten. Wir haben die Leute im Garten beobachtet.

– Welche Leute?

– Sie räumen die Bänke weg, sagt Georg. Sie nehmen die Girlanden ab und stopfen sie in Säcke. Sie haben Taschenlampen dabei. Es ist unglaublich, du kannst dir nicht vorstellen, wie groß dieses Dach ist.

Frank hockt sich hinter Clara, schlingt die Arme um sie und greift nach ihren Brüsten. Clara schiebt seine Hände von sich und lacht, lässt sich zur Seite fallen und bedeckt ihr Gesicht mit den Unterarmen. Im selben Moment taucht Charlotte aus dem Dunkel auf wie ein Gespenst. Sie taumelt auf uns zu und betrachtet uns aus glasigen Augen, eine Ewigkeit lang, ehe sie sagt:

– Mir ist schlecht.

Sie streckt ihre Hand aus und greift nach Georg, als wäre der eine Tür oder ein Kleiderständer. Ihre Unterlippe hängt herab, ihre Lider fallen herunter wie schwere Jalousien. Georg greift ihr unter die Achseln und hält sie fest.

– He, sage ich, alles in Ordnung?

Charlotte schüttelt den Kopf, macht sich von Georg los und sackt in die Knie. Er greift ihr wieder unter die Achseln und richtet sie auf.

– Das Beste wird sein, wir bringen sie runter, sagt Georg.

Ich mag es, wie er mir ernst zuzwinkert, und stehe auf. Ein Windstoß fährt mir ins Gesicht, als ich Charlottes Arm nehme und ihn mir über die Schulter lege.

– Wir halten die Stellung, sagt Frank.

Auf Charlottes Arm hat sich eine Gänsehaut gebildet. Sie macht sich schwer zwischen uns, fast müssen wir sie tragen. Georg achtet darauf, dass wir langsam genug gehen, er ist voller Sorgfalt. So mag ich ihn, seine Energie, seine Kraft, die nur Gutes will, das ist es, denke ich, genau das.

Einmal, ganz am Anfang, da waren wir ein paar Tage in Spanien, mitten im Winter. Es hatte an die zwanzig Grad, und eigentlich schien immer die Sonne. Nur an diesem Tag in Tarifa nicht. Der Wind, das war eine Sache, aber als wir abends vom Strand zurückliefen, fing der Regen an. Die Surfer packten ihre Sachen und rannten zu den Wohnwagen, sogar die Fischer waren plötzlich verschwunden. Wir hatten einen Schirm, unter dem wir uns aneinanderpressten, aber auf dem Weg nach Hause war da diese alte Frau, die nahe an der Mauer ging und völlig durchnässt war. Sie hatte nur einen dünnen Mantel an. Als wir schon fast an ihr vorbei waren, drehte Georg sich um, nahm mir den Schirm aus der Hand und gab ihn der Frau. Die sah uns an, als wären wir völlig durchgedreht, mit aufgerissenen Augen, aber Georg zeigte immer wieder auf den Schirm und auf sie, und dann nickte sie und lächelte. Am Hotel waren wir nass wie zwei Pudel, aber Georg ließ uns eine Badewanne ein, und als wir uns in dieser viel zu kleinen Wanne gegenübersaßen und Georg die Knie anzog, damit ich genug Platz hatte, dachte ich: Das ist der Mann, mit dem du dein Leben verbringen wirst.

Wir bleiben stehen. Unsere Suite liegt jetzt direkt unter uns. Georg geht vor. Er kniet sich hin und schiebt seine Beine vorsichtig über die Kante, tastet mit dem Fuß umständlich nach der eisernen Trennwand, prüft die Tragfähigkeit des Vorsprungs, ehe er sich hinunterlässt und endlich auf unsere Balkonseite hinüberkippt, sich aufrappelt. Ich erkenne ihn kaum, als er die Arme ausstreckt, und halte Charlotte fest, bis er ihre Beine hat und ruft:

– Hab sie!

Dann steige ich hinunter, und als Georg mich nahe an seinem Körper herablässt, rutscht mein Kleid bis über den Schlüpfer hoch. Ich lache und dränge mein Gesicht an Georgs Wange, und dann gehen wir mit Charlotte zwischen uns ins Zimmer zurück, und ich habe das Gefühl, alles geschieht sehr langsam.

– Geht es?, fragt Georg. Alle übliche Verlegenheit ist von ihm abgefallen, seine Stimme ist sicher und unkompliziert, und ich mag es, wie er Charlotte so patent anschaut. Er führt sie zum Badezimmer, ich halte ihren weißen Arm, wir schalten das Licht an, streichen ihr über den Kopf und lassen sie stehen.

– Ihr müsst nach Max sehen, sagt Charlotte noch, ihr müsst nach Max sehen, etwas stimmt nicht mit ihm, dann schließt Georg sanft die Tür hinter ihr, als wäre es nur eine Gardine.

Jetzt stehen wir allein im Zimmer, nur wir und ein bisschen Licht. Ich strecke Georg mein Gesicht hin, will geküsst werden, und Georg kommt so nah an mich heran, dass ich die Wärme seiner Haut fühle, ohne ihn zu berühren.

– Spürst du das?

Georg lacht leise.

– Ja.

– Und das?

Ich berühre mit einem Finger ein Haar auf seinem Unterarm, ein einzelnes Haar, und streiche darüber.

– Noch mal. Jetzt spüre ich es. Warte mal.

Georg streckt seine Hand nach meinem Nacken aus, er berührt mich nicht, es kitzelt, ich kichere, streife mit dem Rücken den Schreibtischstuhl. Ich kichere weiter, weil mir mein Kichern gefällt, dann ist eine Hand auf meinem Knie, auf meinem Oberschenkel, unter dem Kleid. Scheint etwas zu suchen, hält inne, zwickt mich, so fest, dass ich aufstöhne.

– Fühlst du das?, fragt Georg, ich sehe sein Gesicht nicht, weil es so nah ist. Wir drehen uns, ich stolpere, falle hin, stehe wieder auf, Georgs Körper schubst mich weiter, die Gardinen streifen mich, schließen sich hinter uns. Und Georg stockt nicht. Georg stockt nicht wie sonst, und ich schließe nicht die Augen wie sonst. Ich mache nicht das Licht aus, und Georg streichelt nicht stundenlang meine Lenden. Ich brauche keine Decke, Georg fragt nicht, ob ich es bequem habe, Georg keucht nicht. Ich ziehe nicht den Bauch ein, ich stelle mir niemanden vor, ich lache nicht, Georg wälzt sich nicht auf mich, Georg streicht nicht meine Haare aus seinem Gesicht. Georgs Hände rutschen nicht ab, als er meinen Schlüpfer herunterzieht, Georg drückt nicht seinen Schwanz an meine Hüfte, ich greife nicht nach seinem Schwanz, ich denke nicht an Josephine, ich sehe nicht auf die Uhr. Georg riecht nicht fremd, Georg sagt nichts. Georg fragt nichts. Es klopft.

Wir fahren hoch. Ein Schlüssel wird im Schloss herumgedreht, Georg steht auf, stopft seinen Schwanz in die Unterhose, zieht die Jeans hoch. Ich streife mein Kleid herunter und öffne den Vorhang. Ein Junge im schwarzen Anzug schließt die Zimmertür von innen ab und dreht sich um. Als er uns sieht, will er sich wieder abwenden und aus dem Zimmer gehen, aber die Tür ist ja abgesperrt.

– Oh, sagt er. Verzeihung.

Er macht ein paar Schritte auf uns zu, bleibt stehen und streckt seine Hand aus, in der er ein Buch hält.

– Ich soll das hier auf den Schreibtisch stellen, sagt er. Ein Hochzeitsgeschenk des Hotels.

Er geht an uns vorbei, stellt das Buch auf den Tisch, dreht sich um, schließt die Tür wieder auf und verschwindet.

Georg steht da und sieht dick aus. Er macht seinen Hosenschlitz zu, geht zum Schreibtisch und greift nach dem Band.

– Ein Kochbuch, sagt er.

Ich lache. Georg schaltet die Schreibtischlampe an und wieder aus. Ich verschränke die Arme vor der Brust.

– Vielleicht sollten wir mal nach Charlotte sehen, sagt Georg.

– Gute Idee, sage ich, meine Stimme klingt hoch.

Georg macht ein paar Schritte und klopft an die Badezimmertür. Er dreht sich nach mir um und zieht die Brauen hoch. Ich greife nach der Klinke und schiebe die Tür auf.

Es ist dunkel. Ich zwinkere, bis hinten die Badewanne blau auftaucht. Ich schalte das Licht an, und nur die fünf Lampen, die den Spiegel über dem Waschbecken säumen, werfen ihre kleinen Lichter ins Zimmer wie Pfeile. Toilettendeckel und Brille sind hochgeklappt, Charlotte kniet davor auf dem Boden, mit dem Kopf über der Schüssel. Die Arme liegen zu beiden Seiten auf den weißen Fliesen, mit den Handinnenflächen nach oben, als wollte sie prüfen, ob es regnet. Sie schläft mit offenem Mund. Ein paar ihrer blonden Haare treiben im Wasser.

## VIERZEHN // MAX

Das muss man sich mal vor Augen halten. Man muss ja nur mal in irgendeine Stadt gehen, irgendwo in Deutschland, so um die Mittagszeit, besonders in den Parks, und sich umschauen, was da für Gestalten unterwegs sind. Blass, abgezehrt, irgendwie mager und gleichzeitig fett, das heißt, aus dem Leim gegangen, schwammig, konturlos. Daran erkennt man sie, dass sie keine Konturen haben. Dass sie erschrocken gegen die Sonne blinzeln. Dass sie perfekt sitzende Anzüge tragen und trotzdem aussehen, als hätten sie drei Nächte drin geschlafen. Dass sie es nicht merken, wenn sie in einen Hundehaufen treten. Dass sie völlig sinnlos irgendwo rumlaufen und vor irgendeinem Teich stehen bleiben, wo sie Enten beobachten, die dann irgendwann wegfliegen, aber sie bleiben trotzdem stehen. Dass sie es nicht mitkriegen, wenn die Asche ihrer Zigarette ihnen auf die Hose fällt. Dass sie Kindern zulächeln, die dann anfangen zu weinen. Dass sie gebückt gehen, als hätten sie stundenlang in einem Sportwagen gesessen. Dass sie vergessen, die Zeitung umzublättern. Dass sie nicht wissen, ob auf dem Brot, das sie gerade gegessen haben, Wurst oder Käse drauf war. Dass sie nicht ausweichen, wenn man fast mit ihnen zusammenstößt. Daran erkennt man sie, und man sollte sie in Ruhe lassen, weil sie arme Schweine sind. Arme Schweine mit einem Leben aus lauter Viertelstunden, die sie in Zimmern sitzen, in denen es nach Kaffee stinkt, nach Kaffee von gestern oder vorgestern oder vorvorgestern, da geht man besser weiter und weicht ihnen aus und wartet, bis sie wieder in ihren Büros verschwunden sind.

Es gibt Millionen von denen, aber das weiß niemand. Sie sind da und doch sind sie nicht da, denn sie existieren bei Tageslicht nicht. Entweder man ist einer von denen und weiß nichts davon, oder man war mal einer von denen und ist jetzt keiner mehr, und dann sieht man sie plötzlich überall. Aber man kann das keinem verständlich machen. Die Welt besteht nämlich nur aus solchen, die es herausgefunden haben, und solchen, die es nicht herausgefunden haben, und denen, die es nicht herausgefunden haben, ist nicht zu helfen, und den anderen schon gar nicht. Das ist nämlich das Problem, dass es allen, die nichts davon wissen, so banal vorkommt, was es ja auch ist, im Grunde, so oder so. Jedenfalls kann man es sich nicht erklären, man ist einer von diesen oder einer von jenen, so ist das nun mal. Ich habe es auch nur durch einen Zufall gemerkt, dass ich einer von jenen bin. Es braucht ja immer nur Zufälle. Da ist man mal krank und kann nicht zur Arbeit, das ist banal, eine banale Sache. Jemand ist krank, jemand kommt wieder, jemand merkt, dass es auch ohne ihn weitergegangen ist, jemandem fällt plötzlich alles schwer. Sogar die einfachsten Dinge. Auf einem Stuhl sitzen und sein Gegenüber frei heraus anlächeln: unmöglich. In einem Meeting sitzen und Stichpunkte machen: unmöglich. Zum Kaffeeautomaten gehen und Münzen einwerfen: unmöglich. Nichts geht mehr. Dabei ist alles genau wie vorher, aber genau das ist das Problem, weil man vorher drin war, nicht draußen, auch wenn man gern mal ironisch war. Nichts macht mehr Sinn. Als wäre so was wie eine Mittagspause plötzlich eine Glaubensfrage, und man hätte den Glauben verloren. Was soll das?, denkt man sich. Was wird hier gespielt? Und warum ist alles so, als wäre ich nie weg gewesen? Und dann braucht man für die kleinsten Sachen doppelte Kraft, man muss sich überwinden, als ginge es um Leben oder Tod. Aber sosehr man sich auch anstrengt, man ertappt sich doch immer wieder dabei, dass man im Grunde nur wartet, dass einer das Licht anmacht und sagt: »So, das war's, die Probe ist vorbei«, oder dass an der Wand hinter einem endlich der Abspann läuft. Aber das ist nicht das Schlimmste. Das Schlimmste ist, dass die anderen noch genauso sind wie vorher. Sie gucken einen auf die gleiche Weise an, sie reden die gleichen Sachen, sie arbeiten an den gleichen Sachen, sie haben dieselben Probleme, bloß eine dieser hitzigen Büroliebschaften ist inzwischen vielleicht vorbei, aber das ist auch das Einzige. Und dann schauen die einen an und erwarten, dass man sie gefälligst ernst nimmt, was ja auch ihr gutes Recht ist, und man schaut zurück und hat diesen unbändigen Drang zu lachen in sich, so sehr, wie lange nicht mehr, so, wie Kinder lachen, wenn jemand vom Pferd fällt, aber das ist ja genau der Punkt: Jemand ist vom Pferd gefallen, und man selbst ist erwachsen, und selbstverständlich lacht man dann nicht. Man verhält sich ruhig und schlägt leise die Zeit tot. Was man da machen soll das will ich mal wissen wenn man nach einer kurzen Zeit von sagen wir drei vier Tagen zurückkommt und alles genauso vorfindet wie man es in Erinnerung hat nur man selbst ist ganz offensichtlich ein anderer. Natürlich kann man sich im Spiegel anschauen und sagen ja das ist er schon der Max Heidung aber man kann sich nicht sicher sein weil man sich doch das weiß jeder im Spiegel sowieso immer nur verkehrt herum sieht. Und früher oder später muss das doch auch den anderen auffallen. Dann muss doch jemand mal kommen und sagen Hallo Max stimmt vielleicht mit dir was nicht Ich meine die Art wie du deine Kartoffeln isst als wären sie aus Pappe.

Und das trifft es ja auch ganz gut die Pappe. Ja will man sagen ja etwas stimmt nicht und darf ich mal deinen linken Arm berühren ist der echt? Kannst du mir mit Sicherheit sagen dass du es bist der echt ist und ich der der danebenliegt weil einer von uns beiden hat nämlich ein Problem. Entweder ist das hier so eine Art Truman-Show und es geht nur darum mich zu erschöpfen und meine Kraft abzuzapfen und ihr geht abends alle heim und lacht euch ins Fäustchen oder aber ich bin derjenige der einen Fehler im Kopf hat eine minimale Verschiebung und ihr macht zu Recht einfach weiter. Oder aber und das ist ja dann schon die dritte Möglichkeit ihr seid überhaupt nicht real und wisst davon gar nichts und spielt also die ganze Zeit euch selbst ohne zu wissen wie sinnlos und lächerlich das ist und dann seid ihr nämlich die Gelackmeierten weil ihr im Grunde nichts weiter seid als eine Kulisse die spricht. Und der die Kulisse geschaffen hat weil wenn es eine Kulisse gibt muss sie ja von irgendwem mit irgendeiner Absicht da hingestellt worden sein der will nichts weiter als Ausbeutung. Wer hat das eigentlich angefangen mit der Identifikation über Arbeit das ist doch ohnehin so unzureichend und überholt. Bin ich vielleicht Max der Radioredakteur oder was. Bin ich vielleicht eher Max der Radioredakteur als dass ich Max der Sohn von Sabine bin oder wie. Oder bin ich vielleicht Max der Biertrinker. Max der Radiomoderator Max der mit den braunen Augen Max der gern abends ein Bier trinkt Max der gern an der frischen Luft Sport treibt Max der gern campt Max der noch nie eine Frau verlassen hat Max der nichts gegen Kleinstädte hat Max der an Kameradschaft glaubt Max der Tierfreund Max der Hundefreund Max der Hunde lieber mag als Katzen Max der früher auch mal in der Theatergruppe war Max der drei Tageszeitungen abonniert hat von denen er höchstens eine liest Max der Hobbyphilosoph Max der Optimist Max der unverbesserliche Optimist Max der Nichtraucher Max der Zufriedene Max der niemals Berechnende Max der Zweiunddreißigjährige Max der Studierte Max der manchmal aufwacht und sich fragt wie er hierhergekommen ist Max der Fleischesser Max der Zuverlässige Max der immer noch Probleme mit dem Krawattenbinden hat Max der sich immer genau an Orte erinnert aber nie an Gespräche Max der Zuhörer Max der Beobachter Max der Sanfte Max der niemals Rosa trägt obwohl er Rosa eigentlich schön findet Max der nicht mutig genug ist Rosa zu tragen Max der oft wochenlang Schnupfen hat Max der alles in allem vielleicht schon zweihundert Mal geflogen ist Max der den Herbst mag Max der aber auch den Frühling den Sommer und den Winter mag Max der sich manchmal grundlos betrinkt Max der Musik eigentlich nur im Auto hört Max der mit dreizehn seine alternative Phase hatte mit fünfzehn zum Discogänger wurde mit siebzehn noch mal kurz mit dem Grunge sympathisierte und dann die Hochphase des deutschen Hip-Hop miterlebte Max der niemals gegen seine Eltern rebelliert hat Max der seine Mutter lieber mag als seinen Vater Max der zum Urlaub immer in den Süden fährt Max der im Westen sozialisiert wurde Max der nicht ein einziges Mal in den ehemaligen Osten gefahren ist Max der Europäer Max der Fahrradfahrer Max der Atheist Max dessen Mutter als er zehn war dieses Augengeschwulst hatte und als er zwölf war die Gicht bekam Max der zufällig zum Radio gekommen ist Max der zufällige Radiomoderator Max der die Frauen bewundert Max zu dem die Leute sagen Kennen wir uns irgendwoher Max der Hemden im Doppelpack kauft Max der Ängstliche Max der Angst davor hat ein Haus zu bauen zu heiraten alt zu werden Max der das Radio nicht abstellt wenn Musik aus den Achtzigern läuft Max der Allergiker Max der Charlotte liebt aber sich nicht sicher ist ob er unter anderen Umständen vielleicht auch eine ganz andere Frau Max der glaubt dass alles sich wiederholt und nicht aufzuhalten ist Max der tote Sachen beruhigend findet Sachen die keinen Sinn mehr haben stillgelegte Industriegebiete beispielsweise Freibäder im Winter Skihänge ohne Schnee Max alles in Ordnung Max Hallo

Ist das Frank Was macht Frank Frank beugt sich über mich klapst mir auf die Wange Frank gehört jedenfalls nicht zu denen die das verstanden haben mit der Arbeit Dass nämlich die Arbeit ein fürchterliches Terrarium ist und ein Albtraum obendrein aus dem wir irgendwann alt und verschrumpelt aufwachen um unsere hässlichen Körper in unseren eingezäunten Gärten auf unseren Kreuzfahrtschiffen unseren krabbeligen Terrassen von der Sonne verbrennen zu lassen in unseren Häusern in denen wir den Dreck gar nicht mehr sehen weil unsere Augen schlechter werden immer schlechter Max he was ist denn los mit dir Ist dir übel Hörst du Stimmen Clara komm doch mal rüber mit dem stimmt was nicht Pack mal mit an Nein ihr kriegt mich nicht ihr mit euren sauberen Stimmen und Einstellungen Ich weiß genau was ihr von mir wollt Ihr wollt mich wieder gesellschaftsfähig machen das ist es doch Guckt mich nicht an mit diesem gelangweilten Mitleid Ich weiß dass ihr nicht entgeistert seid Ich komme schon zurecht danke Bist du sicher Brauchst du Wasser Nein verdammt was ich brauche ist ein verdammter Ausweg weil hier nämlich was richtig faul ist Ich will nicht zurück in die Arbeit morgen nicht und nicht übermorgen Ich kann nicht mehr Ich will nicht Was hast du gesagt Was ich gesagt habe ich weiß nicht Lass mich einfach hier liegen Aber das kann er nicht der Schuft das ist mir natürlich klar ist ein Auftrag Ich muss ja zurückgeholt werden Er zerrt an mir Ich weiß genau gleich reißt etwas Es reißt in der Mitte durch Lass mich bitte Clara wie kommen wir denn hier an Wasser Weiß ich doch nicht Du bist einer von denen ich weiß es genau Kann sein dass du glaubst du willst mir nichts Böses aber ich weiß dass es anders ist Du bist auf der falschen Seite Du willst mir Schlechtes Wie du mich jetzt wieder anstarrst mit diesem Gesicht das irgendwie grau ist Grau und blau mit diesen fetten Brauen wie Raupen die die Augen an den Schläfen herunterdrücken und verengen Wie ein Hund siehst du aus und glaub mir du hast Böses vor Lass mich Hast du das gesehen Clara der Pimp hat versucht mich zu hauen Jetzt lachst du Lachst mir ins Gesicht böse und schwarz und ich kann es genau erkennen wenn du den Mund aufmachst Du bist einer von denen Du willst mich zurückholen Aber diesmal werde ich mich wehren Ich werde meinen letzten Rest Mut zusammenkratzen und einmal nicht phlegmatisch sein Ich werde mich wehren Du hast es nicht anders gewollt Jetzt ziehst du an meinen Armen an beiden Du willst mich in der Mitte teilen Du willst mich in kleine Portionen schlagen und mich zurückbringen Aber warte du hast die Rechnung ohne Jetzt zerrst du an meinem Körper als wolltest du mir die Haut Ich weiß was ihr wollt Ihr gehört zur dunklen Seite Da könnt ihr noch so charmant tun ich fall auf eure affektierte Hilfsbereitschaft nicht mehr rein Dazu war ich einfach zu lang drinnen Aber jetzt bin ich draußen ich habe es geschafft ich habe mich herausgewunden Natürlich bin ich jetzt ein Splitter in euren Augen Mir ist klar die Gesellschaft muss mich loswerden jemanden wie mich weil ich es durchschaut habe und mich nicht mehr für diese Machenschaften Ach jetzt kommst du mir so Willst mir Angst machen indem der Himmel näher kommt der dunkle schwarze Himmel ohne Sterne Kaum ein Stern heute Nacht Wie idiotisch Ich habe keine Angst vor dem Nichts Bloß nie wieder zurück nie Ich denke dass er halluziniert Meinst du wirklich Damit kriegt ihr mich nicht weich Sollen wir Charlotte holen Ich weiß nicht Jetzt ziehst du an meinen Armen und Beinen in beide Richtungen Ihr werdet mehr Ihr tretet ein Stück zur Seite und vermehrt euch rasend wie Insekten aber das macht mir keine Angst Ihr seid nichts weiter als schwarze Schatten Mich kriegt ihr nicht und wenn ich mich ins Nichts werfe Ich habe keine Angst vor der Dunkelheit und auch nicht vor den Bäumen Ihr wollt mich zerlegen in meine Teile in eine Kiste packen und zurückschaffen Ihr wollt mir meine Gedanken herausschneiden sie herausdrücken aus mir ihr wollt dass ich Klavier spiele und keine Unannehmlichkeiten Geh doch mal runter Geht weg mit euren Fratzen Da vorn ist die Linie dahinter ist nichts Ha Was macht er denn jetzt Halt ihn fest Schnell Drei Schritte Ihr kriegt mich nicht ihr Es gibt es das große Dunkle es ist hinter den Dingen dahinter nur manchmal in der Nacht oder wenn man einen Pastis und einen Espresso hintereinander trinkt dann sieht man wie beides das Vordere und das Hintere sich voneinander lösen Es ist als würde man einer schrecklichen Sache ins Auge sehen Es ist als wäre man wieder ein Kind das nur bei Licht schlafen kann weil es glaubt dass die Geister nicht nur hinter Türen und unter Betten sind sondern auch so klein dass sie in den Kissen in der Tasche zwischen den Seiten eines Buches sogar in einem Kugelschreiber Platz finden Ihr zerreißt mich nicht Da vorne geht es ab Gleich Hab ich dich

## FÜNFZEHN // CLARA

Was für ein blödsinniges Spektakel. Von den Drogen sind wir sentimental bis unter die Stirnhaare, und Max ist völlig außer sich, sieht irgendeine idiotische Verschwörung, schreit, schlägt um sich, und neuerdings will er offenbar vom Dach springen. Gut, dass die Drogen Frank noch stärker machen, er strotzt nur so vor überschüssiger Kraft, das macht ihn rasend, er hält Max mit gestreckten Armen fest und erwartet geduldig seine Erschöpfung.

Ihr kriegt mich nicht!, brüllt Max, sein armes Gesicht ist ganz aus den Fugen. Vor euch habe ich keine Angst! Ich weiß genau, was ihr wollt!

Er spricht, ohne zu atmen, und Frank beglotzt amüsiert ihn und seinen Wahnsinn, der in Fetzen von ihm herunterhängt.

Du willst also springen? Ja?

Franks Grinsen ist hämisch, gibt kurz den Blick frei auf ein kleines schwarzes Loch an der Stelle, wo sich üblicherweise ein Gewissen, mindestens aber ein kurzes Zögern, ein winziger Zweifel befindet. Er grinst mir zu, dabei habe ich mich schon wieder in meinen bequemen Zynismus gehüllt, der mich von der Welt, von mir und meiner Traurigkeit entfremdet, der ein Schild ist, ein Pelzmantel oder spitze Schuhe.

Du machst mir keine Angst! Lass mich los, und ich werde für immer verschwinden!

Du willst hier wirklich runterhüpfen, Kleiner?

Was ist das schon! Da hinten ist nur Himmel, siehst du das denn nicht? Was soll schon passieren. Ein Schritt, und ihr könnt mir nicht mehr folgen. Lasst mich los! Ich will …

Er will sich umbringen, hast du gehört, Clara?

Oh ja, da mache ich mit.

Ich lache und stelle mich mit verschränkten Armen neben Frank. Wir hätten uns denken können, dass Max und Charlotte nichts vertragen. Sie sind rund und erregt wie Landhühner, aber die Stadt und ihre Exzesse sind nichts für sie. Wahrscheinlich glauben sie sogar, an Abenden wie diesen könnten große, existenzielle Dinge passieren, jemand könnte etwas sagen und etwas würde anders sein.

*Sie halten einfach nichts aus, diese Verliebten, sogar vom Sprechen werden sie betrunken. Aber das ist zu lange her, Niklas. Inzwischen wissen wir, dass es sinnlos ist, sich verständlich machen zu wollen. Der Welt ist es egal, welches Chaos wir ihr hinterlassen, es macht keinen Sinn, nach etwas Logischem, Kausalem zu suchen, Geschichten gibt es nicht, weil es keine Anfänge und keine Enden gibt und keinen Zusammenhang dazwischen. Und auch der andere liest immer nur einen Teil von uns, ist es nicht so? Wir sind nicht mehr als die Anekdoten, die wir erzählen, wir reißen Stücke aus uns und verschenken sie, bis nichts mehr übrig ist, das ist die ganze Wahrheit. Fast könnte man das tragisch nennen. Aber nein, es ist nicht tragisch, immerhin geht es in dieser Angelegenheit allen gleich, und um ein Held zu sein, müsste man trauriger oder fröhlicher sein als der Rest der Welt.*

Du … ihr habt ja keinen Grund! Ihr wollt mich doch nur verwirren! Ich weiß genau, was ihr vorhabt. So leicht kriegt ihr mich nicht! Ihr habt keinen Grund … Aber ich habe einen Grund …

Einen Grund wofür? Zu springen?

Ich lache. Max' weite Augen finden keinen Platz mehr auf meinem Gesicht, immer wieder rutschen sie auf die Schultern. Im Mund bewegt sich seine Zunge, er versucht, ein Wort herauszuschieben, es durch die zusammengebissenen Vorderzähne zu quetschen, dann schüttelt er den Kopf und lächelt das hohle, absichtslose Lächeln eines Behinderten. Ich lege ihm meine Hand auf die Schulter, schenke ihm einen traurigen Blick und lasse beides wieder fallen. Es tut mir leid, will ich sagen, dass du so weit weg bist, aber dann schiebe ich mir doch nur eine selbst gedrehte Zigarette zwischen die Lippen und höre das Rauschen der Bäume, das auch ein Meer sein könnte, oder Regen.

An dieser Bewegung muss etwas gewesen sein, das Max irgendwo unter seinem braven Irrsinn erinnert und berührt, denn er zögert. Kurz noch hält er an seiner Verzerrung fest, dann erkennt er mich mit den Augen, und es ist unmöglich, länger an seinem Wahn festzuhalten. Gequält verzieht sich das Entrückte aus seinem Gesicht, zieht ins Innere ab, verschwindet ganz. Max fasst ein paar beliebige Punkte ins Auge, einen Stein, einen Baum in der Ferne, eine Lücke zwischen Mond und Wolken. Dann ist er einfach nur traurig. Natürlich muss er so tun, als sei er entrüstet, als er Frank seine Hände entreißt und sich die Gelenke reibt. Er starrt zu mir, zu Frank, wieder zu mir: zwei fette Dämonen, wirklich und langweilig. Ich sehe, dass seine Lippe zittert. Vom Wind wird sein Haar aus der Stirn gehoben und fällt majestätisch zurück. Es tut mir leid, dass du wieder da bist, denke ich, in unserer tristen Mitte.

Man müsste weinen können. *Weinen wie damals, Niklas, als wir noch einen Grund hatten, als noch nichts zu spät war. Wie ich es geliebt habe, an der frischen Luft zu weinen! Du fuhrst, und ich hatte meine Tränen unter der Sonnenbrille ganz für mich. Wir hatten uns gestritten, ohne Grund, einfach so, weil wir seit Tagen, Wochen, Monaten aneinanderklebten wie Fliegen, und nur ein Streit uns dazu bringen konnte, ein paar Stunden die Finger voneinander zu lassen. Und am Ende, Niklas, am Ende hast du jeden Streit gewonnen. Weißt du noch? Du warst immer der Gewinner, Niklas, und ich immer die Verliererin. Ich hatte den Mut und die Schläue, jeden Streit zu eröffnen, du die Zähigkeit, ihn für dich zu entscheiden, ganz gleich, welche Argumente wir hatten, ganz gleich, ob jemand im Recht war. Erinnerst du dich? Du mit deinem bösen Gesicht, mit deinem Gesicht voller Verachtung und Entschlossenheit, in dem stand: Wir haben nur noch uns. Wir haben die ganze Welt abgeschüttelt und uns unmöglich gemacht und alles gesagt, was man sagen kann in so kurzer Zeit, und wenn du das jetzt kaputt machst, Clara, dann sind wir am Ende, du und ich, dann sind wir am Arsch.*

Ich hau noch mal ab, sagt Frank, hebt seine Arme angewinkelt nach hinten und spannt die Schultermuskeln wie ein mächtiger Albatros. Fast zeitgleich setzen Max und ich uns auf den Boden und schieben die Beine über den Rand. Ich ziehe die Schultern hoch, wir frieren allein.

Hinten am Himmel fängt ein kleiner Rand schon an zu ergrauen, als würde ihn ein weißes Neonlicht von unten anstrahlen. So spät in der Nacht ist die erste Helligkeit nichts Schönes, sie ist kalt und hat die Farbe von Staubflusen. Auch ich fühle mich neben Max' aufrichtiger, pathetischer Traurigkeit ganz prosaisch, weil ich an nichts denke als an meine graue Haut, die von einem Schweißfilm überzogen ist, an die ersten Makel meines Make-ups: eine verwischte Augenbrauenspitze, verblasstes Rouge, ein in den Winkeln verschmierter Lidstrich. Habe ich etwa geweint? Es weinen doch immer nur die anderen. *Es ist Ewigkeiten her, dass ich geweint habe, hundert Jahre und hundert Männer, du kannst es bezeugen, Niklas.*

Ich ziehe die Puderdose aus dem Strumpf und betrachte mich und meine Zigarette im Spiegel, drücke mir die Quaste auf Nase und Wangen. Max sieht mir verstohlen dabei zu. Er überlegt, etwas zu sagen, dann wirft er es doch zurück in den Brunnen seiner Traurigkeit.

Ich kann dich nicht trösten, Max, sage ich.

Meine Stimme ist hart und faserig wie Holz, splittert im Mundraum, bleibt an den Lippen hängen, fällt heraus wie Bauklötze. Und was für ein alberner, sinnloser Satz! Ich räuspere mich in der Hoffnung, Max könnte so den Nachklang der Bitterkeit und Verschrobenheit überhören, der hinter dem Satz herweht wie ein Banner hinter einem Flugzeug.

Denn da sind wirklich Flugzeuge, vier Stück, sichtbar gemacht nur durch die Wunden, die Abschürfungen, die sie hinterlassen: drei schnurgerade Parallelen und eine Querlinie, die die anderen durchstreicht, violett im Nachthimmel.

Aber Max spricht noch immer nicht, Max nimmt sich zusammen, und ich sehe ihm alle Kraft und allen Widerwillen dabei an, was ihn reizend macht. Ich trinke einen Schluck Gin und setze die Flasche zwischen uns. Ein leichter Wind lässt meinen Körper zu einem Kiesel werden, glatt und stromlinienförmig, und obwohl ich niemals an die Natur als etwas Gutes und Emphatisches geglaubt habe, macht sie mich heute noch stumpfer und trauriger. Es ist eine dieser Sommernächte. Der Tag war prahlerisch und heiß, die Nacht danach ist schwül, aber lustlos und ohne Farbe, die Abwesenheit all dessen, was den Tag ausmachte. Gleich wird Max reden, denke ich, denn am Ende reden sie alle. *Und sie kommen damit zu mir, Niklas. Warum kommen sie ausgerechnet zu mir? Was habe ich an mir, dass alle glauben, ich sei ein Gefäß, in dem sie ihre flüchtigen Traurigkeiten ablegen können?*

Mir ist eben etwas eingefallen, sagt Max. Ich weiß nicht, ob es wichtig ist. Aber das weiß man ja nie.

Max zieht kurz die Brauen zusammen. Das Mondlicht gibt seinem Gesicht etwas Theatralisches. Ich lächele und nehme noch einen Schluck aus der Flasche. *Was habe ich dir gesagt, Niklas?*

Ich war auswärts, sagt Max, geschäftlich. Ich sollte mich mit einem Regisseur treffen, wegen irgendeiner Hörspielproduktion. Ich kam am Abend an, das heißt, ich glaube, Lotte war auch dabei. Also, wir kamen am Abend an, wahrscheinlich gingen wir essen. Weil ich zu faul war, rasierte ich mich nicht mehr, dabei wusste ich, dass ich am Morgen immer unvorsichtiger bin. Ich hatte mir den Wecker auf acht gestellt, musste aber erst um zehn in einem Café in der Stadt sein. Also stellte ich mich kurz unter die Dusche, dann rasierte ich mich und zog mir ein weißes Hemd an. Als ich mir den Schlips umbinden wollte, merkte ich, dass ich blutete, links unterm Ohr, und dass das Hemd am Kragen schon rot war. Es war keine besonders schlimme Wunde, aber sie blutete ziemlich stark. Ich versuchte, das Blut zu stoppen, indem ich Klopapier darauf presste, und während ich das tat, fühlte ich erst Wut und kurz darauf Verzweiflung in mir aufsteigen. Ich schleuderte das Papier in die Toilette und fing an zu weinen. Das heißt, ich weinte ohne Tränen, ich verzog einfach das Gesicht. Ich stützte beide Hände auf das Waschbecken und sah mich im Spiegel an. Ich dachte so was wie: »Diese scheiß Wunde. Er wird mich sehen und denken, ich sei ein kompletter Idiot, der sich nicht mal rasieren kann.« Ich war absolut nicht in der Lage, an etwas anderes zu denken. Wahrscheinlich stand ich ziemlich lange so und starrte mich an, denn irgendwann klopfte Lotte an die Tür und fragte, ob alles in Ordnung sei. Sie klang so unbekümmert und fröhlich, dass ich noch wütender wurde. »Wie kann sie so unbeschwert sein«, dachte ich, »während ich hier …«, das dachte ich, und zwar genau so, unvollständig und vage. Dann drehte ich den Schlüssel noch ein zweites Mal herum, rein demonstrativ, so umständlich und laut, dass sie es hören musste. Gleichzeitig dachte ich mir: »Das kann doch jetzt kein entscheidender Moment sein. Das ist vollkommen lächerlich.« Ich sah mich wie ein Phantom vor dem Spiegel stehen und das Gesicht verziehen und fand mich so kläglich, dass ich kein Mitleid mit mir hatte, nicht einen Hauch Mitleid. Ich setzte mich auf den Klodeckel und stützte das Gesicht in die Hände. Dabei wusste ich eigentlich schon in diesem Moment, dass alles nur eine Frage der Zeit war. Ich wusste, dass ich zu vernünftig war, zu aufgeklärt, zu gut erzogen, um den Termin sausen zu lassen. »Das wäre ja albern«, dachte ich, »wegen so einer Kleinigkeit«, und als ich das aussprach, fiel mir auf, dass ich sehr erwachsen und überzeugend klang. Ich sagte den Satz noch einmal lauter, und dann hörte ich mich sagen: »Wir sind ja nicht im Kindergarten.« Das hatte ich überhaupt nicht gedacht, es muss irgendwo aus meinem Unterbewusstsein gekommen sein. Jedenfalls wurde mir schlagartig bewusst, in was für einer ausweglosen Lage ich mich befand. Es war kein katastrophales Gefühl, nichts Leidenschaftliches oder so. Ich dachte einfach nur: »Ich bin erwachsen.« Das war alles. Es war auch keine Sehnsucht dabei. Es war nicht so, dass ich mich am liebsten an den Duschvorhang geklammert und geweint hätte. Es war auch nicht so, dass ich Lust gehabt hätte, zum Beispiel das Bad unter Wasser zu setzen, nur um mir zu beweisen, dass ich durchaus noch kindlich sein konnte. Es war überhaupt nichts Aufgeregtes an der ganzen Situation. Vielleicht fühlte ich mich auf eine komische Art einsam, das schon. Aber ich habe kein Problem mit Einsamkeit, ich habe nie ein Problem mit Einsamkeit gehabt, auch nicht als Kind. Ich konnte mich stundenlang allein beschäftigen. Alle Menschen, mit denen ich zu tun hatte, wirklich alle, haben mir das übel genommen. Ich weiß nicht, ich glaube, sie haben mir das immer als Desinteresse ausgelegt. Dabei wollte ich wirklich niemanden kränken. Es ist ja nicht so, dass ich mich nicht freue, wenn jemand bei mir ist, aber ich brauche es nicht unbedingt, das will ich nur sagen. Lotte zum Beispiel. Oft sagt sie so Sachen wie: »Du brauchst mich nicht zum Leben, nicht zum Glücklichsein und zum Sterben auch nicht. Du brauchst mich nur für zwei, drei kleine Sachen, und selbst die könntest du wahrscheinlich woanders auch bekommen.« Ich nehme ihr das nicht übel, wenn sie so redet, auch wenn sie dann diesen unangenehmen Unterton hat. Ich will damit nicht sagen, dass sie vulgär ist. Aber diese Art von Zweideutigkeit ... Im Grunde hat sie wahrscheinlich recht. Im Grunde hat sie wahrscheinlich vollkommen recht. Es ist nur eine Frage der Formulierung, wie schlimm es klingt. Lotte formuliert es immer so, dass ich mich schuldig fühle. Aber es kann doch auch nicht der Sinn von Liebe sein, dass man sich jedes Mal umbringt, wenn der andere stirbt oder einen verlässt.

Max' sonst so gleichmäßiger, nichtssagender Teint färbt sich im Mondlicht silberweiß, so dass er fast gefährlich aussieht. Ich wäre gern gerührt.

*Aber nichts rührt mich mehr. Daran bist du schuld, Niklas. Du mit deinem hellen Gesicht, mit der Papyrushaut und den langen, mädchenhaften Wimpern, den Sonnenflecken und den schmalen, wie geschälten Lippen. Denn kein Glück kann größer sein als unser Glück, und kein Unglück ist größer als das Unglück zwischen uns. Es war zu keinem Zeitpunkt Liebe, denn Liebe vergeht nie. Es war eine Verwechslung, nichts weiter. Meine Gier nach dem Großen, Absoluten, und deine anerzogene Besonderheit. Eine Verwechslung, nichts weiter.*

Aber das wollte ich gar nicht erzählen ...

Sagt Max, mit einer von echter Verwunderung verjüngten Stimme. Er schweigt, greift abwesend nach der Flasche zwischen uns, schraubt sie ab und trinkt, ohne den Blick zu senken, als hielte er mit den Augen den Mond fest, und wenn er seinen Blick ablöste, fiele dieser Mond herunter wie ein schlecht befestigtes Stück Pappe. Dann setzt Max die Flasche an ihren Platz zurück, wie ein Ausrufezeichen, und schaut ziellos in der Gegend herum, bis seine ruhelosen Augen auch mich bemerken müssen.

Übrigens ... Hat dir schon mal jemand gesagt, dass du sehr große Pupillen hast?

Ich lächele müde.

Oh ja ... Ja.

Ja dann ...

Max nickt abwesend, wie ein Mann, der noch nie etwas gesagt hat, das jemandem im Gedächtnis geblieben wäre. *Ich weiß alles, was du gesagt hast, Niklas, alles. Kein einziges Wort konnte ich vergessen.*

Ich nehme einen großen Schluck aus der Ginflasche. Es ist völlig sinnlos, so zu trinken. Um irgendetwas zu spüren, müsste ich schneller trinken. So ist es nur eine Vermeidung des Zustands von Nüchternheit, in dem sich jedes Mal meine abgelegten Erinnerungen, meine physische Trauer und eine Schar zufälliger Ängste zu einem chaotischen Sturm verdichten. Ich blicke um mich, und da ist nichts als Grau. Keine Stadtlichter, kein Zeichen von Leben, oder wenigstens von Tod. Bäume, Autos, ein langes Dach, und wir: übersehbare schwarze Punkte im Grau. Es wäre schön, wenn jetzt die anderen kämen und mich erlösten, bevor Max sich gezwungen fühlt, mir seine Sicht der Dinge genauer zu erläutern. Denn nichts ist so traurig wie diese betrunkenen Philosophien, an die sich später niemand erinnern will, weil sie wie Luftballons sind, die nur groß scheinen, bevor man sie ansticht: Was übrig bleibt, ist ernüchternd, unansehnlich, nutzlos.

Aber Max überrascht mich. Er steht auf und läuft hinüber zur rechten Seite, wo die Suite liegt. Dort rutscht er auf dem Bauch weit zurück und bittet mich, ihn an den Oberarmen zu halten, während er mit den Füßen nach dem Gitter tastet. Seine Haare bewegen sich im Wind, und Max lächelt mich an, unerhört sicher und selbstverständlich. Ich bin neidisch auf seine Fähigkeit, zu vergessen.

*Wir haben nie etwas vergessen, Niklas, weil wir ununterbrochen redeten. Keine Möglichkeit zu streiten haben wir uns entgehen lassen, und wir haben uns einander erzählt, bis uns schlecht war. Beim Pinkeln habe ich dir zugesehen, und du hast meine Beine rasiert, und wir haben nicht den kleinsten Gedanken vergehen lassen, ohne ihn tausendmal zu drehen und zu wenden, zu allen Tageszeiten und Lichtverhältnissen zu untersuchen und unsere Philosophien nach ihm umzuschreiben. Und am Ende hat uns alles nichts genützt! Ich wünschte, ich wäre nur eine Stunde lang wie Max, optimistisch und vergesslich, ich wünschte, ich könnte an seiner statt zu Charlotte hinuntersteigen, ihr den Arm um die Schultern legen, meinen Kopf zu ihr hinunterbeugen, ihr Haar zur Seite streichen und sagen: Na, meine Süße, was hast du in der Zwischenzeit gemacht? Ach, dir war schlecht? So ein Pech. Aber geweint hast du doch nicht? Jetzt bin ich ja da. Keine Angst, mein Liebes, gleich geht es dir besser. Hast du auch genug Wasser getrunken? Komm, lass uns aufs Zimmer gehen …*

## SECHZEHN // FRANZISKA

Wir haben so viel Wasser getrunken, so unheimlich viel, wie löcherige Tonnen, in die man ständig nachschütten muss, und dann haben wir Charlotte zwischen uns genommen und sind auf den Balkon gegangen, um zurück aufs Dach zu steigen, um zu sehen, was die anderen machen, und da stehen wir jetzt. Georg stützt Charlotte, hat sich ihren Arm um die Schulter gelegt und hält sie aufrecht, Charlotte, die tapfer lächelt, die einigermaßen wiederhergestellt ist, aber nur, weil Georg sich um sie gekümmert hat wie um eine Kranke, weil Georg es liebt, sich zu kümmern, weil Georg in keinen Fahrstuhl steigen kann, ohne die Insassen zu grüßen, weil Georg alten Frauen über die Straße hilft, weil Georg Körbe trägt, Bettlern Geld gibt, Katzen von Bäumen holt, Kindern aufs Fahrrad hilft, weil Georg nicht anders kann. Jetzt stehen wir hier, und als ob das nicht genug wäre, baumelt Max vor uns, einen Arm an der Dachrinne, über einer Trennwand zwischen zwei Balkonen, und Clara, die oben auf dem Dach liegt, zerrt wie wild an ihm. Ich verstehe nicht, was los ist, das macht mich wütend, dass ich es nicht verstehe und dass nichts passiert, bis Charlotte sich plötzlich von uns losreißt, einen Satz nach vorn macht, sich an der Trennwand festklammert und schreit:

– Nicht, Max! Bitte nicht!

Okay, denke ich, jetzt weißt du wenigstens, was hier vor sich geht. Keiner sagt was, ich halte die Luft an. Eine komische Szene: Max stöhnt, Clara hält ihn an einem Arm, Georg zieht die Brauen hoch, weiß auch nicht, was zu tun ist. Und Charlotte streckt die Arme aus und ruft nach oben:

– O Max, bitte tu das nicht! Bitte nicht! Du musst mir nichts beweisen …

Sie versucht, über das Trenngitter auf den nächsten Balkon zu steigen, bleibt an einer der Spitzen hängen und hält in ihrer Verrenkung inne. Jetzt lehnt sie halb drüben, streckt eine Hand aus, vergeblich, aber sie scheint geübt in solchen Dingen, als würde sie laufend auf Balkonen stehen und rufen. Ich kann mir nicht helfen, alles ist unwirklich, wie ein Traum, ich denke bloß immer wieder: Sollst du eingreifen? Oder dich freuen, dass wenigstens mal was passiert? Merk dir das, merk dir genau, was vorgeht, damit du es später erzählen kannst.

– Ich weiß, es war falsch, zu sagen, dass du bequem bist, dass deine Liebe kleiner ist als meine … Ich wollte doch nicht … Bitte komm da runter! Ich nehme alles zurück, was ich gesagt habe, ich nehme alles zurück. Du bist nicht feige, Max! Aber bitte komm da runter!

Immer noch schweigt Max, öffnet den Mund und schließt ihn wieder, er sieht überrascht aus und unschuldig, wie ein Hausbesitzer, dem jemand beim Abschließen seiner Garage mit einer Taschenlampe ins Gesicht leuchtet, und Charlottes Stimme hängt hoch und festlich über uns:

– Es tut mir leid, was ich gesagt habe, hörst du? Ich hätte es nicht sagen dürfen … dass deine Liebe nur ein Motor ist. Ich wollte das nicht … Ich nehme alles zurück, hörst du? Auch, dass deine Liebe abgenutzt ist, dass sie wie ein Strahl ist, den du auf jeden Beliebigen lenken könntest … dass deine Frau … dass sie wie ein Gespenst ist zwischen uns … Ich nehme alles zurück! Aber bitte spring nicht!

Ich kann unsere Verlegenheit riechen, wie wir peinlich berührt sind und darüber ins Schwitzen geraten, und ich denke: Du darfst nichts davon vergessen, du musst es aufschreiben, du darfst es auf keinen Fall vergessen. Dann ist da das trockene Tappen schneller Schritte von der anderen Seite des Daches, mein Gott, denke ich, was für eine Szene!, ich habe eine Gänsehaut auf den Unterarmen und lehne mich mit meinem ganzen Gewicht an Georg, der die Arme um mich schließt, dessen Hitze ich im Nacken spüre.

– Wo warst du denn, du Idiot, höre ich Clara sagen.

– Pinkeln, antwortet Frank.

Und dann ist es vorbei: Max wird von Frank aufs Dach gehievt. Wir stehen unten und sie liegen oben, und Charlotte löst sich vom Gitter und lässt sich mit einem Stöhnen auf den Boden gleiten. Dann taucht Claras Gesicht auf. Sie streckt sich und klopft den Staub von ihrem Kleid. Frank zieht Max in den Stand und grinst. Sie stehen nebeneinander an der Kante und atmen schwer. Wir warten eine Ewigkeit, bis sie zu uns heruntergestiegen sind, und natürlich ist es dann längst zu spät, sich in die Arme zu fallen.

– Ihr seid ja alle bescheuert, sagt Clara.

Es ist still, nur Max bückt sich und richtet Charlotte auf, die schluchzt und zittert, und Clara schiebt sich zwei Zigaretten zwischen die Lippen, zündet sie an, gibt Frank eine davon und zwickt ihm in den Oberarm. Frank raucht und glotzt mit seinen geschwollenen Pupillen in die Runde, kreist mit den Schultern, um uns daran zu erinnern, wie stark er ist. Wellen schwüler Luft überfallen uns, wie um eine noch größere Schwüle anzukündigen. Der Balkon ist zu klein für sechs Menschen. Wir atmen und schwitzen. Etwas wäre fast passiert und ist im letzten Moment verhindert worden. Niemand weiß, was das alles zu bedeuten hat. Warum fallt ihr euch nicht um den Hals?, denke ich. Warum seid ihr euch nicht viel näher als vorher? Einer müsste etwas sagen, an das alle sich erinnern würden. Mathias würde jetzt die Initiative ergreifen. Aber Georg ist nicht Mathias.

Es ist immer das Gleiche. Als wir letzten Herbst in Südfrankreich waren, hat Georg auch den richtigen Moment verpasst. Es war der erste Urlaub ohne Josephine, drei Monate nach ihrer Geburt. Tagelang hatte ich Milch aus meinen Brüsten gedrückt, bis das Kühlfach voller Flaschen war. Mein Bauch war schon fast wie vorher, Josephine war bei Gerlinde, und wir hatten ein ganzes Wochenende Urlaub vor uns. Unser Ferienhaus lag in der Nähe von Aix. Am Freitagabend fuhren wir in die Stadt und gingen ins »Mistral«, weil ich Lust hatte zu tanzen. Wir standen am Rand, und dann spielten sie dieses Lied, in dem ständig »say yes« vorkam, und ich sah Georg tief in die Augen, und er lächelte. Später saßen wir noch an unserem Pool. Mücken tanzten unter der Straßenlaterne, und die Grillen waren laut. Wir lagen nebeneinander in orangefarbenen Liegestühlen und betranken uns mit altem Kognak, den wir im Haus gefunden hatten. Und dann die Sternschnuppe. Ich sah zu Georg hinüber und dachte: Was muss noch passieren? Jetzt frag schon! Da streckte Georg seine Hand nach meiner Wange aus und räusperte sich. Weißt du, woran ich gerade gedacht habe?, fragte er. Ich schüttelte den Kopf und hielt den Atem an. Als ich das letzte Mal hier in der Gegend war, war ich allein. Und?, fragte ich. Und dann habe ich dich kennengelernt, sagt Georg, und jetzt sind wir zusammen hier, das ist doch verrückt. Ich ging ins Haus, setzte mich auf die Toilette und heulte. Als ich wieder an den Pool trat, war Georg in seinem Liegestuhl eingeschlafen. Drei Tage später machte er mir den Antrag, aber es war nicht dasselbe.

– Jedenfalls, sagt Clara, raucht ihre Zigarette bis zum Filter, lässt sie fallen und tritt sie aus, wäre das ein hübscher Anfang für einen Film. Ich nehme diese Szene in die Sammlung meiner imaginären Filmanfänge auf. Vorausgesetzt, du hast nichts dagegen, Max.

Max streichelt immer noch Charlottes Kopf wie den einer Katze, jetzt lacht er leise. Charlotte wühlt ihr verweintes Gesicht aus der engen Welt seiner Achsel und lächelt auch.

– Drehst du Filme?, fragt sie verwirrt.

– Sie redet nur davon, sagt Frank.

– Man redet immer nur davon, sagt Clara. Aber ich habe jede Menge Filmanfänge. Zum Beispiel neulich, da war dieser junger Mann auf der Autobahn, der transportierte auf einem Anhänger ein nagelneues Sofa. Er hatte keine Plane drübergelegt, nur ein paar alte Teppiche unter die Spanngurte geschoben. Ich stellte mir vor, dass ihn seine Freundin gerade aus der Wohnung geworfen hatte. Das Einzige, was er mitnehmen durfte, war diese elende Couch, die seine Freundin sowieso nie hat leiden können. Um zum Ende zu kommen: Fünf Minuten später regnete es plötzlich. Es war den ganzen Tag sonnig gewesen, blauer Himmel. Aber dann regnete es. Und dazu Musik: der perfekte Vorspann.

– Der arme Mann, sagt Charlotte.

– Und seine Couch ist nass geworden?, fragt Georg.

– Das nehme ich an, sagt Clara.

– Der Arme, sagt Charlotte. Und diese Couch ist alles, was er hat?

Sie fängt wieder an zu weinen.

– Nur in meinem Film, sagt Clara.

Charlotte reibt sich mit der Faust die Augen. Max streicht ihr übers Haar. Georg drückt meine Hand so fest, dass es wehtut. Dann schnippt Frank seine Kippe übers Geländer und streckt sich. Er grinst.

– In Wirklichkeit packt er sie wahrscheinlich zu Hause aus, sieht den Schaden an, zuckt mit den Schultern und trinkt ein Bier. Und seine Freundin steht daneben. Alles nicht so tragisch.

Aber Charlottes Wimmern will nicht aufhören. Es zermürbt uns, wie die Schwüle, und Max streicht immer wieder über das blonde Haar seiner Freundin, flüstert beruhigende Dinge, wie alle Männer das tun.

– Und warum drehst du keine Filme?, fragt Georg.

– Ja, sagt Clara, warum drehe ich keine Filme? Warum werde ich keine Sängerin? Warum schreibe ich nicht den perfekten Roman?

Sie zieht die Schultern hoch und lehnt sich gegen die Glastür, die ins Zimmer schwingt und wieder zufällt. War Georg nicht auch so?, denke ich. Hat Georg nicht auch diese Sachen gesagt? Dass er mein Boot sei und mich sicher ans Ufer bringe? Dass er mir einen Pfad in den Dschungel des Lebens schlagen wolle? Solche Dinge sagen Männer, und später lachst du darüber, über das Pathos und darüber, wie oft du sinnlos gestritten hast, bis du endlich müde wurdest und dir klar wurde, dass der andere dir sicher ist. Irgendwann ist jeder Streit gestritten, und du wirst ruhiger, und an die Stelle der Erschütterungen treten Übung und Vorsicht, und du lernst, den anderen zu verändern, ohne dass er es bemerkt. Und du kannst ja auch nicht das ganze Leben lang nur über Liebe nachdenken.

Frank spannt seine Schultern an und macht eine komische Bewegung mit den Armen. Er spuckt über das Balkongitter und sieht seiner Spucke nach, als könnte er in der Dunkelheit erkennen, wo sie auftrifft. Irgendwo schreien Vögel. Ist es schon so früh?, denke ich. Ich kann Georgs Schweiß riechen. Sonst ist da nur das Geraschel unserer Kleider, das Atmen, die schwüle Luft.

– Ich habe auch eine Filmidee, sagt Max plötzlich.

Ein Feuerzeug flammt auf, Claras Gesicht leuchtet, zwei Punkte schweben im Dunkeln. Rauch fährt zwischen uns, und einer der Punkte wandert über unsere Köpfe. Frank greift nach der Zigarette und dreht sich um, lehnt sich aufs Gitter, schaut auf die Wagen hinunter. Es ist nichts zu sehen. Wo liegt die Stadt überhaupt?, denke ich und fasse nach dem Babyfon. Nicht einmal Straßengeräusche hört man in dieser Einöde.

– Und zwar handelt der Film von einem Regisseur.

Max lässt von Charlotte ab und kneift die Augen zusammen. Georg leckt sich über die Lippen. Frank und Clara lehnen am Gitter, ihre Rücken leuchten wie weiße Löcher. Eine Fliege hat sich auf meine Unterlippe gesetzt, ich puste sie weg und wische mir den Schweiß vom Haaransatz.

– Die Geschichte ist folgende: Der Regisseur wird berühmt mit düsteren Filmen à la Lynch. Er bekommt jede Menge Preise und so weiter. Im Film sieht man immer, wie er neues Material bringt und im Schnittraum mit anderen Männern daran arbeitet. Keiner weiß, mit welcher Crew und wo er das gedreht hat, aber manchmal sieht man ihn selbst drehen. Jedenfalls ist der Clou der, dass er eine Möglichkeit gefunden hat, die Kamera, die er besitzt, mit in seine Träume zu nehmen und sie zu filmen.

– Seine Filme sind seine Träume? Sehr amerikanisch, sagt Clara.

Sie dreht sich um, stützt die Ellbogen aufs Gitter und

raucht, ohne die Hände zu benutzen. Auf ihrer Nase glänzt Schweiß. Ich schüttele mich. Die Wellen kommen von den Füßen her, als würden die brennen, und die Armbeugen sind feucht und kalt, wie nach nassen Umschlägen. Frank dreht sich auch um, grinst und raucht Max ins Gesicht.

– Cool, sagt er. Das muss natürlich alles mit Wackelkamera gefilmt werden.

– Und wie fängt der Film an?, fragt Georg. Was ist die erste Szene?

– Ich denke, sagt Max, er sollte mit einer Traumsequenz anfangen. In düsteren Farben, in einer Art Nirgendwo.

– Der Regisseur des Films ist natürlich Lars von Trier, sagt Clara, und er spielt auch die Hauptrolle.

– Nein, sagt Frank, die erste Szene muss auf jeden Fall die sein, wie er mit der Kamera in der Hand einschläft.

– Aber dann weiß man ja schon alles, sagt Charlotte leise.

Sie guckt vom einen zum anderen, als wäre sie erschrocken darüber, dass sie etwas gesagt hat. Als sie merkt, dass alle ihr zuhören, redet sie weiter. Ich denke: Wenigstens heult sie nicht mehr.

– Man müsste das eher durch so kleine Dinge andeuten. Zum Beispiel dadurch, dass er einmal in seinen Sachen einschläft. Genau dieselben hat er dann auch beim Drehen an, wenn er in seinem Traum irgendwelchen Gestalten folgt.

– Raffiniert, sagt Clara. Und träumen muss er von Puppen und Kindern.

– Wieso Kinder?, frage ich.

– Weil Kinder gruselig sind, wenn man sie weiß schminkt und durch einen Flur laufen lässt.

– Aber das Ende des Films, sagt Georg, das ist doch entscheidend. Worauf läuft es hinaus?

– Er stirbt natürlich, sagt Frank.

– Richtig, mein Recke, sagt Clara. Und weißt du auch, wie? Er braucht noch eine bestimmte letzte Szene, die ihm abhanden gekommen ist, die absolute Schlüsselszene. Das heißt, er muss noch einmal einen bestimmten Traum träumen.

– Genau, sagt Max. Aber dann geht etwas schief in seinem Traum.

– Er träumt nicht das Richtige, sagt Charlotte. Und statt jemand anderem kommt er selber zu Tode.

– Und die letzte Szene, sage ich, ist dann die, wie er tot in seinem Bett liegt, mit der Kamera im Arm.

– Den würde ich sogar anschauen, sagt Frank. Wenn er nicht zu langsam wäre.

– Und wenn genug nackte Frauen drin vorkämen, sagt Clara. Damit du dich auch mit der Hauptfigur identifizieren kannst.

– Und warum drehen wir den Film nicht einfach?

Charlotte legt die Hände vor der Brust zusammen und lächelt uns an, einen nach dem anderen, und nickt und reißt die Augen auf. Einer ihrer Träger rutscht, Max schiebt ihn zurück, dann streicht er ihr wieder übers Haar, als hätte er seine Therapie nur für einen Moment unterbrochen. Clara seufzt, und Frank tritt ein paarmal gegen das Gitter.

– Ich brauch jetzt was Handfestes nach so viel Kopfarbeit. Gibt's hier nicht eine Bowlingbahn?

Georg tippt mich an und zieht die Brauen hoch. Klar, denke ich, natürlich gehen wir bowlen. Es könnte weiß Gott was passieren und wir würden es verhindern, wenn wir jetzt schlafen gingen. Es ist immer eine Frage der Priorität. Aber spät ist es sowieso. Und vielleicht verpasst du das Ereignis deines Lebens, wenn du zu früh gehst, und so was verfolgt dich bis ins Grab.

– Ich bin dabei, sagt Clara.

– Und du, Georg?

Georg sieht mich fragend an.

– Entscheide dich, sagt Frank. Dazu brauchst du Franziska nicht. Einfach entscheiden! Ist doch nicht so schwer. Burger King oder McDonalds? Burger King oder McDonalds? Na? Max zum Beispiel ist der typische McDonalds-Kunde.

– Ach ja?, fragt Max. Seine Stimme ist höher als gewöhnlich. Dann merkt er, dass er die Schultern hochgezogen hat und lässt sie demonstrativ fallen.

– Ja! Und ich wette, Georg ist einer, der zu Burger King und zu McDonalds geht. Georg hat noch nicht mal gemerkt, dass man sich zwischen Burger King und McDonalds entscheiden muss. Hey, Georg! Das ist wie mit den Beatles und den Rolling Stones, verstehst du? Was ist, kommst du jetzt mit oder nicht?

– Klar!, sagt Georg. Klar kommen wir mit.

– Ich weiß nicht, sagt Max, ich finde, wir hatten genug Aufregung für heute.

Er guckt, als wäre das eine Frage gewesen, und Frank schlägt ihm auf die Schultern, als wollte er ihn in den Boden rammen.

– Merkst du eigentlich, dass du ein Klotz am Bein bist, Max? Keiner will schlafen. Reiß dich zusammen.

Irgendetwas an seiner Stimme klingt gefährlich, aber vielleicht ist es auch bloß die Hitze, die dich langsam wahnsinnig macht, denke ich. Max wischt sich Schweiß aus dem Nacken und zuckt zusammen, als Frank auf ihn zukommt. Ich bin wieder ganz wach, ich bin auf seiner Seite.

– Eine letzte Runde, Max, sage ich, und ein letzter Cocktail, dann bist du frei.

Max lacht laut, lässt es aber gleich wieder sein.

– Ihr seid ja verrückt, sagt er leise. Aber so kriegt ihr mich sicher nicht.

Doch, denke ich. Denn es gibt Dinge, die sich lohnen, und diese verrückte Nacht gehört dazu. Das ganze Leben besteht aus verpassten Möglichkeiten, und kaum hast du dich einmal umgedreht, fangen die Uhren an zu ticken. Wenn du jung bist, lebst du nur für die Zukunft. Du spielst Theater, weil du glaubst, du könntest später was damit anfangen, du lernst, damit du irgendwann Geld hast, du schlägst dich mit Männern rum, weil der eine dabei sein könnte, mit dem du deine Zukunft verbringst. Und dann bist du plötzlich erwachsen, und nichts ist in Erfüllung gegangen. Das Leben ist eine einzige Beschäftigungstherapie, und du ertappst dich, wie du Blumen gießt oder joggen gehst, um deinen Körper für irgendwen oder irgendwas frisch zu halten, weil du im Hinterkopf immer noch denkst: Es könnte ja noch etwas passieren. Aber es passiert nichts, und die nächsten dreißig Jahre sehen genauso aus. Dann wird dir alles klar. Zum Beispiel, dass du nie im Leben mehr Schriftstellerin werden wirst, und dass die ganze Schreiberei eine sinnlose Selbstverwirklichungssache ist, die keine Zukunft hat. Und am Ende fühlt sich alles an wie eine stundenlange erfolglose Kleidersuche, ist nur verschenkte Zeit, sonst nichts. Also raffst du alles an dich, was du kriegen kannst, machst alles mit, was es zu machen gibt und lässt nichts aus, denn wer schläft, erlebt nichts. Und das alles nur, damit du irgendwann sagen kannst: Ich habe nichts verpasst.

– Ich habe noch eine Alternative, sage ich.

Es tut mir leid, Max, denke ich, es geht nicht anders. Meine Stimme ist kalt und wie frisch gewetzt, und die anderen drehen ihre Köpfe zu mir um. Vielleicht seid ihr alle schon ein bisschen wahnsinnig, denke ich. Was soll's?

– Wir könnten uns auch ein paar sehr, sehr hübsche Bilder ansehen.

– Was für Bilder?

Max weiß nicht, ob er lachen soll.

– Ich habe da einen ganzen Rechner voller wunderschöner Hochzeitsbilder, sage ich. Da bist du sogar drauf, Max. In der Rolle des Bräutigams, wenn ich mich nicht irre.

Jetzt sagt Max nichts, auch die anderen schweigen. Es gibt nichts Schöneres, denke ich, nichts Schöneres, als den Moment in der Hand zu halten wie ein rohes Ei, das du jederzeit nach jemandem werfen kannst. Clara tritt ihre Zigarette aus, als würde die leben.

– Die digitale Hölle.

Sie seufzt.

– Was für ein Wahnsinn.

Charlottes Gesicht verzieht sich sehr langsam, lässt sich Zeit.

– Mach dir nichts draus, sage ich in ihre Richtung, wir haben alle Vorgängerinnen.

– Und Nachfolgerinnen, sagt Clara ironisch und stößt die Tür zur Suite auf. Die Hitze steigt meinen Rücken hoch, und ich denke: Du hast gewonnen. Charlotte wehrt sich, als Max sie umarmen will, sie zielt mit ihren Fingernägeln auf ihn und macht den Rücken krumm. Jetzt stößt Frank sich vom Geländer ab, grinst und legt Max eine Hand auf die Schulter.

– Na, was ist? Doch lieber Bowling?

## SIEBZEHN // MAX

Die Wut ist wie ein Luftballon in meinem Kopf, der jeden Gedanken gegen die Schädeldecke presst und zerdrückt. Aber ich nehme mich zusammen, schließlich muss ich auch an Lotte denken. Sie steht neben mir und hat ihren Körper hart gemacht. Eben war sie noch versöhnlich und wie Wachs. Aber so ist das mit ihr, sie hat diese unberechenbaren Stimmungen. Da reicht schon ein einziger Satz aus. Jemand sagt etwas, und das trifft sie so tief, dass sie alles infrage stellt. Dann muss ich ihr erzählen, wie wir uns kennen gelernt haben, und ihr versprechen, dass ich sie noch genauso liebe wie am ersten Tag. »Genau so?«, fragt sie dann, und ich sage: »Genau so.« Damit ist sie für gewöhnlich zufrieden und vergisst die ganze Katastrophe. Sie schaut mich an wie ein vergessliches Kind, das keiner Fliege etwas zuleide tut, und erwartet, dass ich im selben Moment wieder stark bin und mich über sie und ihren Frieden freue. »Aber es ist sinnlos, sich darüber den Kopf zu zerbrechen«, denke ich. »Mit Sandra war es das Gleiche.«

»Okay«, sage ich. »Aber nur eine Runde.«

»Das ist doch ein Wort«, sagt Frank und lässt meine Schulter los. Ich habe gar nicht gemerkt, wie fest er mich gepackt hatte. Erst jetzt, als er sie loslässt, fällt mir auf, dass die Schulter wehtut. Franziska klatscht in die Hände. Sie kommt herüber und umarmt mich stürmisch. Auf ihrer Stirn glänzt Schweiß, und ihre Augen sind klein und verknittert. Georg packt mich am Oberarm und rüttelt mich, als müsste er mich aufmuntern. Charlotte beobachtet mich mit finsterem Blick, und wenn Clara nicht schon im Zimmer wäre, würde sie bestimmt die Augen verdrehen.

»Also«, sagt Franziska, »gehen wir runter, ja?«

Sie hat sehr laut gesprochen, als wären wir mehr als nur fünf Leute. Jetzt hält sie uns ungeduldig die Balkontür auf. Georg drängt sich an ihr vorbei und geht ins Zimmer. Frank folgt ihm. Bevor ich hineingehen will, werfe ich noch einen Blick auf den Parkplatz. Als ich mich kurz über das Geländer beuge, sehe ich, wie jemand vor dem Haus saugt. Ich höre das Geräusch nicht, aber ich sehe, wie der Staubsauger metallisch im Dunkeln blitzt. Jemand steht dort, wo wir vor ein paar Stunden das Foto gemacht haben, und saugt. Von hinten sieht er aus wie der Junge in der Bar, aber das ist nicht sicher.

»Du wolltest doch nicht wirklich springen, oder?«

Ich drehe mich um. Die anderen sind verschwunden, Lotte auch. Ich kann ihre Schritte auf dem Gang hören. Nur Franziska steht noch in der Balkontür und grinst mir geheimnisvoll zu, ein bisschen so, als wollte sie sagen: »Ich weiß Bescheid. Aber mach dir keine Sorgen, ich kann schweigen wie ein Grab.« Sie sieht verschwitzt und mitgenommen aus und kommt mir älter vor als noch vor ein paar Stunden, aber vielleicht hat das auch mit der Dunkelheit und der Hitze zu tun. Es ist so schwül, dass man unentwegt schwitzt, und der Schweiß kühlt die Haut, so dass man einen Moment später friert. Franziskas Steckfrisur hat sich fast aufgelöst. Wellige Strähnen kleben in ihrem Nacken und bewegen sich wie Schlangen, wenn sie den Kopf dreht. Ich ekle mich, nicht schlimm, nur so, wie man sich manchmal vor dem Husten alter Leute ekelt oder dem Geruch von faulem

Obst, und im gleichen Moment schäme ich mich dafür. Ich denke, dass es ungerecht ist, sich vor jemandem zu ekeln, mit dem man neun Jahre zusammen in der Schule war und von dem man so ziemlich alles weiß, zum Beispiel, wie derjenige aussieht, wenn er zwei Stunden Sportunterricht hinter sich hat, oder wie er isst, oder wie seine Liebesbriefe klingen.

Franziskas Augen glänzen im Dunkeln. Ich überlege, ob sie wohl eine Ahnung davon hat, was ich gerade denke, und ob es sie traurig macht oder verunsichert. Aber dann grinst sie mir zu, irgendwie sexuell, und da kann man schon Angst vor ihr bekommen.

Ich versuche, beiläufig an ihr vorbeizugehen, da verstellt sie mir den Weg. In ihren Augen kann ich sehen, dass sie das eigentlich nicht vorhatte. Es war nur eine fixe Idee, die ihr gekommen sein muss, als sie gesehen hat, dass ich mich fürchte. Aber jetzt bleibt sie so stehen, streckt ihren Busen vor und kichert albern, als halte sie sich für sehr clever und verführerisch.

»Hör mal«, sage ich, »was habt ihr mit Charlotte gemacht?«

Ich versuche, witzig zu klingen, und ich hoffe, dass es sie, in welcher Stimmung sie auch immer ist, aus ihrer Stimmung reißt, wenn ich von Lotte rede. Aber Franziskas Stimme ist noch weicher und vertraulicher, als sie sagt: »Ach, nichts. Deine Kleine hat sich übergeben. Ihr seid beide nicht gerade standhaft, hm? ...«

Sie lacht hysterisch. Ihr Lachen ist erst tief, dann immer höher, und als es ganz oben angelangt ist, zerspringt es und fällt in kleinen Teilen herab, wie die Tropfen von einem Springbrunnen, und dann folgt ein kleines Stöhnen. Eine Zeit lang ist es still, dann sagt Franziska plötzlich:

»Schön, dass ihr gekommen seid. Ich freue mich wahnsinnig, dass du da bist.«

Es kommt mir vor, als hätte sie direkt in mein Ohr gesprochen.

»Ich auch«, sage ich schnell. »Ich freue mich auch für euch. Ihr passt so gut zusammen.«

»Ach ja?«

Franziska zieht die Brauen hoch und guckt tadelnd herüber. Sie hat sich an die eine Seite des Türrahmens zurückgezogen, ich an die andere. »Mit einem schnellen Schritt«, denke ich, »wäre ich im Zimmer. Ich könnte einfach durch den Vorraum in den Flur rennen, und alles wäre in Ordnung.« Ich versuche mich daran zu erinnern, dass ich vor ein paar Minuten sauer auf Franziska gewesen bin, aber im Moment erscheint mir das unwichtig. Außerdem kommt es mir so vor, als wäre es sehr lange her, dass ich wütend und durcheinander war. Jetzt bin ich wach, vorsichtig und vernünftig. Das fällt mir schon lange auf, dass ich besonders dann wach und vorsichtig und vernünftig bin, wenn die anderen unvernünftig und launisch und unverlässlich sind. Aber vielleicht sind auch die anderen unvernünftig und launisch und unverlässlich, weil ich wach und vorsichtig und vernünftig bin, das kann man nicht mit Sicherheit sagen.

»Ich finde, wir passen überhaupt nicht zusammen. Rein optisch zumindest. Ich finde, Georg ist kein sehr schöner Mann.«

Franziska sieht mich neugierig an, so, als habe sie keinen bestimmten Plan, und als solle ich mir gut überlegen, was ich als Nächstes tun würde, weil das auf jeden Fall in irgendeine Wertung einginge. Sie ist noch betrunkener, als ich gedacht habe, man sieht es an den Augen, die aussehen, als hätte sie geniest oder geweint. Als sich ihr Mund zu einem Grinsen auseinanderzieht, merke ich, dass irgendwas nicht stimmt. Und dann macht sie plötzlich etwas ganz Unmögliches. Sie hebt ihre beiden Brüste aus dem Ausschnitt ihres Kleides, eine nach der anderen, und dann hängen sie kurz schwer und weiß über ihrem Bauch, bevor sie sie wieder zurückstopft. Ich versuche, normal zu atmen und normal zu gucken. »Auf so etwas sollte man auf keinen Fall reagieren«, denke ich. In meinem Nacken hat sich Schweiß gebildet, aber ich halte still und unterdrücke sogar ein Räuspern. Franziska kichert schon wieder. Ich konzentriere mich auf die Geräusche in der Ferne, das Rauschen der Bäume, ein Knacken, Vögel.

»Ist da jemand müde?«

Ich muss gegähnt haben, obwohl mir das sehr unwahrscheinlich vorkommt, denn mir ist nicht nach Gähnen zumute. Franziska hebt den Zeigefinger, lässt ihn nach links und rechts ticken und schüttelt dazu den Kopf. Es ärgert mich, dass sie sich benimmt, als wäre ich verrückt und nicht sie. Aber noch größer als der Ärger ist mein Bedürfnis, ihr zu sagen, dass sie sich morgen, falls sie sich dann noch erinnern kann, dafür schämen wird, für diese Szene und alles, und besonders dafür, dass sie ihre Brüste gezeigt hat. Sie hebt den Zeigefinger hoch über ihren Kopf und lässt ihn in Schleifen wieder sinken. Dabei geht sie pathetisch auf mich zu, und dann legt sie mir den Finger auf die Nase und kichert doof.

»Rein optisch«, sagt Franziska.

Sie fährt mir mit ihrem Zeigefinger im Gesicht herum, erst über die Lippen, dann über die Wangen und das Kinn. Ich halte sehr still, auch wenn ich weiß, dass das nichts nützt, weil das nie etwas nützt, obwohl einem alle möglichen Leute immer raten, in allen möglichen Situationen still zu halten, zum Beispiel bei Wespen oder wenn man von einem Wildschwein angegriffen wird. Mir hat es noch nie etwas genützt, mich still zu verhalten, zumindest bei Wespen nicht. Mit Wildschweinen hatte ich bisher nichts zu tun.

Franziska glotzt mir ins Gesicht, stur und unverständig. Offenbar gefällt ihr der Ausdruck in meinen Augen, denn auf einmal lässt sie ihren Zeigefinger über meinen Hals gleiten und bis zum zweitobersten Knopf meines Hemdes, der oberste ist schon offen. Sie macht sich an dem Knopf zu schaffen. Dabei kaut sie auf der Innenseite ihrer Wange herum und verzieht angestrengt das Gesicht. Es ist mir plötzlich ein Rätsel, wie ich Franziska auch nur einmal habe küssen können. Sie muss diese Angewohnheiten ja schon immer gehabt haben.

»Scheiße«, flüstert Franziska.

Sie reißt ungeduldig an meinem Hemd herum. Ihr Gesicht ist höchstens zehn Zentimeter von meinem entfernt. Ich kann ihre Haut riechen, und den Alkohol, den sie getrunken hat, dazu den Geruch ihres Schweißes, die Hitze ihrer Wangen und irgendein Parfum. Als sie einmal hochblickt, bleiben ihre Augen eine Sekunde lang so stehen. Dann gibt sie etwas wie ein Seufzen von sich und nimmt ihre Hände von meiner Brust. Ihr Kinn kräuselt sich, das Gesicht verzieht sich zu den Seiten und nach unten, und sie wendet sich ab. Ihr Kopf verschwindet im Dunkeln. Ich kann nur noch Franziskas runden Rücken sehen, der in der Nacht leuchtet. Er sieht ein bisschen aus wie eine in Goldfolie gewickelte Praline.

Ich räuspere mich und fasse nach dem Knopf an meinem Hemd. Es ist leicht, ihn zu öffnen, und ich mache ihn wieder zu. Franziskas Rücken bewegt sich auf und ab. Ihre Schultern beben, ihr Hals bebt, sogar ihr Po zittert. Es ist so still, dass ich den Staubsauger vom Erdgeschoss hören kann. Ganz leise, wie eine Täuschung. Wie das Geräusch, das ich manchmal im Ohr habe, vor allem abends und wenn ich den Kopf in einem bestimmten Winkel zur Seite drehe. Ich habe Mitleid mit Franziska. Es kommt mir sogar so vor, als würde ich sie plötzlich wieder mögen. Es ist mir irgendwie angenehm, wenn sie weint. Ich atme ein paarmal tief ein und aus.

Als ich im Begriff bin, Franziska eine Hand auf die Schulter zu legen, merke ich, wie mein Pimmel wächst. Ich ziehe die Hand zurück. »Das ist Franziska«, denke ich, »die gleiche Franziska wie vor zehn Minuten.« Ich merke, wie ich rot werde, aber mein Pimmel wächst weiter. Und dann kommt es mir so vor, als wäre es nicht Franziska, die mich erregt, sondern alles andere. Zum Beispiel, dass es Nacht ist. Dass wir allein hier stehen, dass es heiß ist und tropisch, dass sie sich abgewendet hat und dass sie weint. Sogar das Geräusch des Staubsaugers erregt mich. Ich stelle mir vor, wie ich Franziska einen Träger über die Schulter schiebe. Und dann, wie ich den zweiten abstreife und wie ihr Kleid geräuschlos herunterfällt und einen Kranz um ihre Füße bildet. Mehr brauche ich mir gar nicht vorzustellen. Ich bin sehr erregt. Aber es ist keine angenehme Erregung. Vielmehr ist es ein zwanghaftes, anstrengendes Wollen, in etwa so, wie man sich fühlt, kurz bevor man beschließt, es sich selbst zu machen. »Ich könnte ihr jetzt den Kopf einschlagen«, denke ich, »wenn sie nicht mitmacht.« Natürlich könnte ich das nicht, aber ich kann es mir wenigstens vorstellen. Mein Atem geht schnell. Ich frage mich, was mit mir los ist. Ich versuche, mich an etwas Neutrales zu erinnern. Mir fallen Szenen mit Sandra ein. Am Ende der Beziehung hat sie sich wochenlang verweigert, manchmal sogar einen Monat. Wenn ich dann endlich mit ihr schlafen durfte, zog sie sich sofort danach an. Sie rollte ihre Strümpfe hoch, fixierte mich und sagte: »Du bist wie ein Schwein, das über einen Futtertrog herfällt.«

Franziska dreht sich um und grinst. Sie sieht auf eine aggressive Art frisch aus und beobachtet mich feindselig. Ihr arroganter Mund zuckt.

»Nimm deine Finger weg«, sagt sie nachträglich. Dann hebt sie die Arme und betastet ihre Steckfrisur. Sie drückt mit leichten Bewegungen daran herum, aber das nützt nichts, denn die Hälfte ihrer Haare hat sich bereits gelöst.

»Ich hätte dich auch haben können«, sagt sie kalt. »Ich hätte euch alle haben können, vergiss das nicht. Es war meine Entscheidung.«

Ich habe keine Ahnung, was Franziska meint. Ich nicke und versuche, meine Schultern locker zu lassen. Ich habe Nackenschmerzen wie nach einer Nacht auf der Luftmatratze. Mein Verlangen schrumpft zusammen wie ein aufgestochener Ball, und ich bin wütend, nicht wie vorhin, sondern wütend und müde. Außerdem kommen mir Gedanken, über Franziska im Besonderen und Frauen im Allgemeinen. »Wie schaffen sie es«, denke ich, »einen in tausend unterschiedliche Gefühle zu stürzen und dabei so gleichgültig anzuschauen?« Sandra war auch so. Sie konnte nach einem Streit ganz plötzlich lachen und sich ein Brot schmieren oder ein Buch lesen. Es ist mir schon oft aufgefallen, dass Frauen zu

Berechnung neigen. Ich muss daran denken, was Frank uns vorhin erzählt hat, über Clara und ihre Meinung zu Männern und Frauen, nämlich, dass sie schon aus biologischen Gründen nicht zusammenpassen. Ich weiß zwar nicht genau, was sie mit biologischen Gründen meint, aber auch ich entdecke eine Menge Unterschiede. Zum Beispiel kommt es mir so vor, als würden Frauen sich unheimlich schnell miteinander befreunden. Sandra war jedenfalls immer sehr schnell, wenn es darum ging, sich eine Meinung über jemanden zu bilden. »Ob man jemanden mag oder nicht, ist keine Frage von Zeit«, hat sie gesagt. Sie hatte überhaupt jede Menge Freundinnen. Ich konnte sie bis zum Ende nie ganz auseinanderhalten. Ich glaube, Sandra hat es mir übel genommen, dass ich ihre Namen nicht beherrschte. »Die, die du beim Yoga kennengelernt hast«, habe ich stattdessen gesagt, »die, die lacht wie ein Pferd«. Bei Männern funktioniert das anders. Männer finden einander höchstens sympathisch. Das hat Sandra auch nie verstanden. »Wie kann dir das so egal sein«, hat sie immer gesagt, »wenn einer von deinen Freunden sich jahrelang nicht meldet?« »Es sind keine Freunde«, habe ich ihr versucht zu erklären, »es sind Gefährten.« »Ach hör mir auf mit deinem Westerngerede«, hat sie gesagt und das Gesicht verzogen. »Die Wahrheit ist, du bist einfach kalt.«

»Also was?«, fragt Franziska. »Gehen wir jetzt runter oder wollen wir ewig hier rumstehen?«

Sie zieht die Brauen hoch und tut so, als würde sie Kaugummi kauen. Dann öffnet sie die Tür und stöckelt in die Suite. Sie bewegt ihre Schultern beim Gehen, und manchmal schnaubt sie kurz, als hätte jemand etwas Lächerliches gesagt. Ich folge ihr und beobachte ihren Rücken, den ich jetzt ziemlich breit und männlich finde, obwohl er zumindest hübsch geschwungen ist. Wie ich so hinter ihr hergehe, kommt mir plötzlich alles idiotisch vor. »Dieser ganze Abend ist eine einzige Tortur«, denke ich. Aber es macht mich ruhig, ihn im Zusammenhang mit anderen Tagen zu sehen, gestern und morgen zum Beispiel. Morgen werden wir die Hochzeit hinter uns bringen, und dann fängt das normale Leben wieder an: Arbeitstage, Abende vor dem Fernseher, Wochenenden. Meine verrückten Gedanken von vorhin sind sehr weit weg. »Man sollte einfach nicht kiffen, wenn man es nicht mehr gewöhnt ist«, denke ich.

Wir treten aus dem Vorraum auf den Gang mit seinen Spiegeln und Engelsfiguren. Hier ist das Licht hell. Franziska schließt das Zimmer ab, und wir laufen hintereinander in Richtung Treppe, als uns plötzlich einer dieser Hotelangestellten überholt. Er geht rasch an uns vorbei, und Franziskas Kleid bewegt sich im Luftzug.

»He«, sagt sie noch, »warten Sie!«, aber der Junge verschwindet um die Ecke und huscht vor uns die Treppe hinunter. »Man sollte niemals in so großen Häusern heiraten«, denke ich. »Man weiß nie, wer sich da überall herumtreibt.«

Wir erreichen die Treppe und steigen in einigem Abstand voneinander die Stufen hinab. Franziska hält sich am Geländer fest, ich laufe in der Mitte. Als wir vier Absätze später den ersten Stock erreichen, bleibt Franziska ganz plötzlich stehen. Ich halte ebenfalls an und beobachte, wie sich die Muskeln über ihren Schulterblättern anspannen. Dann höre ich es auch. Es ist nicht deutlich, und es könnte auch nur lauter Atem sein von jemandem, der träumt. Aber dann teilt es sich in voneinander getrennte Seufzer, die zu einem Hecheln werden, das unterdrückt klingt, beschämt und verhindert. Alle paar Sekunden kommt das helle Fiepen einer zweiten Stimme dazu, wird zögerlich lauter und irgendwie flehend, dann verschwindet es wieder. Ich weiß nicht, wie viel Zeit vergeht. Aber wir müssen schon eine ganze Weile still stehen, die Köpfe halb zur Seite geneigt, als ich Scham in mir aufsteigen fühle. Ich renne an Franziska vorbei und nehme drei Stufen auf einmal. Franziskas Absätze klappern hinter mir. Als ich endlich das Erdgeschoss erreicht habe, folge ich dem Pfeil mit der Aufschrift »Bowling«. Der Informationstresen ist verwaist, aber hell beleuchtet, und kurz flammt in mir der Wunsch auf, die Klingel zu betätigen, aber ich gehe weiter. Als ich mich umdrehe, schiebt sich der Kopf eines jungen Mannes über den Tisch. Er hatte wohl am Boden gehockt und etwas gesucht. »Ist das der, der eben an uns vorbeigerannt ist?«, denke ich. Er setzt sich gerade hin, streicht das weiße Hemd unter seinem schwarzen Anzug glatt und nickt mir geschäftig zu. Dann zeigt er in die Richtung, wo die Bowlingbahn sein muss, und lächelt irgendwie schief. Ich gehe hastig weiter, immer den Gang entlang. Als ich einmal zufällig zur Seite und in einen der Spiegel sehe, erschrecke ich und ziehe mein Hemd gerade. Im selben Moment geht eine große, schallgedämpfte Tür am Ende des Ganges auf, und Frank steht im Rahmen und mustert mich.

»Na, Cowboy? Wo bleibt ihr denn? Kleines Techtelmechtel gehabt, bevor's ernst wird, was?«

Er grinst mir zu, hält die Tür auf und wartet, bis ich bei ihm bin.

## ACHTZEHN // CLARA

*Manchmal war es dein Unterarm. Dieser perfekt geformte Unterarm mit der schon so weichen Haut, die das erste Verwelken noch weicher machte, noch wärmer, noch duftender, so dass ich mich in ihr vergraben, in sie versenken wollte, oder mindestens hineinbeißen. Tagelang konnte ich nichts mehr lieben als diesen Unterarm, seine schon demütige, strauchelnde Schönheit. Und jetzt? Erst gestern habe ich mich dabei ertappt, wie ich Frank beim Rasieren beobachtete. Er bemerkte mich nicht, das Geräusch war zu laut, und er war ganz in sich selbst versunken, in seinen Gestank, seine Muskeln und seine Glieder. Wie ich ihn so unbewusst und stolz dort stehen sah, in meinem Bad, überkam mich ein physischer Widerwillen gegenüber all dieser arroganten jugendlichen Frische, die er ausstrahlte. Ich muss ihn bald verlassen, Niklas, ich denke jeden Abend daran, ich muss es verlassen, dieses Nichts-als-ein-Tier mit seiner gesunden Dummheit. Sobald es anfängt, Dinge zu fordern, verlasse ich es.*

Da kommt es. Und Max neben ihm, dessen Verwirrung zu einem kleinen Augenzucken zusammengeschmolzen ist. Er ist eben biegsam, beweglich und vergesslich. Charlotte stürzt auf ihn zu und bringt ihn zu uns herüber, zur letzten Bahn links außen, die als einzige erhellt ist. Wir sitzen auf den Lederpolstern im nach vorn offenen Rechteck, trinken und warten ab, was passiert. Frank folgt dem Paar, und dahinter Franziska, die ihren Pädagoginnenrücken streckt und mit einem Blick auf Max sagt: Wir haben nur kurz unter vier Augen geredet. Dann zupft sie ihr Kleid zurecht und setzt sich zwischen uns, zerstört unser intimes Dämmern. Das bunte Licht tanzt uns auf der Nase herum und macht uns hässlich.

So, ihr müden Geister, los geht's, sagt Frank, er geht zum Pult, tippt darauf herum und wirft den Bildschirm an, der von der Decke hängt.

Ich brauche Namen.

Prinzessin, sagt Georg und drückt Franziska kurz und linkisch an sich.

Sehr einfallsreich. Und selbst?

Schreib einfach Georg.

Über Franks Kopf leuchtet eine Tabelle auf, nacheinander erscheinen die Namen Puppe, Diva, Loser, Hunter S. und Prinzessin.

Wie soll ich Max nennen?

Wer ist Loser?, fragt Franziska scharf.

Und Hunter S.?

Loser? Georg natürlich.

Frank dreht sich um.

Wer hat einen Vorschlag für Max?

Nenn ihn doch Ritter, sagt Charlotte.

Ritter, wieso Ritter?

Düngelchen, sagt Franziska, so haben wir ihn in der Schule immer genannt.

Düngelchen?

Düngelchen wie Heidung und Jüngelchen.

Sehr hübsch, sagt Frank und gibt den Namen auf dem Tastenfeld ein. Hunter S., sage ich müde, nicht übel, und Frank weiß, dass das ein Kompliment ist, und bläht sich auf.

*Ich habe ihn gut konditioniert, Niklas. Wenn er schöne Dinge sagt, lobe ich ihn. Das merkt er sich und tut es öfter.*

Na, also. Wir haben's. Charlotte? Du bist dran.

Das Mädchen steht auf, blinzelt und wiegt ein paar der Bowlingbälle in den Händen, bevor es sich für eine kleine, orangefarbene Kugel entscheidet.

Franziska neben mir sagt: Der Wein ist übrigens ungenießbar.

Ist das nicht der, den wir in Frankreich immer getrunken haben?, fragt Georg eifrig.

Kann sein. Hier schmeckt er jedenfalls beschissen.

Franziska ist härter geworden in der letzten Viertelstunde, etwas ist mit ihr passiert, dass sie scharf ist und geladen wie eine Waffe. Vielleicht hat Max sie abgewiesen? Dummer Max, er kennt doch die Regeln, er weiß, was alle wollen: heimliche Komplizenschaften, beiläufige Berührungen, vieldeutige Blicke, die flüstern: Wir könnten … Alles ist Sex, und Liebe und Traurigkeit sind nur Ausreden, die niemand hören will.

*Auch das hat uns nichts genützt, Niklas. Erinnerst du dich, wie wir die anderen immer verschreckt haben mit unserer Intimität, die keinen Eingang hatte, keine Lücke? Jetzt bin ich wieder dabei, spiele mich, wie ich gestern war. Oder war es vorgestern? Oder ist es schon eine Ewigkeit her? Manchmal, im Auto, oder bevor ich schlafe, fallen mir diese Dinge ein, wie ich vor dir war, was alles zu mir gesagt wurde, und ich denke: Es bleibt nichts anderes. Nichts, als zurückzublicken auf ein so schönes, so schreckliches Leben mit Hunderten von Geschichten, von denen jede einzelne einen Anfang, eine Mitte und ein Ende hat! Zurückzublicken, die Schultern zu zucken und keine Lust mehr zu haben. Nichts mehr zu müssen.*

Sieben, sagt Charlotte.

Sie lächelt, wartet, bis ihr Ball wieder da ist, wirft noch einmal und schwebt von der Bahn herunter auf Max zu, ein dicker, durchsichtiger Engel. Sie setzt sich neben ihn, nimmt seine rechte Hand zwischen ihre beiden und berührt sein Gesicht mit behutsamen und anbetungsvollen Blicken, als wollte sie sagen: Jetzt, wo du beinahe gestorben bist, jetzt, wo du beinahe, aber nur beinahe für uns gestorben bist, bist du meiner Liebe würdig. Über ihren Köpfen hockt wie eine fette Wolke eine hässliche Zeichnung an der Wand, die mein Auge stört, die Bleistiftskizze einer Landschaft mit gesunden, männlichen Bäumen, die sich gierig nach allen Seiten ausstrecken, Sträuchern mit gefletschten Zähnen, die den Rest eines Weges verschlingen, posierenden Blumen und frechem, sich zum Himmel reckendem Gras.

*Sogar darüber haben wir geredet, weißt du noch? Du hast gesagt, dass du nicht verstehst, wie die ganze Welt grün sein kann, wo doch Grün die hässlichste Farbe von allen ist. Und ich habe gesagt: Wenn ich dieses saftige Gras sehe, dieses unverschämt saftige Gras, weißt du, dann habe ich den Wunsch, es niederzutrampeln, abzumähen, in kleine Stücke zu hacken. Darauf hast du gelacht. Wir haben uns satt gesehen, hast du gesagt, lass uns woanders hinziehen, irgendwohin, wo es kein Grün gibt, oder zumindest eine Baumgrenze. Eine Baumgrenze, hast du gesagt, ist das nicht beruhigend? Es gibt eine Grenze, über der keine Bäume mehr wachsen.*

Diva?

Frank grinst mir zu und geht ein Stück in meine Richtung mit seinem brünstigen Schritt. Ich grinse einfallslos zurück, erhebe mich langsam und spüre, wie meine Mundwinkel heruntersinken wie Steine in Wasser.

Nicht mal ein kleiner Witz?, fragt Frank, so was wie: Ach, ich bin gemeint?

Ich nehme einen Ball mit der Aufschrift 11 und steige auf die Laufläche der Holzbahn. Es ist glatt, ich hätte die Schuhe doch wechseln sollen. Ich mache drei Schritte und werde den Ball los, der sofort in die Rinne rollt. Auch der zweite driftet nach rechts.

Pech, sagt Franziska.

Überhaupt nicht, sage ich. Ich weiß nicht mal, wie man richtig wirft.

Soll ich es dir erklären?, fragt Georg und springt auf.

Nicht nötig. Ich hasse dieses Spiel.

Bleib stehen, sagt Frank, du bist der Nächste.

Georg boxt ein paarmal in der Luft herum und nimmt den schwersten Ball von allen.

Es geht nichts über Bowling, sagt er noch, aber das hätte er auch über alles andere gesagt, seine Stimme ist nichts als Luft und das, wovon er denkt, dass wir es hören wollen. Er stapft auf die Bahn, nimmt Anlauf und schleudert den Ball weit weg. Dann gibt es ein großes Trara, auf dem Bildschirm fliegen bunte Pins mit Gesichtern durch die Gegend, und Georg stößt seine Arme in die Luft. Franziska jubelt wie jemand, der lange darauf gewartet hat, auf den anderen stolz sein zu können. Glückstreffer, sagt Frank und grinst mir eine Frage zu. Aber das alles geht durch mich hindurch.

He, Stulle! Guck hin, wenn dein Bulle wirft!

Frank erhebt sich, nimmt einen Ball, geht in die Knie und

zielt. Wann habe ich ihn verpasst, denke ich, den Moment, in dem alle anderen aufgestanden und weggeflogen sind? Sie sind rot im Gesicht und lachen mit weit geöffneten Mündern und gebleckten Zähnen. Nur ich bin schwer und höre mir selber beim Reden zu, und so viel ich auch trinke, ich kann keinen Zentimeter aus mir heraus.

Strike! Na, was hab ich gesagt?

Frank kommt zurück, lässt sich ins Polster fallen, stöhnt. Jetzt steht Franziska auf und reibt sich die Hände. Georg klopft ihr auf den Po.

Franzi, zeig, was du kannst!

Ich hab das ewig nicht gemacht.

Du musst dich anders hinstellen. Geh in die Knie! Federn!

Ich kann das nicht.

Doch, genau so. Und anvisieren …

Du schaffst das!

Wer hat den Wein?

Square, immerhin.

Kannst du mir auch …?

Die Dinger haben sich verheddert.

Wo hast du ihn denn hingestellt?

Es hat sich verheddert!

Sollen wir jemanden holen?

Scheiße.

Meine Puderdose fällt auf den Boden. Ich bücke mich. Georg ist auf dem Weg zu den Pins, er schlittert die Bahn entlang. Dann fingert er an den Fäden der Kegel herum, verrenkt sich. Plötzlich rollt eine Kugel. Das war Frank. Franziska springt auf.

He, du Arschloch!

Sie stürzt auf Frank zu, bleibt vor ihm stehen, aufgereckt, zitternd.

Das war nur ein Scherz!, sagt der.

Spinnst du, oder was? Willst du, dass er sich verletzt, oder was?

Mach mal ruhig.

Spar dir deine Scheißsprüche. Was sollte das denn? Willst du ihn fertigmachen, oder was?

Gar nichts will ich.

Franziska stellt sich auf die Zehenspitzen und gibt Frank eine Ohrfeige. Max steht auf, Charlotte hält sich eine Hand vor den Mund. Franziska dreht sich zu Max und streckt ihren Kopf vor.

Und komm du mir jetzt nicht mit deiner Diplomatie.

Beruhige dich, Franziska.

Franziska packt Franks Hemd, zieht daran.

Das ist meine Hochzeit, das ist mein Mann, schon vergessen? Du kannst hier nicht einfach alles kaputt machen, du Arschloch.

Georg hängt immer noch fest, befreit seinen Arm, stellt einen Pin neben seinem Bein ab. Er macht ein Zeichen mit den Händen.

Nichts passiert.

Halt dich da raus!, sagt Franziska.

Frank verschränkt die Arme.

Ich schlag mich nicht mit Frauen.

Ist mir egal, was du machst.

Noch eine Ohrfeige. Max hält Franziska fest, Franziska hält Frank fest, reißt an seinem Kragen herum. Franks Grinsen ist aus Fleisch und Blut, es gehört zu ihm wie seine Arme und Beine.

Lach nicht, du Arschloch!, schreit Franziska.

Ich lache nicht!

Wenn du glaubst, dass du mit uns so umspringen kannst …

Kann sich dein feiner Mann denn nicht selber wehren? Hm?

Halt Georg da raus.

Wieso denn?

Halt ihn einfach raus, verstanden? Wir zwei klären das jetzt. Wir sind doch erwachsene Menschen.

Wieso denn? Komm rüber, Georg! Willst du mir eine langen? Nur zu. Wir regeln das unter Männern.

Halt ihn da raus, hab ich gesagt. Und noch was: Es gibt keinen Grund, warum du hier bist, du Prolet, das will ich dir mal sagen, du bist hier nur willkommen, weil du zu Clara gehörst. Hast du das verstanden?

Georg schlittert über die Bahn zurück, schiebt einen Arm zwischen die beiden.

Er hat recht. Ich kann mich selbst verteidigen.

Franziska keift: Halt dich da raus.

Nein, ich muss das jetzt machen, sagt Georg. Also, Frank, das war nicht in Ordnung.

Frank lacht.

Das war nicht in Ordnung? Ist das alles? Du enttäuschst mich.

Max, der abseits steht, streicht sich die Haare aus der Stirn und schüttelt den Kopf.

Hör auf, ihn zu provozieren!

Komm schon, sagt Frank, du kannst mir ins Gesicht schlagen. Oder wenigstens in den Bauch. Na los! Kann doch nicht so schwer sein …

Ich glaube nicht, sagt Georg, dass das der richtige Weg ist.

Sei ein Mann! Verteidige deine Ehre!

Du bist ja pervers, sagt Franziska. Du und Clara, ihr seid ja pervers!

Na los, schlag zu!

Ihr seid ja pervers. Immer so am Rande zum Exzess. Macht dir das Spaß? Glaubst du, mit deinem Zynismus kannst du dir alles leisten?

Und ihr? Ihr seid doch bloß verklemmt. Ihr lauft doch mit zusammengepressten Arschbacken durch die Welt.

Frank grinst und zieht sein Hemd zurecht. Franziska ringt nach Luft, atmet nur noch ein. Gleich erstickt sie.

Wer sagt das? Clara? Nach dir klingt das jedenfalls nicht.

Nur weil ihr Häuser baut und Kinder werft und klug daherredet, bellt Frank, könnt ihr uns noch lange keine Vorschriften machen.

Jedenfalls hinterlassen wir nicht überall verbrannte Erde!

Und dann dreht Frank sich zu mir.

Ich habe den Anfang gemacht. Jetzt bist du dran, Stulle.

*Niklas, ich erinnere mich. Erinnerst du dich auch? Einmal, als wir uns gestritten haben, habe ich dich in der Stadt einen Idioten geschimpft, weißt du noch? Du bist im Auto neben mir hergefahren, alle paar Meter hast du deinen schönen Kopf aus dem Fenster gesteckt. Clara, hast du gesagt, Liebes, gib dir einen Ruck. Und ich sagte: Einen Scheiß werde ich, und: Fahr doch allein heim, du Arschloch, lass mich ver-*

*flucht noch mal allein. Dabei saß mir das Lachen in den Mundwinkeln, bereit, gespannt. Hättest du mich anders angesehen, hätte ich ein anderes Wort gesagt, wir wären in Lachen ausgebrochen, bis wir am Boden lägen.*

Komm schon, Clara, mach deinem Ekel Luft. Das ist deine Chance.

Franks Gesicht ist erregt. Es ist still.

Du willst Krieg, Sweetie?, frage ich.

Ja!

Ich stehe feierlich auf. Warum nicht?, denke ich. Es gibt immer einen Grund. Streiten ist das Einzige, was noch funktioniert. Ein paar Illusionen und Geheimnisse zerstören, für den Frieden, die ironische Stille danach. Ich sehe sie mir an, wie sie da stehen. Franziskas hysterischer Blick legt sich um mich wie ein enger Taucheranzug, Georgs Mund steht weit offen, Charlotte und Max pressen sich zusammen wie zwei Teile einer Muschel.

*Und dann war da dieser Fahrradfahrer, als ich schrie: Scher dich zum Teufel, du Arsch!, der fuhr hinter mir her, und kaum warst du weg, fragte er: Soll ich Sie mit in die Stadt nehmen, schöne Frau?, und zeigte auf seinen Gepäckträger. Mir blieb die Luft im Hals stecken, Niklas, ich konnte keinen einzigen Ton sagen vor Wut. Ich habe den Kopf geschüttelt wie eine Irre und die Zähne gefletscht, bis er verwirrt weiterzog, ich habe meine Kiefer aufeinandergerieben, dass es tagelang noch wehtat. Am liebsten wäre ich hinter dem Kerl hergelaufen, hätte ihn vom Fahrrad gezerrt und ihm ins Gesicht geschrien: Was erlaubst du dir, du widerlicher Mensch? Hast du ernst-*

*haft geglaubt, so ein lächerlicher Streit wäre eine Lücke zwischen uns, auch nur ein millimeterbreiter Spalt? Und wenn wir uns verprügeln, Niklas und ich, und wenn wir ans andere Ende der Welt fahren, und wenn wir blind und taub werden, sind wir uns noch näher als irgendjemand sonst in seinen besten Tagen! Ich hätte ihn angeschrien, bis er sich nicht mehr bewegt hätte, und wäre nach Hause gelaufen, zu dir. Wie arrogant wir waren! Aber es hat alles nichts genützt, Niklas, unsere Schönheit nicht, unsere Klugheit nicht, auch nicht unser geballter Ekel vor Normalität. Unsere Rechnung ist nicht aufgegangen, mein Schöner, und am Ende haben wir nicht gelacht. Aber die Natur war da, lange bevor einer von uns sich die Liebe ausgedacht hat, und sie wird länger da sein, als der letzte Mensch von der Liebe träumt.*

Frank klopft unruhig mit einem Schuh auf den Boden.

Was ist los?, fragt er.

Nichts, sage ich. Ich bin müde.

Auf der Toilette bin ich allein mit meinem Schatten. Es befriedigt mich, mein Gesicht unter Wasser zu halten und mir vorzustellen, wie meine Schminke verläuft, mir vorzustellen, wie sie verlaufen sein wird, wenn ich den Kopf wieder hebe. Ich war nie so nachlässig. Ich war niemals nachlässig, damals, als ich in voller Montur neben irgendwelchen Männern eingeschlafen bin, darauf bedacht, am Morgen zuerst meine Nase zu pudern, ehe ich mir ihre Gründe anhören würde, mich zu verlassen.

Es ist gut, allein zu sein mit diesen paar Geräuschen, die mein Körper macht. Der Wasserstrahl streichelt mir den Ekel aus dem Gesicht. Ich gebe dem Wunsch nach und schiebe den gesamten Kopf unter den Hahn, so dass meine nassen Haare einen Vorhang vor meinen Augen bilden. Solange ich so bleibe, sind die anderen weit weg. Nur ich und mein wahnsinniges Leben und Niklas sind übrig, und ein bisschen gruseliges Licht von den Kippfenstern. Wenn ich die Augen schließe, sehe ich Schwarz, räumliches Schwarz, in dem hin und wieder Niklas auftaucht wie eine Lichtgestalt, mal ein Arm von ihm, ein Bein, seine beruhigende Art, Clara zu sagen, dieser warnende, rügende Blick dazu, der die Liebe, die Lust dahinter nicht verbergen kann.

*Du konntest mir niemals lange genug böse sein, Niklas, das war dein Fehler: Wenn wir stritten, wenn ich uns und unsere Liebe unerbittlich auseinanderhackte, bis nichts von uns übrig blieb als wunde Knochen und Gewöhnlichkeit, wenn ich uns zerredet hatte, wie du sagst, wolltest du mich einsperren wie ein ungehorsames Tier. Du hast an mir gezerrt, und ich habe geschrien, habe mich an unseren Möbeln festgehalten mit Armen und Beinen, wie eine sich sträubende Katze, und sosehr du dich angestrengt hast, mich ernst zu nehmen, eine Gefahr zu erkennen, ein nahendes Drama, so unübersehbar war die Zärtlichkeit in deiner Umklammerung, die Nachgiebigkeit in deinen Augen. Dann hast du mich ins Bett gejagt, Niklas, mich aus meinen Sachen geschüttelt, darauf bedacht, mich nicht zu verletzen, hast mich bestraft, wie du sagst, und wenn wir uns so ironisch und pathetisch liebten, hörte ich dabei nicht auf zu lachen, und am Ende hast du auch gelacht. Heute habe ich nichts mehr übrig für gute Menschen, Niklas – ich erkenne sie noch, aber sie rühren mich nicht mehr. Wie lange ist das schon so? Wie lange schon erzeugt nichts mehr Widerhall in mir, bin ich wie ein voll gestelltes Zimmer? Die letzten Jahre sind an mir vorbeigegangen wie Wetter vor einem Fenster. Die Jahre seit dir …*

Ich schmuggele ein paar Tränen unter das Wasser, aber sogar die sind nicht echt – wenn ich sie auffangen würde, wären sie gefroren. Mir ist kalt, als hätte ich zu lange auf einer Eisscholle gelegen.

Jetzt sackt mir die Kälte in die Beine, nimmt meine Füße in Besitz. Noch eine Weile bleibe ich so, denn niemand interessiert sich dafür. *Für jemanden wie mich gibt es kein Mitleid. Sag mir, ist das traurig? Muss ich das traurig finden?* Dann hebe ich den Kopf und werfe die nassen Haare auf den Rücken. Ich lege mir die Hände auf die Augen und ziehe sie langsam und sorgfältig über die Wangen bis zum Kinn, so dass zwei schwarze Schlieren entstehen. Hinter mir schneiden ein paar Fliegen den Raum in kleine Teile. Das Licht macht die Wände lebendig. Einzelne schlaflose Vögel schreien sich die Seele aus dem Leib. Dann steht plötzlich jemand in der Tür. Steht da wie ausgestanzt, ich kann kein Gesicht erkennen. Aber dieses Profil. *Niklas, bist du das?*

Brauchen Sie Hilfe?

*Es ist die falsche Stimme, Niklas. Es ist nicht deine Stimme.* Nur einer dieser Hoteljungen.

Hilfe?, sage ich. Nein danke.

Entschuldigen Sie … Sie gehören doch auch zu … Kennen wir uns nicht?

Haben wir gefickt?

Was? Nein.

Dann verschwinde.

Wie Sie wünschen.

Ich höre mich lachen. Als würde ich mit einem Beil Holz hacken. Als ich sehe, dass ich weine, macht mich das traurig, und ich weine darüber, wie hässlich ich bin, wenn ich weine, wie wenig es mir steht. Aber ich habe meine Thymoleptika immer dabei. Ich rolle den rechten Strumpf herunter, nehme eine Pille aus der Dose und schlucke sie trocken. Ich sehe immer noch gut aus dabei, geheimnisvoll und verschlagen, nur sieht mir niemand mehr zu.

Clara?

Ich entdecke im Spiegel einen neuen Umriss neben der Tür.

Alles in Ordnung mit dir?

Der Umriss löst sich aus dem Türrahmen und eilt mit geschäftigen Schritten herüber. Beflissen dreht er den Wasserhahn ab und geht ein paar Schritte zurück.

Aber natürlich, sage ich sanft. Warum fragst du?

Georg kneift die Augen zusammen.

Du warst über eine Viertelstunde weg. Da dachte ich, jemand sollte nach dir sehen.

Ich lächele ihm im Spiegel zu. Dann drehe ich das Wasser wieder auf, wasche mir die Hände, bücke mich, um die Puderdose aus dem Strumpf zu ziehen, und richte mich langsam wieder auf. Georg legt einen Finger auf seine Wange.

Was ist das da … das da auf deinem Gesicht?

Oh. Nichts. Ich war dabei, mich zu schminken.

Ach so. Ja.

Ich wende meine Augen von Georg ab, aber er bleibt stehen, die Hände auf dem Rücken gefaltet, und beobachtet mich mit seinem nichtssagenden Blick, als würde er jemanden spielen, der jemand anderen diskret beobachtet. Dann räuspert er sich.

Übrigens finde ich es mutig, dass du nicht darauf eingestiegen bist.

Ich drücke mir die Puderquaste auf Nase und Kinn, ernst und angewidert, als würde ich kleine Fliegen zerdrücken. Georg beugt sich vor und streicht sich über die Glatze.

Ja, wirklich. Und überhaupt finde ich es großartig, dass Franziska eine Freundin wie dich hat.

Das donnert er mir so hin und lächelt danach unsicher wie ein Tier, das nicht weiß, ob es gerade etwas besonders Gutes oder etwas besonders Schlimmes getan hat. Ich lasse den Deckel laut einrasten und schiebe die Puderdose zurück in meinen Strumpf. Er kann doch jetzt kein Gespräch anfangen, denke ich, dieser Idiot.

Ich glaube, dass du Franziska sehr wichtig bist. Das denke ich mir immer, wenn sie von dir redet. Aber sie ist auch stolz auf dich, habe ich den Eindruck. Weißt du, sie hat einen Hang zu kreativen Menschen. Sie hat sich eigentlich immer schon zu Künstlern hingezogen gefühlt.

Er soll still sein, denke ich, sonst erschlage ich ihn womöglich. Meine Wut hat nichts mit ihm zu tun, meine Verachtung ist sich zu fein, sich in Kraft zu verwandeln. Aber er soll mich in Ruhe lassen. Ich stütze die Hände aufs Waschbecken. Vor dem Fenster über meinem Kopf sitzt ein vorlauter Vogel in der Dunkelheit und hackt.

Aber ich habe mich ja auch immer schon für Kunst interessiert. Bevor ich Franziska kennengelernt habe, war ich zum Beispiel sehr oft im Museum. Ich bin in so eine Gruppe eingetreten, die regelmäßig Museen besuchte. Das war eine sehr gute Sache, wirklich, hochinteressant. Ich habe kaum eine Ausstellung verpasst. Außerdem lese ich viel. Das ist nicht verwunderlich, ich bin ja Bibliothekar. Trotzdem, Literatur ist eine große Sache, wirklich. Du schreibst doch auch? Das hat mir Franziska erzählt. Sie ist ja sehr literaturinteressiert, aber das weißt du sicher besser als ich. Dich hat sie doch in der Agentur kennengelernt, soweit ich weiß. Also, sie schreibt ja selbst auch immer wieder. Ihr großer Traum ist es, einen Erzählband zu veröffentlichen, sie hat nur so ihre Probleme mit dem Sujet, sagt sie. Ich glaube, es fehlt ihr die Gabe, zwischen Wichtigem und Unwichtigem zu unterscheiden. Aber sie hat einen Sinn für Sprache, den hat sie wirklich, und humorvoll kann sie sein. Ich bin mir jedenfalls sicher, dass sie das mit dem Buch schafft. Jeder kann das schaffen, was er will, sage ich immer, wenn er es nur wirklich will. Ist es nicht so?

Ich halte mich mit aller Kraft am Waschbecken fest. Georg steht vorgebeugt, in einer merkwürdig schiefen Haltung. Vom Reden hat er rote Backen. Schon wird er ungenau und verschluckt Silben. So fängt es an, denke ich, gleich redet er sich um Kopf und Kragen.

Ich selbst dagegen bin ja nie ein Künstler im eigentlichen Sinne gewesen. Mit diesem ganzen Kulturbetrieb habe ich immer nur am Rande zu tun gehabt, wenn man es recht betrachtet. Aber ich mag kreative Menschen. Durch Franziska habe ich jetzt öfter Kontakt zu künstlerischen Kreisen. Ich kann nur sagen: Tolle Menschen. Aber ich rede zu viel, entschuldige bitte. Es ist nur so ein großartiger Abend. Ich mag euch alle wirklich sehr, ich meine, ich mag Franziskas Freunde. Und wie ihr miteinander umgeht. Ich meine, Freunde sind dazu da, zusammenzuhalten. Ich kann mir vorstellen, dass ihr am Anfang nicht begeistert von mir wart. Aber ich muss einfach sagen, dass ich mich angenommen fühle bei euch. Wirklich, das muss ich einfach sagen.

Ich drehe mich um. Das Lächeln hat Georg angestrengt, und als ich mich wieder abwende, sehe ich im Spiegel, wie jede Regung aus seinen Zügen verschwindet, wie sein Gesicht auseinanderläuft wie ein aufgeschlagenes Ei. Er sieht nicht verloren aus, grimmig oder versonnen, weder blöd noch tragisch. Sein Gesicht ist einfach nur leer, wie ein Spiegel, der nichts reflektiert als Luft.

## NEUNZEHN // FRANZISKA

Was reden die da?, denke ich. Da steht er, mein Zukünftiger, und spricht vertraulich mit Clara, als hätten sie mal was miteinander gehabt oder würden später noch was miteinander haben, was aufs selbe hinauskommt. Irgendwas läuft hier gerade aus dem Ruder, ich bin sensibel für so was, ich spüre es in den Zehen und in den Fingern, so wie andere den Föhn spüren oder einen drohenden Regenschauer.

– Und das ist doch wichtig, sagt Georg gerade, dass man sich angenommen fühlt. Bei Gerlinde zum Beispiel habe ich immer noch das Gefühl, dass sie mir nicht wirklich traut. Ich kann das natürlich nicht belegen, es ist mehr eine Vermutung, möchte ich sagen. Vor allen Dingen die Art, wie sie mit mir spricht. Sie erinnert mich da an meine eigene Mutter. Damit will ich nicht sagen, dass ich meiner Mutter einen Vorwurf mache, wirklich nicht. Sie hatte es einfach schwer, nachdem mein Vater so früh gestorben ist.

Unglaublich, denke ich, das hat er nicht einmal mir erzählt. Das muss Claras Art sein, sie hat diese Art, Menschen auszuhorchen. Ich hätte sie gar nicht erst einladen sollen, hätte mir denken können, dass sie nur darauf lauert, alles Harmonische kaputt zu machen. Überhaupt passt sie nicht in die Gruppe, mit diesem Frank und dieser Beziehung, die gar keine ist. Als Paar sollte man sich mit anderen Paaren zusammentun, denke ich, Gleiches zu Gleichem, alles andere führt zu Mord und Totschlag.

– Und dabei ist Familie ja das Wichtigste. Ich habe mir auch schon immer eine gewünscht, eine richtige Familie, die funktioniert.

Wieso ist Georgs Stimme belegt? Und warum sagt Clara nichts? Steht nur da und bestaunt sich im Spiegel wie eine Fremde. Und Georg redet. Du musst das aufschreiben, denke ich, damit du es bloß nicht vergisst.

– Ich glaube, dass jeder Mensch sich eine Familie wünscht. Ich bin der Ansicht, dass, wenn zwei Menschen sich lieben und zusammen sind, sie eine Familie gründen sollten. Franziska denkt da genauso. Auch wenn man sich manchmal streitet oder unzufrieden ist.

Genau, denke ich. Da muss man realistisch sein. Du bist Georgs letzte Chance, sage ich mir, das wissen wir beide, und du hast ihn dir ausgesucht, weil er der Mann ist, der dem, was du dir wünschst, am Nächsten kommt. Irgendwann musst du dich von deinem Kinderglauben trennen, dass jemand kommen könnte, mit dem alle Versuchungen aufhören.

– Eigentlich sind wir ja eine Familie, sagt Georg.

Ich greife nach dem Babyfon.

– Ich liebe die Kleine sehr, sie ist ein großartiges Mädchen. Aber genau genommen ist es nicht das Gleiche, als wenn wir ein eigenes Kind hätten. Du kannst so gut zuhören, Clara. Außerdem bist du Franziskas älteste Freundin, ich finde, du darfst das wissen. Es ist nämlich so, dass sie Mathias' Tochter ist.

Jetzt ist es raus. Luft anhalten, denke ich, ruhig bleiben. Die Tür ist kalt an meinem Bauch, an den Brüsten. Clara stemmt sich aufs Waschbecken, Georg räuspert sich. Es war unser Geheimnis, denke ich. Unser Geheimnis, Geheimnis, Geheimnis. Und jetzt? Clara dreht sich um und lächelt unbestimmt ins Dunkel.

– Du kannst ruhig rauskommen, Franziska.

Georg wendet den Kopf, langsam, unsicher, als wisse er

nicht, ob das ein Scherz sein soll. Dann bemerkt er mich. Clara lacht. So lange, bis ich hinter der Tür hervorkomme. Ich stelle mich neben Georg und drücke seine Hand. Er drückt zurück, natürlich versteht er mein Zeichen nicht. Clara stützt sich mit dem rechten Arm aufs Waschbecken, macht eine Geste, als wäre sie erschöpft.

– Und nimm deinen langweiligen Freund mit. Du glaubst doch nicht, dass mich eure Allerweltsgeschichten interessieren?

Aus dem Halbdunkel heraus beobachtet sie mich ernst und gleichgültig, mit diesen schwarzen Streifen auf den Wangen. Wie sieht sie überhaupt aus! Sie lächelt, gerade so viel, wie man lächeln kann, ohne dass es anstrengend wird. Eben war ich noch wütend auf Georg, jetzt wünsche ich mir nichts mehr, als dass mir ein Satz einfällt, mit dem ich Clara treffen kann.

– Ach richtig, sage ich. Ich hatte vergessen, dass das alles nur Recherche für dich ist. Für dich sind wir doch alle Figuren. Ein Haufen Stoff, nichts weiter. Habe ich recht?

Und dann sind da plötzlich auch die anderen: Frank, Max und Charlotte. Sie stehen in der Tür, und ich denke: Jetzt ist alles egal. Es gibt diesen Punkt, von da an kommst du nicht mehr raus. Wenn es vorbei ist, ist es vorbei. Keine Ahnung, was das damit zu tun hat, aber mir fällt da plötzlich eine Szene ein. Vor drei Monaten war das, nach Ostern, im Urlaub, als Georg und ich mit einem Elektroboot über den See fuhren, der glatt war wie ein unberührtes Stück Butter. Irgendwie war ich angespannt. Ich streckte mich auf der Liegefläche aus und seufzte: Wenigstens müssen wir jetzt nicht am Strand sitzen, wo alle glotzen. Georg sagte, ohne sich umzudrehen: Ich hätte mich auch mit dir an den Strand gesetzt. Aber siehst du denn nicht, was da läuft?, sagte ich. Das ist doch alles nur noch Porno. Die Männer glotzen, und die Frauen ziehen sich aus, um beglotzt zu werden. Jetzt drehte Georg sich um und lächelte. Ich glaube, sagte er, du nimmst das zu schwer. Vielleicht wollen sich die Frauen einfach bräunen. Und es sind ja auch viele Familien da, so ist es nicht. Daraufhin stand ich im Boot auf, so dass es zu schwanken anfing, und sagte: Klar! Familien! Die Kinder denken an Eis, der Vater ans Ficken! Siehst du denn nicht, was da läuft? Die ganzen Dreizehnjährigen, die da rumlaufen, mit ihren frischen Titten, wie sie an ihren Badehöschen rumzerren … Glaubst du, die machen das ohne Absicht? Georg stellte den Motor des Elektrobootes ab, und ich bemerkte erst, dass da ein Geräusch gewesen war, als es fehlte. Also wirklich, sagte Georg, ich glaube, du nimmst das alles viel zu ernst. Und überhaupt hast du die Tendenz zu fluchen und Fäkalausdrücke zu verwenden, wenn du über dieses Thema redest. Ich trat sehr nahe an ihn heran und biss die Zähne zusammen. Du hast ja keine Ahnung, sagte ich, du hast ja keine Ahnung, was da draußen los ist! Jeder einzelne verdammte Mann da draußen führt ein Doppelleben! Die glotzen und sammeln Reize, und am Abend holen sie sich dann auf irgendwelche Titten im Internet einen runter. Oder sie schlafen mit ihrer Frau und erinnern sich dabei an fremde Brüste oder Frauen auf Plakaten oder Schmuddelzeitungen, und ihre Frau zu Hause ist nur das Auffangbecken. Wenn sie nämlich ehrlich wären, müssten sie zugeben, dass ihr Sperma nicht in ihre Frau gehört, und sie müssten es überall da hinspritzen, wo sie ihre Fantasien herhaben, auf die Plakate, auf den Fernseher, auf die Schulmädchen mit ihren engen Bikinis … Plötzlich stand Georg auf und griff nach meinen Schultern. Ich sagte: Fass mich nicht an. Schsch, sagte er, schsch, ich bin's, Georg, es ist nichts passiert, wir sind auf dem See draußen, und es ist keine Menschenseele weit und breit, und ich verspreche dir, ich denke nie an jemand anders, wenn ich mit dir schlafe, nie. Dann war da plötzlich dieser Ekel. Ich versuchte einfach nur, Georgs Hände von mir wegzubekommen. Dabei fiel Georg hin und schlug sich den Kopf an. Er lag mitten im Boot, und seine Hose saugte sich voll Wasser, das hereingeschwappt war. Ich wartete, bis Georg sich hochgezogen hatte und wieder auf dem Holzbrett vor mir saß. Über seinem Auge war eine kleine, blutende Wunde. Ich dachte daran, dass er einmal zu mir gesagt hatte: Alle Frauen sind wie meine Mutter zu mir gewesen, und wie ich gesagt hatte: Ich nicht, ich werde nicht so sein. Daran dachte ich, und Georg setzte sich einfach wieder hin, wischte sich mit einem Ärmel seines Hemdes die Stirn ab und schaltete den Motor hoch.

– Gut, dass ihr da seid, sage ich in Richtung Frank, Max und Charlotte. Ich wollte gerade ein paar Korrekturen vornehmen. Wie Georg Clara eben schon mitgeteilt hat, ist Josephine nicht sein Kind. Und wo wir jetzt schon mal dabei sind, können wir ja auch die Geschichte erzählen, wie wir uns wirklich kennengelernt haben. Oder, Georg? Los, erzähl uns die langweilige Geschichte, vielleicht macht Clara ja große Kunst draus.

Georg blinzelt, aber er fängt sich sofort wieder. Charlotte und Max haben sich an die Wand zurückgezogen, Clara steht immer noch am Waschbecken. Frank schaltet das Licht ein und öffnet eins der schmalen Klappfenster unter der Decke. Im Licht der langen weißen Neonröhren sind unsere Gesichter komisch blass, fast wie geschminkt, und alles ist überdeutlich zu sehen. Auf Charlottes Wangen sind noch Spuren von Tränen zu erkennen, Max' Augen sind glasig, von Claras Haaren tropft Wasser auf ihr Kleid, und auf Franks Hemd hat sich am Rücken ein dunkles Dreieck gebildet, von den Schulterblättern bis zum Steiß.

– Georg? Würdest du bitte?

Aber Georg schweigt und atmet. Er atmet so, wie er atmet, wenn er schwierige Zeitungsartikel liest oder Börsennachrichten guckt. Warum guckt er überhaupt Börsennachrichten?, frage ich mich, wir haben gar keine Aktien.

– Gut, dann fange ich eben selbst an. Also, ihr Lieben. Die Internetgeschichte war komplett erfunden. Wir haben uns nicht im Internet kennengelernt. Wir haben keine Ahnung von Singlebörsen im Internet. Mir ist die Idee bei einer Freundin gekommen, die dort angemeldet ist. Ich dachte, es klingt so interessant. Ist ja auch ganz einfach, oder nicht? Du sagst, ihr habt euch im Internet kennengelernt, und jeder glaubt dir. Hat doch funktioniert, oder? Ihr wart jedenfalls amüsiert.

Clara macht: Ts, ts, und Max und Charlotte schweigen mit halb offenen schwarzen Mündern. Das Schweigen erregt mich, auf die Art, wie es mich erregt, wenn Männer in der U-Bahn mit ihren Blicken meine Beine berühren und ich genau weiß, ich müsste ihnen nur zulächeln, und sie würden mir folgen. Natürlich lächele ich nie, ich weiß, dass ich für Georg so wichtig bin, wie ich für niemand sonst sein könnte.

– Und jetzt die echte Geschichte. Georg, willst du das erzählen? Nein? Gut, dann mache ich das. Also, es war ein Mittwoch. Oder, Schatz?

– Ich glaube, Donnerstag, sagt Georg leise.

– Mittwoch, das weiß ich zufällig genau. Ich war nämlich am Morgen mit Kathrin laufen gewesen. Wir sind jeden Mittwoch gejoggt, haben über die Männer geredet, was man so macht. Zu der Zeit war ich noch mit Mathias zusammen, außerdem war ich im zweiten Monat schwanger mit Josephine. Ich hatte es gerade erst mitbekommen und wusste noch nicht, ob ich abtreiben sollte.

Frank geht zu einem der Wasserhähne, dreht ihn bis zum Anschlag auf und hält sein Gesicht unter den Strahl.

– Jedenfalls war ich auf dem Weg in die Agentur, die Chefin hatte einen Termin mit einer jungen Autorin, keine Ahnung, wie die hieß, war auch kein großer Erfolg. Ich wollte vorher an der Bibliothek vorbei und mir ein Buch über Abtreibung ausleihen, wegen der Risiken und Begleiterscheinungen und so weiter. Und in der Bibliothek war Georg Bibliothekar. Er ist mir überhaupt nicht aufgefallen. Erst als er mich fragte, ob er mir irgendwie helfen könne. Ich fand ihn ziemlich schrullig, wie er da stand in seinem komischen Pullover. Er war zuvorkommend, ging mit mir durch die Gänge und fand es auch gar nicht seltsam, dass ich ein Buch über Abtreibung wollte. Er zeigte mir, wo sie standen, und sagte sogar noch, der und der Verlag ist besser, und ich hätte wahrscheinlich in dem Moment schon sagen müssen: Danke, ich komme zurecht. Denn dann fing er plötzlich an, mir seine Lieblingsbücher aufzuschwatzen. Ob ich das schon gelesen hätte, fragte er erst, und wenn ich nein sagte, nahm er das Buch raus und tat es zu dem Stapel auf seinem Arm. Ich dachte, was soll's, langes Wochenende, nimmst du das Zeug halt mit. Keine Ahnung mehr, was das für Bücher waren, so Bildungsbürgertumsliteratur.

– Es waren Bücher über Klassik.

– Dann waren es halt Bücher über Klassik. Auf jeden Fall waren sie langweilig. In drei Wochen hatte ich zwei davon angelesen, die anderen hab ich nicht mal aufgeklappt. Und dann musste ich sie ja wieder zurückgeben. Ich dachte: Gehst du einfach rein, gibst sie ab und schnell wieder raus, ehe er es merkt. Aber dann war Georg am Infotresen und verwickelte mich in irgend so ein Gespräch …

– Ich? Ich war der Meinung, du hast angefangen, mit mir zu reden.

– Auf keinen Fall.

– Du hast gesagt, dass du Klassik nicht besonders magst, und dann hast du mich fragend angeschaut. Erinnerst du dich?

– Nein, nein, es war anders. Du hast sofort angefangen, mir diese kruden Geschichten zu erzählen von irgendwelchen klassischen Musikern, die wahnsinnig werden und die Syphilis hatten und was weiß ich. Ich fand das komisch. Ich fand ihn komisch! Dauernd dachte ich, hoffentlich ist es bald vorbei, er muss doch merken, dass er sich lächerlich macht.

– Wirklich, das dachtest du?

Georg hat leise gesprochen, jetzt räuspert er sich, und Clara wringt ihre Haare aus, so dass das Wasser auf die hellblauen Fliesen fällt und eine Pfütze bildet.

– Herrlich, sagt sie, wie ihr euch um jedes Stück Erinnerung reißt wie Tauben.

Frank lacht und geht vor den Kabinentüren auf und ab. Max zieht Charlotte an sich, verschränkt seine Arme auf ihrem Rücken und kneift die Augen zusammen. Clara zieht eine Schachtel mit Zigaretten aus dem Strumpf und lässt sich von Frank Feuer geben. Das Feuerzeuggeräusch hallt, und die Flamme lässt Claras Gesicht aufleuchten.

– Jedenfalls kam ein paar Minuten später so ein Typ in die Bibliothek. Nicht besonders auffällig, mürrisch, um die fünfzehn, mitten in der Pubertät. Er ging geduckt an uns vorbei, und als er schon fast weg war, sagte Georg: Guten Tag, wenn ich dir helfen kann, sag Bescheid, ja? Das fand ich irgendwie nett. Gott, jetzt glotzt halt nicht so. Ihr seid nicht eingesperrt, ihr könnt wirklich jederzeit gehen und weiterspielen.

Es ist still, nur vor dem Fenster, das Frank geöffnet hat, stakst ein Vogel auf und ab und pickt nach Licht. Komisch, denke ich, dass du das mal nett fandest, Georgs Art, immer allen helfen zu wollen. Mir fällt die Geschichte mit dem Schirm wieder ein. So ein Blödmann, denke ich, einfach unseren Designerschirm zu verschenken. Der hat ein Vermögen gekostet.

– Ich hole Wein, sagt Frank.

Er zieht die Tür auf, so dass sie gegen die Fliesen knallt, und verschwindet. Charlotte ist zusammengezuckt, Max legt ihr eine Hand auf Wange und Schläfe, wie es Männer in Filmen tun. Clara raucht mit verschränkten Armen. Dann hebt Charlotte den Kopf.

– Du meinst, du warst in ihn verliebt?

– Um Gottes willen, nein. Ich fand ihn nur, ich weiß nicht, sagen wir, sympathisch. Jemand, den man als Freund haben sollte, einfach so, unter vielen anderen Freunden.

Ich greife nach dem Babyfon in meiner Tasche. Es ist eine Fliege im Raum, ich könnte schwören, sie ist so laut wie ein Flugzeug.

– Also haben wir uns hin und wieder verabredet. Ich war noch mit Mathias zusammen, wie gesagt, aber ich fand den Gedanken toll, ein Geheimnis vor ihm zu haben, auch wenn ich mir als Allerletztes vorstellen konnte, etwas mit Georg …

Ich spreche den Satz nicht zu Ende. Irgendwie stört es mich, wie Georg neben mir atmet.

– Ziemlich optimistisch, zu glauben, Mann und Frau könnten miteinander befreundet sein, ohne dass sie irgendwann von der Sexualität übermannt werden, sagt Clara.

Frank kommt zurück. Er ist der Einzige, der sich normal bewegt, der sich nicht um Stille bemüht. Er drückt jedem von uns eine Flasche Wein in die Hand, nur Clara hat er ein Glas mitgebracht. Alle fangen sofort an zu trinken, außer Charlotte. Ich beobachte sie dabei und denke: Max ist ziemlich grau geworden im letzten Jahr. Frank dagegen wirkt immer noch jugendlich. Er hat mindestens noch zehn Jahre vor sich, bis es mit ihm bergab geht. Ich warte, bis alle ihre Flaschen abgesetzt haben, dann rede ich weiter.

– Einmal, als Mathias abends mit seinen Freunden weg war, habe ich Georg zu mir eingeladen, nur so, ohne Hintergedanken.

– War Mathias nicht auf Geschäftsreise?, fragt Georg leise.

– Geschäftsreise? Mathias? Niemals.

– Aber er war doch damals für diese Firma unterwegs, diese …

– Das war nicht Mathias.

– Ich denke …

– Du meinst Markus, mit dem ich vorher …

– Ich denke, es war …

– Lass mich halt weitererzählen. Also: Georg stand vor der Tür, er hatte sich richtig schick gemacht, mit Anzug und allem drum und dran. Und das Beste war: Er hatte gekocht. Nicht besonders gut, aber immerhin. Er hatte eine Riesenform mit Lasagne dabei, Rotwein und Blumen. Ich dachte, ein bisschen überdimensioniert, aber okay. Natürlich hatte ich vorher in der Wohnung alles Mögliche weggeräumt, Mathias' Sachen im Bad, Rasierwasser und so weiter, so viel war das gar nicht, es hat mich gewundert, wie wenig das war. Im Wohnzimmer ist Georg erst mal direkt auf meine Platten und Bücher zugegangen, hat gerufen, Schubert, großartig!, der und der, großartig!, dabei gehörten die meisten Sachen sowieso Mathias. Wir haben gegessen, na ja. Worüber haben wir bloß die ganze Zeit geredet?

– Du hast von deinem Studium erzählt.

– Ach wirklich?

– Du hast …

– Ach ja, richtig. Ich wollte damals unbedingt diese Hiwi-Sache angehen. Ich war sehr engagiert und habe so ein Programm gestartet, mit Filmvorführungen am Abend in der Uni, in Anwesenheit des Regisseurs oder eines Schauspielers …

– Und ich war zu einer dieser Veranstaltungen da gewesen.

– Ach ja?

– Aber das habe ich dir an dem Abend doch erzählt. Deshalb sind wir ja überhaupt auf das Thema gekommen.

– Ich kann mich nicht erinnern. Lange Rede, kurzer Sinn, als wir mit essen fertig waren, waren wir einfach noch nicht müde. Aber weggehen konnten wir nicht, hätte mich ja jemand mit Georg sehen können. Also haben wir irgendeinen Film geguckt, ich glaube, so was wie »Before Sunrise«, irgendwas mit July Delpy, und wir waren uns einig, dass sie unglaublich schön ist.

– Das war später, weißt du nicht mehr? Das war in der ersten Woche. An dem Abend haben wir »Die Frau auf der Brücke« gesehen. Und als dieser bestimmte Satz gesagt wurde …

Georg blinzelt.

– Ach so, stimmt. Am Schluss sagt sie irgendwie: Wir können nicht so weitermachen. Und der Messerwerfer sagt: Was weitermachen? Und darauf sie: Nicht zusammen sein. So ähnlich zumindest.

– Ist es nicht anders herum? Sagt nicht Daniel Auteuil … Na, ist ja auch wirklich nicht entscheidend.

Es ist still. Georg lächelt mit feuchten Augen. In den Winkeln hat er Falten, unzählige kleine, die, als ich ihm einmal ein Insekt aus dem Auge gewischt habe, aussahen wie zerknülltes Papier. Er nimmt meine Hand zwischen seine, sie fängt sofort an zu schwitzen. Mein Gott, denke ich, das ist alles kein Drama, manchmal fängt es früher an, manchmal später. Bei Peter war es diese verklemmte Art zu gehen, bei Anselm der Geruch am Morgen, bei Markus das ewige Räuspern, bei Mathias das Geräusch, wenn er pisste: unverschämt lang, laut, entschlossen.

– Du bist schön, flüstert Georg.

– War ich gestern nicht schön?, flüstere ich zurück.

– Wie ergreifend, sagt Clara. Da sind sie ja noch, die hypnotischen Momente.

– Und wie geht es jetzt weiter?

Charlottes Stimme hallt.

– Ach ja, richtig. Ich wusste nicht genau, was ich machen sollte, ich dachte, rufst du Andrea an, die wird es dir sagen.

– Du hast telefoniert, als ich …?

– Also, ich bin auf die Toilette gegangen und habe mit Andrea telefoniert. Ja, ich hab hier so einen Typen sitzen, bla bla, was soll ich machen und so weiter. Sie sagte, ist er denn was für dich, bist du sicher, dass du das willst und so weiter, und natürlich war ich überhaupt nicht sicher. Dann finde raus, was er will, sagte Andrea, und ich dachte, gut, findest du eben raus, wie weit er geht.

Clara dreht den Wasserhahn auf und hält ihre Zigarette darunter. Dann setzt sie feierlich das Glas auf den Boden, hebt ihre Hände und legt sie sich auf die Ohren. Frank trinkt schwungvoll aus seiner Flasche und macht große Schritte von einer Wand zur anderen. Charlotte schiebt Max sachte von sich weg und reibt sich einen Unterarm.

– Was ist? Gefällt euch die Geschichte nicht?

Clara nimmt eine ihrer Hände herunter. Sie schaut mich an, ohne zu blinzeln, dann macht sie eine kleine Bewegung mit dem Fuß, und ihr Weinglas kippt um. Der Wein läuft mit dem Wasser auf dem Boden zusammen.

– Es wird noch besser, sage ich. Als ich wiederkam, hatte Georg Musik aufgelegt. Irgendwas …

– Vivaldi.

– Ja, jedenfalls saßen wir dann so nebeneinander, und ich sagte, ich bin so verspannt, und er brauchte eine Ewigkeit, um zu kapieren, dass …

– Das war geplant?

– Komm schon, du hast das nicht gemerkt? Ihr Männer seid komisch. Ihr glaubt immer, nur weil ihr immerzu im Affekt handelt, muss das bei Frauen auch so sein.

– Also hattest du gar keine Nackenschmerzen?

– Nein, um Gottes willen.

– Das war aber einfallslos.

– Was, Max?

– Du hast also gelogen? Du hattest gar keine …

– Einfallslos, hab ich gesagt. Bei mir hast du es auf die gleiche Art und Weise versucht.

– Ach ja? Ich erinnere mich gar nicht.

Charlotte fängt an zu weinen, sie hält sich eine Hand vor den Mund. Clara zieht mit ihren Schuhen die Pfütze auf dem

Boden in alle Richtungen. Georg sieht mich an, sieht zwischen meinen Augen hin und her. Und?, denke ich, ist das schon alles? Soll Georg wirklich der Letzte sein? Der letzte Mann, dessen Gesicht du morgens nach dem Aufwachen siehst, dessen Krankheiten du kennst, dem du ohne große Mühe einiges verschweigst, den du am Telefon belauschst, mit dem du einkaufen fährst, dessen Unterhosen du aufhängst, dessen Namen du mit dir herumträgst? Der letzte, mit dem du schläfst?

– Als er es dann gerafft hatte, küsste er mich natürlich. Er war aufgeregt, glaube ich. Unsere Zähne sind zusammengestoßen. Später sind wir dann in mein Zimmer gegangen und haben unsere Sachen aufgeknöpft. Georg hat sich so plötzlich neben mich gelegt, dass mein Kleid gerissen ist. Mein Lieblingskleid! Achtung, jetzt wird es intim.

– Schatz?

– Entschuldige, das muss sein!

– Ich will das nicht hören, sagt Charlotte. Ich will das nicht hören!

– Tut mir leid, Georg. Also, wir zogen uns aus, aber es ging nicht. Um es noch deutlicher zu sagen: Er konnte nicht. So.

Ich atme aus.

– Jetzt sind wir quitt. Das war für Josephine.

Es ist still. Ich atme tief ein. Ich sauge alle hässlichen Gerüche des Morgens in mich hinein. Es riecht nach Reinigungsmitteln, warum ist mir das nicht eher aufgefallen? Draußen vor dem Fenster ist immer noch der Vogel. In mir ist ein großer Frieden, ein flacher Teich, der still ist, den kein Wind bewegt. Es ist so, wie wenn ich Straßenbahn fahre, wenn ich rate, wer als Nächster aussteigt, wenn ich richtig geraten habe. So, denke ich, jetzt ist es vorbei.

## ZWANZIG // MAX

Franziska hat immer noch die Augen geschlossen, deshalb merkt sie nicht, wie Georg leise geht. An seiner Stelle wäre ich schon viel früher abgehauen. Man muss ja nicht alles mit sich machen lassen. Auf meinem Unterarm hat sich eine Gänsehaut gebildet, und in gewissen Abständen habe ich dieses Flappen im rechten Ohr, ein Geräusch, als würde ein riesiger Vogel so nah an mir vorbeifliegen, dass seine Flügel meine Wangen fast streifen. Aber ich denke nicht an mich, ich denke an Lotte. Genauer gesagt denke ich an die unzähligen Diskussionen, die ich mit ihr führen musste. Am Anfang dachte ich, das würde sich schnell beruhigen, wie es bei Sandra der Fall war. Sobald ich Lotte davon überzeugt hätte, dass nirgendwo Gefahr lauert, würde sie weniger zweifeln, und wir müssten nicht mehr ständig diskutieren, nur, damit sie sich ein paar Tage sicher fühlt. Aber Lotte ist da anders. Sie kann kein Gespräch anhören, ohne dass es etwas in ihr hinterlässt, weil sie so verletzlich ist. Es ist so, als würden ihr ein paar Schichten Haut fehlen. Deswegen dringt zu viel von dem, was um sie herum geschieht, in sie hinein und richtet Verwüstungen an. Niemand würde mir glauben, wenn ich behaupte, dass Menschen davon sogar krank werden. Aber Lotte liegt nach solchen Abenden manchmal tagelang mit Fieber im Bett, und wenn ich frage, wie es ihr geht, sagt sie unverständliche Sätze wie: »Ich bin nur das, was du von mir erkennst«, und: »Verstehst du, was das bedeutet?« Dabei reißt sie die Augen auf, und ihre Unterlippe zittert, und ich habe Angst, sie würde, wenn ich nicht nicke, anfangen zu weinen.

»Das ist schrecklich«, sagt Lotte. Sie hat sich von mir losgemacht und geht ein paar Schritte auf Franziska zu. Ich lehne an der Wand mit den Waschbecken. Rechts ist der Ausgang, links steht Clara, und Frank läuft gegenüber an den Toilettenkabinen hin und her. Vor uns steht Franziska mit geschlossenen Augen. Lottes Nacken zittert, aber sosehr sie sich auch anstrengt, sie hat nichts Bedrohliches an sich.

»Das ist schrecklich«, sagt sie wieder. »Diese Wörter, die du da benutzt, ich meine, ›was für mich‹ und so, das ist doch schrecklich! Diese Einstellung, dass das alles ein Markt ist und man geht hin und her und nimmt hier und da was in die Hand und prüft, wie es sich anfühlt … Das ist so schrecklich!«

Als niemand etwas sagt, geht sie noch ein paar Schritte weiter vor. Sie schüttelt sich und sagt:

»Das ist doch nicht normal!«

Ihre Stimme hallt von den Kacheln wider, und ich weiß, dass es sinnlos wäre, ihr jetzt eine Hand auf die Schulter zu legen.

»Warum sagt niemand was? Ihr seid doch alle scheintot.«

Clara bückt sich und hebt ihr Glas vom Boden auf. Sie wäscht es in einem der Waschbecken ab und füllt es bis zum Rand mit Wein.

»Du hast recht«, sagt sie, »diese Liebe-als-Markt-Definition ist öde und überholt.«

Sie hebt ihr Glas, als wollte sie jemandem zuprosten, und trinkt es bis zur Hälfte leer. Alles, was sie tut, kommt mir ironisch vor. Lotte zittert immer noch. Ihre Schulterblätter stechen aus dem Rücken heraus, und die blonden Haare bewegen sich darüber hin und her wie ein Vorhang. Clara beobachtet sie amüsiert, und ich schaue wütend zurück und denke: »Sie hat kein Recht, sich über Charlottes Empörung lustig zu machen.« Aber sosehr ich mich bemühe, ich schaffe es nicht, die gleiche Wut in mir zu erzeugen, die Lotte empfinden muss.

»Ihr merkt doch alle gar nichts mehr«, sagt sie. »Franziska! Der Mann, den du morgen heiraten willst, ist abgehauen! Warum heiratet ihr überhaupt, wenn ihr euch eigentlich nur anwidert? Das verstehe ich nicht. Ich verstehe das wirklich nicht, kann mir das mal einer erklären?«

Lottes Stimme verhallt im Raum. Wenn sie gerade nichts sagt, ist es still, und niemand außer ihr ist aufgeregt, alle stehen erschöpft herum und lehnen sich irgendwo an. Es ist nichts im Raum außer vielleicht einer kleinen Irritation, mehr nicht, und jetzt öffnet Franziska die Augen und sagt langsam:

»Er kommt schon wieder. Er kommt immer wieder.«

Es erscheint mir dunkel, obwohl es hell ist unter den Neonröhren. Franziska zuckt mit den Schultern. Sie hat Augenringe. Charlotte sieht uns einen nach dem anderen vorwurfsvoll an und sagt:

»Ihr tut alle so furchtbar abgeklärt und künstlerisch und exzentrisch und führt dabei ganz kleine, pragmatische Beziehungen. Ich sag euch, wie ich das finde. Verlogen und billig finde ich das, wie ihr alle immer so kleinlich auf euren mickrigen Ichs beharrt, als wäre es das Größte, Ich sagen zu können.«

Ich berühre Lottes Schulter, und sie schüttelt meine Hand mit einer heftigen Bewegung ab. Darauf war ich vorbereitet. Clara trinkt den Rest aus ihrem Weinglas und sagt dann ganz ruhig:

»Was hast du erwartet, Charlotte? So denkt die Welt über Liebe. Hör dir doch an, wie die Menschen reden, ihre Sprache verrät sie. Wo es kein Wissen gibt, an dem sie sich festhalten können, werden sie dumm. Autos, Krankheiten, Politik – darüber können sie stundenlang philosophieren, aber sobald sie über sich selbst nachdenken, geben sie sich mit Rechenschieberpsychologie zufrieden. Wenn sie einander begehren, sagen sie: Ich liebe dich, wenn sie zusammengekommen sind, sagen sie: Ich fühle mich wie neugeboren, wenn ihnen nichts Besseres einfällt, sagen sie: Mit dir will ich alt werden, wenn sie sich streiten, sagen sie: Ich habe dir meine besten Jahre geschenkt. Wenn sie sich trennen, sagen sie: Wir haben uns auseinandergelebt, wenn sie getrennt sind, sagen sie: Ein neuer Lebensabschnitt beginnt, und wenn sie sich nach fünf Jahren wieder sehen, sagen sie: Was bist du nur für ein Mensch geworden.«

Charlotte sagt nicht mehr. Franziska geht zu einem der Waschbecken ganz rechts außen und befeuchtet sich die Stirn. Ihre Falten an den Wangen treten hervor. »Sie zieht zu oft die Mundwinkel herunter«, denke ich, »darum hat sie jetzt schon Falten.«

»Quatsch«, sagt sie. »Alles Quatsch, was ihr redet. Außerdem spricht man nicht über so was.«

»Oh«, sagt Clara und tippt sich theatralisch an die Schläfe. »Ich hatte ganz vergessen, dass wir gesittet sind. Keine Gespräche über Politik, Religion oder Liebe. Absolut tabu. Jedem seinen Gott, jedem seine Liebesdefinition!«

Ihr gegenüber hat Frank begonnen, an einem der eingebauten Türrahmen aus Metall Klimmzüge zu machen. Die Plastiktür lehnt hinter ihm an der Kabinenwand, und er zieht sich vor dem Klo hoch, bis sein Kinn die Eisenstange berührt, dann lässt er sich langsam wieder herunter. Dabei grinst er vor sich hin. Mir ist aufgefallen, dass er immer auf die gleiche Weise grinst. Ich habe nichts gegen Frank, ich finde Frank in Ordnung, ich verstehe nur immer weniger, warum Clara mit ihm zusammen ist. Er ist nicht halb so intelligent wie sie, und mit ihren Voraussetzungen und ihrem Stil könnte sie ganz andere Männer haben. »Im Grunde liegen ihr alle Männer zu Füßen«, denke ich, »man muss nur mal beobachten, wie sie angesehen wird.«

»Ich höre immer nur Liebe, Liebe, Liebe«, sagt Franziska und dreht den Wasserhahn so fest zu, dass er ein unangenehmes Geräusch macht. »Es gibt auch noch andere Sachen auf der Welt, verdammt noch mal! Streitet euch über was anderes!«

»Niemand will streiten«, sagt Clara leise. »Niemand will dich belehren. Das ist hier doch kein Bildungsroman.«

»Doch!«

Charlotte macht einen Schritt vor und merkt nicht, dass sie in die Rotweinlache tritt. An ihren Waden und hinten am Kleid sind kleine, rote Spritzer. Ich erinnere mich, dass sich Rotwein schlecht herauswaschen lässt. »Es wäre schade um das Kleid«, denke ich, »ich mochte es immer sehr an Lotte.«

»Ich will das jetzt wissen! Man kann doch nicht immer einfach über alles hinweggehen! Morgen heiratet ihr, ich meine, du, Franziska. Du musst dir doch Gedanken gemacht haben!«

Franziska richtet den Oberkörper auf, streicht sich die Tropfen aus dem Gesicht und macht an ihren Haaren herum, als hätte das noch einen Sinn. Dann geht sie zu der Kabine ganz rechts außen und schließt ab. Ich drücke mich gegen die Wand. Es ist mir unangenehm, zu hören, wie Franziska den Klodeckel hochklappt und gegen die Fliesen fallen lässt, wie sie Papier abreißt, um es auf die Brille zu legen, wie sie sich setzt, wie der Strahl irgendwie schamlos ins Becken knallt.

Mir fällt ein, dass ich über diese Sache einmal mit Sandra gestritten habe. Wir hatten zwei Toiletten in der Wohnung, und ich fand es normal, vorzuschlagen, dass jeder von uns eine benutzt. Sandra ist daraufhin sehr wütend geworden. Ob ich mich vor ihr ekeln würde, wollte sie wissen, ob es mich stören würde, dass sie die Tür nicht abschließt, wenn sie aufs Klo geht. Ich habe versucht, ihr zu widersprechen, aber im Grunde dachte ich, dass sie mich schon richtig verstanden hatte. Außerdem wusste ich, dass es egal war, was ich antwortete, weil Sandra es sich nicht nehmen lassen würde, alles eskalieren zu lassen und einen großen Streit anzufangen. Dabei ist mir bis heute nicht klar, warum man, wenn man miteinander lebt, diese unangenehmen Dinge nicht einfach ausklammern kann. Ich bin auch der Meinung, dass Männer in Kreissälen nichts zu suchen haben. Mit Lotte gab es zwei Jahre später beinahe genau den gleichen Streit, nur dass Lotte alles viel radikaler formulierte. »Wenn du nicht weißt, wie ich aussehe, wenn ich mich abschminke, weißt du gar nichts von mir«, sagte sie. »Ist es nicht genau das, was mich von jedem anderen Menschen unterscheidet? Dass ich weiß, wie es klingt, wenn du pinkelst? Dass ich zusehe, wie du deine Pickel ausdrückst?« Als ich versuchte, ihr meinen Standpunkt zu erklären und etwas von Privatsphäre sagte, packte sie ihre Sachen in einen Koffer und schlug die Wohnungstür hinter sich zu. Ich wusste, dass sie nur bis zur Haltestelle gehen würde. Es war schon mehrmals vorgekommen, dass Lotte weglief, und sie und ich wussten, dass sie jedes Mal wiedergekommen war, und dass es nie länger als fünf Minuten gedauert hatte. Ehe sie verschwand, machte sie immer ein sehr entschlossenes und bedeutungsvolles Gesicht und sagte Dinge wie: »Es geht so nicht weiter. Du kennst mich nicht, du entziehst dich mir, und ich kann nicht leben ohne diese absolute Nähe.« Einmal fand ich heraus, dass sie immer nur wenige Schritte bis zur Haltestelle lief. Dort setzte sie sich hin und wartete unruhig, sie rieb ihre Hände aneinander und schüttelte ungeduldig den Kopf, wenn ein Bus vorbeikam. Seitdem ich das einmal herausgefunden hatte, war ich in diesen Situationen immer ruhig geblieben. Ich hatte nie große Lust gehabt, Lotte anzurufen, da ich ja wusste, dass sie zurückkommen würde, aber weil ich mir vorstellte, wie sehr sie meinen Anruf erwartete, rief ich immer nach zwei bis drei Minuten an. Selbst wenn Lotte dann versuchte, ihrer Stimme einen kaltblütigen Klang zu geben, wusste ich, dass sie es nicht eine Sekunde länger aushalten und sofort zurückrennen und mir um den Hals fallen würde. Nur manchmal, wenn ich etwas besonders Falsches gesagt hatte, quälte sie mich noch den ganzen Abend, und einmal, als ich nicht angerufen, sondern einfach auf ihre Rückkehr gewartet hatte, kam sie eine halbe Stunde später verfroren und mit roten Augen zurück und schrie: »Du hältst mich wie ein verdammtes Haustier an der langen Leine! Du denkst, du bist klug, ja? Die wird sich schon wieder beruhigen, denkst du. Lass ich sie ein bisschen rumtoben, irgendwann wird sie schon wiederkommen! Ich habe deine Gleichgültigkeit so was von satt! Ich bin für dich wie ein Riss an der Decke, den du gut kennst! Du lässt dich nicht mehr überraschen, du kämpfst nicht mehr um mich …« Ich versuchte sie in die Arme zu nehmen, aber sie wich mir aus, und in ihrem Gesicht war alles aus den Fugen. Ich sagte ganz ruhig: »Aber das ist doch das Wunderbare! Dass wir uns so gut kennen! Schau mal, ich weiß einfach, dass du wiederkommst, weil du zu mir gehörst. Ich bin mir deiner sicher, wolltest du das nicht?« Komisch, denke ich, dass mir das jetzt einfällt.

Franziska kommt zurück, dreht einen Wasserhahn auf und wäscht sich die Hände. In dem Moment gibt es ein lautes Krachen, und als ich mich umdrehe, steht Frank gerade auf und klopft seine Hose ab. Neben ihm liegt die Klotür schräg auf dem Boden. Er tritt einmal mit dem Schuh dagegen.

»Sie war nicht fest«, sagt er, »ich habe mich nur kurz aufgestützt. Schlechte Verarbeitung.«

Kurz ist es still. Ich glaube nicht, dass einer von uns wirklich erschrocken ist oder peinlich berührt, es ist einfach nur die Stille nach einem lauten Geräusch. Niemand geht zu der Tür und prüft, wie stark sie beschädigt ist, oder stellt sie auch nur wieder hin. Mir gefällt die Art nicht, wie wir schweigen und uns beobachten. Wir hätten das gar nicht erst einreißen lassen dürfen.

»Sieh doch mal nach Georg«, sagt Franziska zu Frank, »vielleicht braucht er Hilfe.«

Frank grinst, nimmt seine Flasche Wein vom Boden und geht langsam durch den Raum nach vorn, ohne Franziska aus den Augen zu lassen. Im Vorbeigehen zwickt er Clara in den Hintern, sie sagt »Tier«, und er geht raus und schlägt die Tür hinter sich zu.

»Jetzt sind wir nur noch zu viert«, denke ich. Ich weiß nicht, ob das irgendeine Bedeutung hat. Die Tür liegt halb über dem Klo, sie ist pastellgrün gestrichen, aber in Höhe der Klinke erkennt man ein paar Schmierereien. Ich kann sie von hier aus nicht lesen. Mir fällt ein, wie ich einmal im Campingurlaub auf der Toilette gesessen habe, als ich vor mir auf der Holztür eine alte Schnitzerei bemerkte. Daneben stand ein Datum, das vier Jahre zurücklag. Die Schnitzerei zeigte ein Herz mit zwei Buchstaben, aber einer der Buchstaben war durchgestrichen, und daneben stand ein neuer. Das Herz und die zwei ursprünglichen Buchstaben waren schon verblichen, der neue sah noch ziemlich frisch aus.

Es ist kühl. Durch das offene Kippfenster weht Luft herein, und davor sitzt ein Vogel, der wie eine Amsel aussieht. Es ist noch lange nicht hell, aber es ist nicht mehr ganz dunkel. Clara bewegt sich. Sie rafft ihr Kleid hoch und zieht die Schachtel mit den Zigaretten aus ihrem Strumpf. Sie nimmt eine heraus und zündet sie sich an, dann zieht sie lange daran und bläst den Rauch gegen die Wand, so dass er abprallt und zu ihr zurückgeworfen wird. Als ich zu Lotte sehe, bemerke ich, dass auch sie Clara beobachtet. Sogar Franziska sieht ihr zu, wie sie sich langsam zu uns dreht. Als Clara spricht, quillt Rauch aus ihrem Mund, dessen Schatten sich auf dem Boden bewegt, als wäre der Boden gar kein Boden, sondern etwas, das nicht fest ist und durch das man jederzeit hindurchfallen kann.

»Charlotte, hör zu«, sagt sie. »Wenn du glücklich bist, behalte es für dich. Und vergiss, was ich jetzt sage.«

Sie spricht leise.

»Es gibt keine vollkommene Liebe, dafür liegen einfach zu viele Verwechslungen vor. Liebe und Sexualität sind nicht verwandt, wie allgemein angenommen wird, sie gefährden einander, und solange wir sexuelle Wesen sind, kann es keine Liebe geben. Nicht auf diesem Planeten, nicht zu dieser Zeit. Also, vergiss das und hör mir zu: Wenn du glücklich bist, Charlotte, behalte dein Glück für dich und schließe es fest ein. Schließe es fest ein, zieh in eine kleine Stadt und erzähle niemandem davon. Niemand will etwas von deinem Glück wissen, Charlotte, niemand will dein Glück, niemand freut sich für dein Glück. Du musst das verstehen, Glück ist gesellschaftlich nicht kompatibel. Wer das Glück hat, ist für die Arbeit verloren, für den Konsum, für den Markt der Sexualität – und für die Kunst sowieso. Glück ist prosaisch, primitiv, monoton. Es macht müde und dumpf, es verdampft jeden Plan, jeden Anspruch, jedes Streben, macht leichtsinnig und alterslos. Es ist das Gegenteil von Leben. Niemand will, dass du glücklich bist. Niemand will dich satt und müde. Sie wollen dich gierig und umtriebig. Unzufriedenheit und Mangel sind der Antrieb dieser Gesellschaft. Also sei glücklich und behalt es um Himmels willen für dich.«

Es ist still, dann sagt Franziska:

»Bravo!«

Sie klatscht wie verrückt in die Hände und verbeugt sich ironisch.

»Das war ja wieder ein herausragendes Stück Philosophie! Toller Vortrag!«

Clara beachtet gar nicht, was Franziska gesagt hat, sie bläst ihr nur gezielt Zigarettenrauch ins Gesicht, so dass sie husten muss. Hinter Franziska mit ihrer kaputten Frisur und ihrem verschwitzten Gesicht sieht Clara mit den schwarz umwischten Augen noch größer und gerader aus, schlank, gefasst und so, als hätte sie nichts mit uns zu tun, weder mit dem, was wir sagen, noch mit dem, was wir denken, und überhaupt mit keiner Sache, die einem von uns wichtig ist. Aber vielleicht ist das auch nur einer dieser Gedanken, die einem kommen, wenn man müde ist. Wir sind alle müde, denke ich, wir sind alle anders als sonst. Mir zum Beispiel gehen viele seltsame Dinge im Kopf herum. »Was man alles denkt an so einem Abend«, dieser Satz steht in meinem Kopf wie eine sperrige Schrankwand.

»Und wenn wir schon mal hier sind«, sagt Franziska und schnaubt. »Dann kann ich es dir ja auch gleich sagen, Clara. Du bist verrückt, davon bin ich überzeugt. Und ich für meinen Teil bin ein ganz normaler Mensch, ich denke jeden Tag öfter übers Essen nach als übers Glück, und darum gehe ich jetzt auch.«

Als Franziska sich umdreht, habe ich kurz das Gefühl, Lotte könnte sie aufhalten, aber dann spannen sich nur ihre Muskeln an und sie stöhnt leise, als die Tür zufällt. Sie tritt einen Schritt zurück, so dass ich meine Arme nach ihr ausstrecken und sie an mich ziehen könnte, aber ich tue es nicht. Ich denke auch nicht darüber nach, was Clara gesagt hat. Wenn ich darüber nachdenken müsste, würde ich wahrscheinlich feststellen, dass ich wenig davon verstanden habe, und ich würde mich wahrscheinlich dumm fühlen. Ich denke auch nicht über Lotte nach. Wenn ich über Lotte nachdenken würde, würde ich mir als Erstes Sorgen darüber machen, dass sie die nächsten Tage über nichts anderes redet als über dieses Gespräch, und dass sie sich darüber den Kopf zerbricht, ohne zu einem Schluss zu kommen, wie Clara das vielleicht tut, weil sie unter Umständen klüger ist. Ich meine nicht, dass Lotte dumm ist, aber sie neigt einfach zu starken Gefühlen, und es ist nun einmal so, dass man Gefühle bewusst vernachlässigen muss, um klare Gedanken zu fassen, so wie man andersherum das Geistige vernachlässigen muss, wenn man sich über seine Gefühle klar werden will. Das glaube ich zumindest. Ich denke an nichts Bestimmtes. Es ist auf eine bedrückende Weise still hier, aber alles, was wir sagen könnten, würde es nur noch bedrückender machen. »Es wäre wirklich das Beste, wenn wir alle auf unsere Zimmer gingen«, denke ich. Aber als ich Lotte an der Schulter berühre und sie sich umdreht, liegt etwas Unwirsches um ihren Mund, und ich schaffe es nicht, sie zu bitten, mit mir zu verschwinden. Stattdessen entscheide ich mich plötzlich, einen Kaffee an der Bowlingbar zu trinken. Ich frage:

»Soll ich dir einen Kaffee mitbringen?«

Lotte sieht mich irritiert an, als hätte ich etwas ganz Abwegiges gesagt.

»Wie?«

»Ich gehe zur Bowlingbahn und schaue, ob ich mir einen Kaffee machen kann. Möchtest du vielleicht auch einen?«

»Kaffee? Ja, Kaffee … Meinetwegen.«

»Mit Milch? Oder Zucker?«

Erschrocken hält Lotte die Luft an, ihr Blick springt zwischen meinen Augen hin und her.

»Das weißt du nicht? Du weißt nicht, wie ich meinen Kaffee …?«

»Milch, richtig?«, sage ich schnell und versuche, Lottes verkrampfte Finger von meinem Unterarm zu lösen. Es ärgert mich, dass meine Stimme gepresst klingt, obwohl ich mir keiner Schuld bewusst bin. »Es ist kein Verbrechen, nicht zu wissen, wie der andere seinen Kaffee trinkt«, denke ich. Lotte lächelt dünn und gibt nach. Ich streiche über den Ärmel meines Hemdes und lächele auch. Sie winkt schnippisch, und ich gebe ihr einen Kuss auf die Wange, bevor ich die Frauen in der Toilette allein lasse. Als ich die Tür hinter mir geschlossen habe, kommt mir alles sehr seltsam vor. Wenn ich mir überlege, dass Clara mit ihren verwischten Augen und Lotte in der Toilette stehen und schweigen, wenn ich diese Feststellung dann auch noch vor mich hinspreche, erscheint es mir noch seltsamer. Ich schiebe den Hemdsärmel hoch und sehe, dass Lottes Finger einen Abdruck hinterlassen haben, dann schüttele ich den Kopf und schiebe den Ärmel wieder herunter. »Franziska ist irgendwo im Hotel«, denke ich, »Frank und Georg sind irgendwo im Hotel, niemand weiß, wo«, und wie ich das so denke, fühle ich mich plötzlich auf eine komische Art frei, fast fröhlich.

Ich gehe an den Bowlingbahnen vorbei, die dunkel sind, bis auf die linke Bahn, über der Neonröhren leuchten. Auf dem Bildschirm über der Sitzecke werden immer noch unsere Spitznamen und Punktestände angezeigt, und dabei kommt es mir wie eine halbe Ewigkeit vor, dass wir gespielt haben. Ganz am Ende der Bahnen über den Pins sind winzige rechteckige Fenster, wie drüben in der Toilette, mehr Schlitze als Fenster, und ich bilde mir ein, da wären eben Beine zu sehen gewesen. Ich frage mich, warum sie hier, wenn das Hotel doch so neu ist, Farben wie Orange verwendet haben, wo Orange doch schon seit vielen Jahren überhaupt nicht mehr geht. Auf den spiegelglatten Bahnen sind orange Streifen, und die Regale hinter der Bar sind orange, und auch die Getränkekarten aus Plastik, die Lampen über der Theke und die Spinde weiter hinten. Ich drehe mich nach links zur Bar und will mich nach einer Kaffeemaschine umsehen, als ich merke, dass da einer steht.

»Hallo, ich habe Sie gar nicht gesehen.«

Der Junge trägt einen schwarzen Anzug wie scheinbar alle hier, aber der ist ihm viel zu weit. Die Polster ragen ein gutes Stück über seine Schultern hinaus, und die Ärmel sind so lang, dass sie bis zur Mitte seines Daumens reichen, obwohl er die Arme nicht einmal hängen lässt, sondern damit beschäftigt ist, eine Flasche zuzudrehen. Es handelt sich, soweit ich das beurteilen kann, um einen ziemlich teuren Bourbon, den er, als er mich sieht, unter dem Tisch verschwinden lässt.

Der Junge mustert mich kurz, wie um festzustellen, ob ich vertrauenswürdig bin. Dann fragt er:

»Sie gehören zur Hochzeitsgesellschaft?«

Als ich bejahe, nickt er ernsthaft und holt die Flasche wieder hervor.

»Immer noch zugange?«

»Kann man so sagen.«

»Dabei ist morgen um zehn Uhr die Trauung, oder nicht?«

»Ja, doch.«

»Hm.«

Wieder nickt der Junge. Aus der Nähe sieht er ziemlich beängstigend aus. Ich bin mir nicht sicher, ob es der gleiche ist, den wir in der Bar oben getroffen haben. Er könnte es sein, er könnte es aber auch ebenso gut nicht sein. Jedenfalls ist er hager, seiner Figur und seinem Benehmen nach zu urteilen noch ziemlich jung, im Gesicht aber unschön gealtert. Er hat tiefe, waagerechte Stirnfalten und unzählige kleine Linien auf den Wangen, und seine Haut fängt schon an zu hängen. Das gibt ihm etwas Tatteriges.

»Möchten Sie?« Er hält die Flasche hoch. Als ich nicke, gießt er mir einen Fingerbreit in ein Glas und hebt seines.

»Na, Prost.«

»Ja.«

Er lächelt nicht. Dann rummst es hinter meinem Rücken, und als ich mich umdrehe, sehe ich, dass ein Vogel gegen die Scheibe geflogen ist, eine Amsel oder etwas Ähnliches. Jetzt hockt sie einen guten Meter von der Scheibe entfernt am Boden und regt sich nicht.

»Das passiert öfter«, sagt der Junge. »Man müsste da was hinkleben.«

Ich nehme einen Schluck von dem Whiskey, obwohl ich Whiskey eigentlich nicht besonders mag. Er brennt im Hals. Der junge Mann werkelt hinter der Bar herum.

»Und Sie arbeiten hier? In der Bowlingbar?«

Er hebt die Brauen und schüttelt abweisend oder überrascht den Kopf.

»Ich bin hier nur, weil Sie hier sind. Solange Sie im Hotel unterwegs sind, muss immer jemand von uns wach bleiben.«

Ich schließe kurz die Augen und presse zwei Finger gegen die Schläfen. Mir fällt ein, dass ich bei meiner eigenen Hochzeit mit einem Caterer ins Gespräch kam. Wir redeten über Bowling, er war sogar in einem Club, wenn ich mich richtig erinnere.

»Werden hier viele Hochzeiten gefeiert?«

»Ja. Ist sehr beliebt. Alles an einem Fleck, leichte Organisation, Kirche nebenan. Und Sie? Auch verheiratet?«

»Nein, nein, noch nicht. Nicht mehr, meine ich. Also, in Scheidung.«

»Aha.«

»Wir haben nur mit der Verwandtschaft gefeiert, engster Familienkreis. Sandra wollte das so. War auch schön.«

»Das sagen alle. Egal, wie sie's machen. Mit Familie, ohne

Familie. Selbst wenn es an dem Tag regnet, erzählen sie noch, wie toll es war. Und zehn Jahre später sagen sie, es so zu machen, sei der Fehler ihres Lebens gewesen.«

»Haben Sie das oft gehört?«

»Doch, ja, eigentlich schon. Ziemlich oft.«

Jetzt sieht er mich aufmerksam an und hält die Flasche in der Hand, ohne sie aufzumachen oder wieder wegzustellen. Ich finde unser Gespräch nicht sehr klug, aber wahrscheinlich kann man über dieses Thema überhaupt nicht anders reden. Ich denke lieber über andere Dinge nach, Dinge, die sich lösen lassen, im Allgemeinen. Es ist nicht so, dass es mich nicht interessieren würde, aber der eine meint das und der andere meint etwas anderes, und alle nennen es Liebe, und wenn man allein von Berufs wegen so viel mit Kunst zu tun hat wie ich, wird einem schnell klar, dass sich die Menschen zu jeder Zeit über dieses Thema den Kopf zerbrochen haben. Jede Epoche, wenn man so sagen will, beantwortet diese Fragen anders, und ob sich der Einzelne auch noch vergeblich seine Gedanken macht, ändert an der ganzen Sache nichts.

»Glauben Sie an die Ehe?«

»Was?«

»Glauben Sie an die Ehe, wenn ich fragen darf?«

»Ich denke schon«, sage ich. »Warum?«

»Und an was glauben Sie, wenn Sie an die Ehe glauben?«

»Ich weiß nicht«, sage ich. »Treue?«

Der Junge schüttelt den Kopf, dann nickt er. Ich glaube zu erkennen, dass er grinst. Langsam wird mir seine Fragerei unheimlich.

»Warum interessiert Sie das?«

Er räuspert sich und zögert. Sein Gesicht wird immer hässlicher. Er sieht aus wie ein Mensch, der häufig nachts arbeitet.

»Ich war noch nie mit einer Frau zusammen.«

In dem Moment hört man Stimmen von draußen. Ein paar Jungen lachen heiser, und ein Mädchen schreit: »Fick dich ins Knie!« Dann ist es wieder still.

»Warum?«, frage ich.

Der Junge presst die Lippen zusammen und sagt lange nichts. Ich denke darüber nach, dass es schon Morgen sein muss. Außerdem überlege ich, etwas nach dem Vogel zu werfen. Vielleicht befindet er sich in einer Art Koma und stirbt, wenn man ihn nicht aufweckt. Aber wer weiß das schon so genau. Man könnte ihn damit ebenso gut auch umbringen.

»Es gibt keine«, sagt der Junge.

In dem Moment, als ich mich rückwärts gegen den Tresen lehne, höre ich einen Lärm von rechts, vom Gang her. Wenn ich nicht wüsste, dass Tiere in diesem Hotel nicht erlaubt sind, würde ich die Geräusche Tieren zuordnen. Dann kommt mir aus der anderen Richtung Lotte entgegengerannt.

»Du musst mitkommen, da unten ist was los!«

Lotte greift nach meiner Hand und macht ein besorgtes und engagiertes Gesicht.

»Wo unten?«

»Einer von diesen Hotelmenschen ist heraufgekommen, er sagt, jemand ist ins Schwimmbad eingebrochen. Und irgendwas mit Georg.«

»Was ist mit Clara?«

»Wieso Clara?«

»Hast du sie allein auf der Toilette gelassen?«

»Sie ist auch runtergegangen.«

Ich presse die Lippen aufeinander und drehe mich um, aber der Junge ist nicht mehr da. Ich habe keine Lust, darüber nachzudenken. Außerdem fällt mir die Szene mit Franziska wieder ein. »Was, wenn sie sich schon alle ausgezogen haben und nackt im Pool nebeneinanderliegen?«, denke ich. Mir kommt es so vor, als würde ich immer normaler werden, je verrückter die anderen werden. Nur dass sich alles Verrückte zwischen mich und Lotte schiebt wie ein blinkender Vorhang oder so etwas. Ich nehme ihre Hand in meine, spreize ihre Finger und betrachte sie.

»Sollen wir nicht lieber schlafen gehen?«, frage ich leise. »Der Abend ist doch gelaufen.«

Lotte blickt ungeduldig zwischen den Bahnen, der Bar und den Ausgängen hin und her.

»Du willst sie so allein lassen? So unversöhnt?«

Plötzlich nimmt sie mein Glas vom Tisch und starrt mich verständnislos an.

»Hast du dich hier die ganze Zeit alleine betrunken?«

Ich schüttele den Kopf und stoße mich vom Tresen ab.

Wir folgen dem Schild »Wellness, Spa UG« an der Treppe. Ich halte mich am Geländer fest. Auf unserer Etage kann man durchs Fenster sehen, wie es weit hinter den Bäumen grau wird, aber schon auf der Zwischenetage gibt es keine Fenster mehr. Im Untergeschoss ist es warm und riecht nach Chlor. Von der Seite rollt eine Wolke Wasserdampf auf uns zu.

## EINUNDZWANZIG // CLARA

*Wie ich mich im Wasser anblickte, ist mir dein Gesicht eingefallen, als du im Wagen neben mir gesessen hast: In der Sonne war es wie aus altem Marmor, das bricht, wenn man es berührt. Du, der Empiriker von uns beiden, hast nur geglaubt, was du mit deinen eigenen Händen erfahren hast, und du wolltest immer diese physische Wahrheit, niemals weniger. Erinnerst du dich? Du hast das Steuer nach links gezogen, so heftig, dass wir die Leitplanke streiften, ein Geräusch wie der Weltuntergang. Ich habe keine Sekunde gezweifelt, Niklas, dass du in der Lage dazu wärst, keine Sekunde … Ich war gut darin, mir den Tod zu wünschen, ihn mir vorzustellen, auf tausend märchenhafte Arten. Mir dich vorzustellen, wenn ich tot wäre, zerdrückt von Schuld, unfähig ohne mich, verlassen … Oft stellte ich mir den Brief in meiner Tasche vor, sah mich vor meinem inneren Auge in einem weißen Nachthemd auf einer Autobahnbrücke stehen: perfekte, beruhigende Inszenierungen. Ich war gut darin, die Möglichkeit des Todes wie einen Notgroschen in der Tasche mit mir zu tragen, ihn in meinen Fingern zu drehen und zu wenden, ich war fantasievoll, aber nie lebensmüde. Du hingegen! Keine Sekunde habe ich gezweifelt … Sag's mir!, hast du geschrien, könntest du mich verlassen? Nicht ein einziges Mal habe ich auch nur daran gedacht!, habe ich geschrien, und deine Augen haben in meinem Inneren gewühlt wie in einer Wäschetruhe. Ist das wahr?, hast du gefragt, ist das wahr? Heftiger hast du mich nie geliebt als in diesen Augenblicken der Wut, in denen wir uns der Illusion hingeben konnten, es stünde etwas auf dem Spiel. Heftiger habe ich dich nie begehrt als in diesen Augenblicken. Wir lebten, als wir nach Hause kamen, aber wir waren dem Tod begegnet: Er war blau wie der Himmel, grün wie der Wald und grau wie die Straße. Ich stellte mich unter die Dusche und ließ mich vom Wasser verprügeln, und dann schliefen wir erschöpft miteinander, bis wir wieder wach wurden, wach wie Geister, die dem Schlaf abgeschworen hatten.*

Hey, Nixe, du musst was trinken.

Frank schiebt sich wie ein nasser Aal an mir vorbei, stützt die Arme auf den Beckenrand, stemmt sich hoch, dreht sich in der Luft und sitzt neben mir. Überall läuft Wasser von ihm herunter, ganze Bäche Wasser, und er sagt: Hey Nixe, hast du gehört?

Ich versuche, mit meinen Augen etwas anderes als Grün und Blau und Luft zu sehen, und tatsächlich, es ist Frank, und er hat mehr Fleisch an sich als Stoff, seine Muskeln glänzen wie eingeölt.

Was?

Trinken. Ich sag dir, du wirst nüchtern, das ist fatal.

Ach.

Oh, oh. Bist du schon wieder in dieser Stimmung? Du musst unbedingt was trinken. Ich hol dir was, okay? Ich habe aus der Bar von diesem Bowlingraum was mitgehen lassen. Als ich nach Georg gesucht habe.

Georg?

Georg, der Zukünftige von Franziska.

Ja.

Er hat sich eingeschlossen. In die Umkleidekabine vom Schwimmbad. Wie ein Baby! Franziska und Charlotte reden auf ihn ein. Dieser Fehler von Mutter Natur!

Dann hol mir eben was, verdammt noch mal.

So gefällst du mir besser. Willst du dich übrigens nicht ausziehen?

*Manchmal habe ich Lust, ihn zu töten. Besonders tagsüber, und wenn er so guckt wie jetzt. Sexualität ist sowieso eine widerliche, fehlerhafte Einrichtung. Du musst es wissen, Niklas! Aber natürlich töte ich ihn nicht! Ich ziehe mein Gesicht zurecht und tue so, als wäre nichts.*

Ausziehen?

Schwimm ein bisschen, Wasserhexe. Macht den Kopf frei!

Dann ist er wieder weg, und ich sehe, was außer ihm um mich herum ist: Wasser im runden Whirlpool zu meinen Füßen, und weiter hinten ein größerer Pool, in dem Max schwimmt. Max? Max schwimmt. Die Wände um uns herum sind mit komischen Schlingpflanzen bemalt, irgendeinem tropischen Wust, der die Feuchte noch feuchter und die Hitze noch hitziger macht. Es dampft, und wie tierische Missgeburten stehen an jeder Ecke riesige fleischige Pflanzen herum. Ich habe die Beine im Wasser. Wie bin ich hierhergekommen? Habe ich vielleicht geschlafen? Mürrisch und misstrauisch bin ich, wie nach diesen viertelstündigen Toden, aus denen ich voller Ahnungen aufwache, gealtert und verwirrt. Von rechts höre ich Stimmen. Was hat Frank gesagt? Georg hat sich eingeschlossen. Franziska und Charlotte reden mit ihm. So ein Wahnsinn.

Schon ist Frank wieder da. Franks Unterhose ist ausgebeult, er trägt sein Geschlecht vor sich her wie einen Pokal. Außerdem hat er zwei Gläser bei sich.

Ich weiß, du liebst Gin Tonic, also zier' dich nicht.

Ich trinke ja schon.

Frank lässt seinen protzigen Körper ins Rundbecken gleiten und verstellt einen Knopf so, dass es noch heftiger brodelt.

Komm rein, sagt er, schön warm.

Ich wende den Kopf ab, aber der Raum ist zu klein, da sind überall Wände, von denen der Blick zurückknallt. Und der langweilige Max erwidert jedes Schauen, das ihn zufällig streift wie ein Windhauch, mit einem ängstlichen, unanständigen Lächeln.

Was ist los mit dir? Bist du depressiv? Los, komm ins Wasser.

Frank und sein Geschlecht in der Hose rutschen im Pool hin und her.

Oder habt ihr über Kunst geredet? Ja? Ich wette, irgendjemand hat wieder was Falsches gesagt, und du …

Halt den Mund.

*Ja, manchmal habe ich Lust, ihn zu töten. Natürlich hätte ich ihn schon viel eher loswerden müssen. Aber er war der Ungefährlichste. Nach dir, wie hätte ich jemals noch einmal … die Anstrengung, sich jemandem ganz zu erzählen … Und überhaupt? Was hätte das für einen Sinn gehabt?*

Hast du dich etwa mit Franziska gestritten?

Halt besser den Mund, sage ich langsam, sonst bringe ich dich um.

Oh! Sie spricht!

*Ich würde Frank gern ins Gesicht schlagen, aber natürlich tue ich es nicht. Wie ich dieses ›Natürlich tue ich es nicht‹ hasse! Mein Ekel und meine Wut sind mit der Zeit stumpf geworden wie Küchenmesser. Du und ich, wir haben gestritten, dass sich die Balken bogen. Tische hast du zerschlagen, Niklas, und ich habe Gardinen von Fenstern gerissen! Es gibt nichts Ekelhafteres als das Ausbleiben von Leidenschaft, und es wäre schön, wenn ich noch einmal über Gebühr wütend sein könnte, wie damals, mit dir.*

Jetzt komm schon rein, Wasserhexe.

Ich will nicht.

Ich hebe meine Beine aus dem Blau und stelle sie auf dem Fliesenboden ab wie etwas Fremdes. Aber Frank versteht nur die Sprache des Spiels. Immer noch zieht er im Becken lauernd seine Kreise und versucht seinem brachialen Körper etwas Neckisches zu geben.

*Weißt du noch? Kannst du dich erinnern? Wie wir im Bett nebeneinanderlagen und uns mit den Augen maßen, als könnten wir jemals etwas vergessen? An manchen Abenden hast du mich nur angesehen, und ich habe versucht, die Leberflecke an deinem Hals zu zählen, aber es waren so viele, oder es wurden immer mehr … Einmal habe ich dir ins Gesicht gesagt: Du zerstörst mich, du zerstörst die Künstlerin in mir. Ich wünschte, du würdest sterben oder mich betrügen. Es wäre dasselbe. Gelacht hast du nicht, aber mein Haar in die Hand genommen, als wäre es meine Hand.*

*Ich wäre gern noch einmal in dieser Nacht, und ich würde neben dir liegen und deine Hand aus meinen Haaren nehmen, als wär's bloß ein Kamm. Ich würde dich anlächeln und sagen: Ich habe recht behalten. Und: Es hat alles nichts genützt. Unser ganzer Glauben hat nichts genützt, und am Ende stehen wir mit unserer Absolutheit in der Hand da und sind die schlimmsten Verlierer.*

He, Kleine!

Frank greift nach mir, das heißt, nach meinem Fleisch, meiner Haut. Dann hat er mich an einem Stück Stoff erwischt und zieht an mir, und ich schreie. Ich habe keine Lust auf seinen Speichel und seine Finger und seine kindliche, ungezähmte Gier. Ich bin noch viel zu aufgewühlt, *und du tauchst meine Gedanken in eine seltsame Farbe, wir sind noch nicht am Ende, Niklas, wir müssen weiterreden.* Frank schiebt seinen Arm zwischen meine Beine, als wäre alles dazwischen sein Eigentum, zumindest für diesen Moment, und ich drehe mich aus seiner Umklammerung. Da vorn irgendwo ist Max, wenn ich laut genug schreie, wird er mich hören.

Lass mich! Bitte lass mich.

Es macht mir Mühe zu sprechen. *Siehst du, wie viel Mühe mir alles bereitet, Niklas? Aber es ist nicht deine Schuld. Du bist nur ein Mann, und solange es Männer und Frauen gibt, kann es keine Liebe geben. Es lebe die Verwischung der Geschlechter! Bald werden sie ausgestorben sein, bald werden sie sich kaum mehr unterscheiden. Und wer weiß? Vielleicht gibt es einmal eine Welt, in der etwas Anderes, Neues ihren Platz einnehmen kann, etwas, weit weg von der Biologie …*

Frank lässt von mir ab und gleitet beleidigt ins Wasser.

Wenn du nicht reinkommst, geh ich rüber in den Fitnessraum.

*Es ist kompliziert, Niklas, viel komplizierter als wir dachten!*

Hast du gehört? Ich stemm ein paar Gewichte.
Geh doch! Hau ab!

Und dann passiert es. Warum muss es jetzt sein? Es passiert wieder. *Es ist immer dasselbe:* Plötzlich bin ich in diesem endlosen, dunklen Zimmer, das nur eine Ansammlung von Wänden ist und ein Fenster, vor dem ich sitze, aus dem meine Augen hinausstarren. Und draußen ist nichts, außer diesen Dingen, die mich anspringen, die sich entkleiden, sich vor mir entblößen, sich mir aufdrängen, diese Dinge hinter den Gegenständen, die sich aus den Gegenständen schälen, ihre Geschichtenhüllen abwerfen und dann nur noch Wahrheit und Schrift sind, nur noch Sprache und Nachricht, kalt und riesenhaft wie beschattete Gebirge … Ich spüre den grässlichen Wunsch in mir, das Fenster zu verrammeln und mich auf dem Boden auszustrecken, aber das Fenster lässt sich nicht zumachen. Schlimmer noch: Ich kann meine Augen nicht dazu bringen, sich abzuwenden oder zu schließen. Ich muss hinsehen, und ich muss verzweifeln, nicht daran, dass das da draußen existiert, sondern daran, dass ich es sehe.

Wie unglaublich gern hätte ich in meinem Leben wenigstens ein paar Dinge übersehen! Aber alles verweist auf etwas hinter sich und spricht mich an. Die Frau am Bahnhof, die eine Münze nach der anderen in den Kuscheltierautomaten stößt und den Greifer immer wieder verbissen in die Mitte dirigiert, wo er sich jedes Mal senkt, um in der Luft zuzuschnappen und unverrichteter Dinge zurückzuschnellen … Das tote Reh am Straßenrand, dem die halbe Welt beim Schlafen zusieht, während sein Blut von den Wagen in alle Richtungen breit gefahren wird … Die Brücken, die wie sinnlos verrenkte Gerippe in der Landschaft stehen, ohne Straßen, die sie verbinden, ohne Wege, die über sie hinweg- oder wenigstens unter ihnen hindurchführen ... Die Frau mit Kind, die auf ihren Mann wartet, der sich genau in dem Moment, als sie sich ihm entgegenbeugt, auf den Boden hockt, um sein Kind zu umarmen, sodass ihr Kuss in der Luft zerplatzt ...

Jedes dieser Bilder hallt in mir nach, jedes dieser Bilder wird Symbol, jede winzige Erfahrung Erkenntnis. Das, was wirklich geschehen ist, habe ich fast vollständig vergessen, keine Geschichte weiß ich noch, kein Erlebnis kann ich lange behalten, ich erinnere mich an nichts, nichts, nichts. Aber das, was dahinter lauerte, was sich vor meinen Augen als eine Schar von Wörtern entpuppte und zu einer starren Aufstellung formierte, wird immer und immer wieder scharf und lebendig wie in dem Moment, als ich es zum ersten Mal dachte. Es steht in meinem Kopf auf, in meinem Kopf, in dem nichts ist als ein Haufen Formulierungen, die humorlos auf und ab marschieren, und dann beginnt er zu sprechen, zu schnattern, zu murmeln ...

DIE LIEBE IST EINE MENSCHLICHE ERFINDUNG ZUR BESEELUNG DER NATUR, DIE GNADENLOS UND MITLEIDLOS IST, GEWISSENLOS UND OHNE HÖHEREN PLAN ALS DEN DER SELBSTERHALTUNG. *Das dachte ich, als ich die Briefe fand, Niklas, diese ekelhaften, gewöhnlichen Briefe.* Und nicht: Wie konnte er, dieses Schwein. Ich saß auf meinem Bett, sehr geordnet, *es war zwei Tage nach deinem Tod, zwei Tage, nachdem sie dich vom Baum gekratzt hatten,* und ich öffnete einen nach dem anderen und faltete sie sauber wieder zusammen. Ich dachte nicht: Es hat mich betrogen, das Arschloch. Ich dachte: SEXUALITÄT UND LIEBE GEHÖREN NICHT ZUEINANDER, WIE ALLGEMEIN ANGENOMMEN WIRD, SIE BEHINDERN

EINANDER VIELMEHR, UND IN EINER WELT, IN DER DIE HERRSCHAFT DER SEXUALITÄT WEIT GRÖSSER IST ALS DIE DES KAPITALISMUS ODER SONST IRGENDEINES SYSTEMS, KANN KEINE LIEBE EXISTIEREN. Und so weiter und so fort. *Und als ich fertig gelesen hatte und weinte und auch die Tage darauf nicht damit aufhören konnte, weinte ich nicht wegen dir und den Ausdrücken, die du benutzt hattest, und ich weinte nicht über sie. Ich weinte nicht um uns und unser Unglück, sondern um das der ganzen Welt! Ist das nicht idiotisch?* DER EINZIGE SINN DER LIEBE KANN ES SEIN, DIE HERRSCHAFT DER SEXUALITÄT ZU ÜBERWINDEN – BIS DAHIN SIND ZYNISMUS UND NIHILISMUS (UND FREIZÜGIGE IRONIE) DIE EINZIG ADÄQUATE REAKTION AUF DIE MACHT DER SEXUALITÄT. Oder dachte ich das gar nicht? Vielleicht ließ es sich von mir denken, es kam über mich oder in mich. So ist es immer. Ich muss mich nicht anstrengen, ich muss mich nicht erst für das Nachdenken über einen Gegenstand entscheiden: Ich sehe meine Gedanken, wie andere eine Wiese sehen, einen Tisch oder ein Haus. Sie sind wie Gebirge, was soll ich sagen? Sie sind grau oder braun, vielleicht haben sie nicht einmal eine Farbe, aber ich kann sie riechen und hören. Sie heben sich aus dem Boden, brechen ihn einfach auf, und da, wo gerade noch ein Mensch gewesen ist oder eine Straßenbahn, recken sie sich vor mir in die Luft und füllen den Raum, bis ich nichts mehr sehe außer ihnen. DER KÜNSTLER MUSS DAS GLÜCK MIT JEDER FASER WOLLEN UND MIT JEDER FASER DAGEGEN ANKÄMPFEN. Das kam in meinen Kopf, als ich die Briefe zusammenpackte. ER MUSS DAS GLÜCK WOLLEN UND ES BEZWEIFELN, ER MUSS DARAN GLAUBEN UND DARAN VERZWEIFELN, DASS ER ES NICHT HAT. UND ER MUSS SICH, WENIGSTENS IM GEHEIMEN, AUCH DARÜBER FREUEN, DASS ER

ES NICHT BESITZT, DENN WENN ER ES DOCH BESÄSSE, WÄRE ER ZU NICHTS MEHR ZU GEBRAUCHEN, UND ES WÄRE EINE SCHRECKLICHE VERSCHWENDUNG, DIE MENGE ALLER GEFÜHLE GEGEN DIESES LANGWEILIGSTE UND GLEICHBLEIBENDSTE UND ERSTICKENDSTE ALLER GEFÜHLE EINZUTAUSCHEN. Also hatte ich Grund, mich zu freuen! Ich konnte wieder Künstlerin sein! *Denn du warst tot, Niklas, und du warst ein Betrüger,* also durfte ich wieder fühlen! Denn ich hatte es nicht, das Glück, und ich hatte es nie gehabt! Und endlich musste ich nicht mehr glauben, die Welt bestünde aus solchen, die die Liebe besitzen, uns solchen, die sie nicht besitzen. *Es gibt sie nicht, Niklas, und* SIE ÄHNELT KEINER SACHE, DIE ES AUF DER WELT GIBT. Denn: SIE IST KEINE POTENZIERUNG EINES KLEINEREN, UNSPEKTAKULÄREREN GEFÜHLS, KEINE VERVIELFÄLTIGUNG PRAGMATISCHER ZUFRIEDENHEIT, SONDERN DAVON GRUNDVERSCHIEDEN. NIEMAND, DER SIE NICHT BESITZT, KANN DIE LIEBE DENKEN. DIE LIEBE KOMMT NICHT UND GEHT NICHT, SIE SCHWILLT NICHT AN UND NIMMT NICHT AB, SIE IST NICHT ERST DA UND DANN PLÖTZLICH WEG. Das ist das Schlimmste: Erst am Ende kann man sich sicher sein, dass sie es nicht gewesen ist. Weil sie nicht blieb. Also wusste ich: Es gibt sie nicht, die Liebe. Nicht hier, nicht jetzt. *Das wusste ich durch dich. Und war dir dankbar! Ich dachte, ich könnte jeden Gedanken, den ich vor dir gedacht hatte, wieder aufnehmen, jede Wahrheit, jede Meinung. Ich könnte in meinen alten Zynismus steigen wie in eine Hose, könnte mich wieder auf meine lächerlichen kleinen Tragödien konzentrieren. Ich hätte alles genau wie vorher machen können. Es wäre so einfach gewesen …* DIE LIEBE KOMMT NICHT UND GEHT NICHT, SIE SCHWILLT NICHT AN UND NIMMT NICHT AB, SIE IST NICHT ERST DA UND DANN

PLÖTZLICH WEG. Nur an die Liebe glauben und mich nach ihr sehnen konnte ich natürlich nicht mehr, denn ich wusste zu viel. Sie war es nicht gewesen, die Liebe – denn sie war nicht geblieben. Es gab sie nicht. Und so war auch kein Mitleid in mir, weder für mich noch für irgendwen sonst, denn so viel Mitleid, wie nötig gewesen wäre angesichts dieses Wissens, hätte ich nie empfinden können. ES GIBT SO UNENDLICH VIELE GESCHICHTEN, UND JEDE VON IHNEN HAT ANFANG, MITTE UND SCHLUSS. MAN KÖNNTE EIN HALBES LEBEN LANG LEBEN UND DIE ANDERE HÄLFTE DAMIT VERBRINGEN, DIE ERSTE ZU ERZÄHLEN. Also hat mein Gefühl kapituliert. So muss es sein. Kein Mitleid mehr, kein Sehnen, kein Verständnis, kein Glaube an ein Gutes, der doch immer nur ein Glaube an das Glück ist oder die Liebe. Dafür jede Menge Spott, Verachtung und Ekel. Aber wie soll man Kunst schaffen – ohne Mitleid mit der Welt?

Von diesem Tag an war ich für die Welt verloren und die Welt für mich. *Unsere Geschichte ist daran schuld, Niklas, nicht du. Denn es gibt keine Schuld in solchen Dingen, Niklas, es gibt keine Schuld.* ES GIBT UNGLÜCK, ABER ES GIBT KEINE SCHULD. Es war schön, eine Zeit lang zu denken, es gebe sie, die Liebe, es war ein schöner Irrtum! Und es war der letzte. Von nun an gab es nur noch die Ordnung dieser Gedanken, die in meinem Kopf herumstanden wie alte Möbel, und kein Licht und kein Wind hat sie jemals gestreift. Wenn man sie alle nebeneinanderstellt, ergeben sie nicht nur einen Sinn – sie ergeben eine zwingende Ordnung, die sich nicht leugnen lässt. Und kann man angesichts einer Ordnung überhaupt traurig sein? Über Geschichten kann man weinen, aber an Ordnungen ist nichts Tragisches. – Das dachte ich damals. Oder denke ich es jetzt? Oder ist dazwischen nicht einmal ein Unterschied? *Ich glaube, das ist es, Niklas. Das ist es vielleicht, was ich sagen will: Ich kann nicht mehr traurig sein. Dabei wünsche ich mir nichts sehnlicher, als ungestört ausschließlich über uns traurig zu sein. Weißt du die Antwort auf meine Fragen:* Warum muss ich so viel wissen? Warum hört das Sprechen in mir nicht auf? Seit wann ist das Innere der Dinge so aufdringlich? Die Erkenntnisse überfallen mich hinterrücks, wenn ich gerade dabei bin, ein kleines, menschliches Gefühl auszubrüten, irgendeine Art Mitgefühl. Schon weiß ich wieder, dass es keinen Sinn hat, weil nichts einen Sinn hat, dessen fernes Ziel das Eintreten in einen Zustand von Glück ist. Und dann sehe ich uns und denke: Armseliges Pack! Aber vielleicht liege ich ganz falsch, und alle um mich herum sind ausreichend zufrieden, weil sie sich längst arrangiert haben, weil sie das Große längst nicht mehr erwarten, weil sie kleine, ungefährliche Dinge träumen und ihnen die großen Namen einfach umhängen wie teuren Schmuck. Nur ich kann das nicht, und im selben Maße, wie mir die Welt entgleitet, entgleite ich ihr. Sehe ich mich unter den anderen, finde ich mich unerträglich, und ich begreife, warum man mich nicht mögen kann. Dabei wäre ich gern einer von ihnen. Warum kann ich nicht mit Überzeugung Sinnloses tun? Warum darf ich nicht wie jeder andere, bewaffnet mit Halbwahrheiten und Hoffnungen, im Dunkeln tappen und meine kleinen Träume begießen wie Primeln? Warum habe ich nicht das Recht, die Zusammenhänge zu übersehen, wie alle es tun, und jede Episode für sich zu betrachten, als eine tragische Geschichte, derer man mit ein bisschen Trauer habhaft werden kann, so dass man sie zu den anderen verlorenen Geschichten in seiner Erinnerung packen und beweinen und verklären darf? Das ist der Fehler in mir. *Es ist ein Fehler, Niklas.* Wenn ich wüsste, wo sie sitzen, diese Erkenntnisse, wo sie sitzen in mir, ich würde sie herausschneiden, selbst wenn ich danach so dumm wäre, dass ich meine Dummheit nicht zu schätzen wüsste. Bin ich zu empfindlich? Oder bin ich im Gegenteil ohne Gefühl? Ich bin nicht menschlich, weil ich nicht launisch bin, *ich habe keine Launen, Niklas,* keine außer dieser großen, grauen, dieser müden, traurigen, grauen, was soll ich damit anfangen? *Es ist ein Fehler, Niklas, ein Fehler in mir.*

Bekleidet ins Becken zu steigen, ist ein seltsames Gefühl. Die Kleider werden schwer und wollen zu Boden sinken, und jeder Zug, den ich schwimme, ist unendlich mühsam. Max ist verschwunden, auch die anderen sind verschwunden. Der Dunst liegt über dem Wasser, und es ist, als befände sich das Schwimmbecken mitten in den Wolken. Ich hätte keinen schöneren Ort für meine Gedanken wählen können. Und dann erscheint er, der Hotelangestellte. Er steht am Beckenrand, zwei weiße Handtücher über dem Unterarm, und lächelt mich an.

Brauchen Sie ein Handtuch?

Nein, danke.

Kein Handtuch?

Ich lächele jetzt auch.

Danke, wirklich nicht.

Der Junge hat milchweiße Haut und legt den Kopf zur Seite, als wollte er ihn auf der Schulter ablegen.

Das war ein aufregender Tag!, sagt er.

Ja.

Aber jetzt ist es an der Zeit, den Abend zu beenden.

Ja, das denke ich auch.
Ich lege Ihnen die Handtücher an den Rand. Gute Nacht.
Danke. Gute Nacht.

Es ist lange kein Abend mehr. Ich schwimme den schmalen Gang entlang, der in einen runden Raum mündet, dessen Wände oben mit der Erdoberfläche abschließen. Darüber erhebt sich eine Kuppel aus Glas, die schon orange und rosa glimmt. Ich halte mich am Rand fest und höre, wie das Wasser durch das Gitter unter meinen Fingern eingesaugt wird. Das erste Licht weckt meine Knochen auf und in ihnen das Ächzen der letzten Nacht. Ich lege den Kopf in den Nacken. Hinter den Farben kann ich den Himmel sehen, der heute weit oben schwebt wie ein vom Wind aufgewirbeltes hellblaues Betttuch. Ich bilde mir sogar ein, das Getuschel der Bäume im Garten zu hören. Mir ist warm, und ich bin nur ein ganz klein wenig traurig darüber, dass heute Morgen niemand sehen wird, wie schön ich bin, so wie ich immer schön war an Tagen nach dem Sturm, wenn mein Körper mühsam wiederauferstand, jedes Mal ein Stück langsamer und behäbiger, mit kränklichem Stolz, Milde und Verletzlichkeit.

## ZWEIUNDZWANZIG // FRANZISKA

Als ich auf die Fliesen knalle, ist Max gerade dabei, seine Lippen auf Claras zu drücken. Durch das Klatschen schreckt er hoch. Es ist sehr still, nur mein Sturz hallt nach. Max redet nicht sofort, sondern erst, als ich mich wieder aufgerappelt habe und bei ihnen bin.

– Gib mir das Handtuch da.

– Das Handtuch? Welches? Das?

– Irgendeins, scheiße, irgendeins!

– Hier!

Clara liegt auf dem Rücken, nass wie ein Schwamm, und Max kniet neben ihr und nimmt seine Hand von ihrem Kopf, als er merkt, dass ich sie anstarre. Jetzt reibt er mit dem Handtuch über ihren Körper, den Bauch und die Arme.

– Sie muss doch warm werden, flüstert er.

Es ist still, unser Atem ist laut, und wenn ich nicht wüsste, dass es schwül ist, würde ich sagen, es weht ein kühler Wind, wie nach Gewittern. Mir ist schlecht, und ich merke, dass ich weine. Max räuspert sich, fasst Clara vorsichtig an den Schultern und schüttelt sie ein paarmal ganz leicht, als wäre sie aus dünnem Glas. Ihr Kleid ist bis zu den Hüften hochgerutscht, und Max zieht es wieder glatt. Er streicht Clara die Haarsträhnen aus dem Gesicht und tupft ihre Stirn und die Wangen trocken. Dann lässt er den Kopf auf die Brust fallen und reibt sich mit Daumen und Zeigefinger die Augenlider. Er ist blass.

– Was soll ich machen? Sollen wir ihr was zu trinken …?

– Ich weiß nicht. Ich habe keine Ahnung. Ich weiß nicht.

Ich nehme eine von Claras Händen und streiche über die

Innenfläche. Meine Brust fühlt sich an wie aus Betonplatten, die sich nicht bewegen lassen, ich wünsche mir, jetzt an der frischen Luft zu sitzen und langsam zu atmen. Sind das Sekunden? Minuten? Eine ganze Stunde? Wir sind sehr allein, wir drei, so allein, wie man überhaupt nur sein kann, wie hoch oben auf einem Eisberg, wo es nichts gibt als die Geräusche, die du selbst machst. Ich weiß, es dauert nicht mehr lange. Gleich werden sie kommen und alles besser wissen und weiß Gott was mit Clara anstellen, um sie wieder hinzukriegen. Wir sind Idioten, denke ich, als ich Max ansehe. Ich lächele ihm zu, und er braucht eine kleine Zeit, dann lächelt er vorsichtig zurück.

Plötzlich ist da Lärm, hinter mir und an den Wänden, erst kommen ihre Stimmen bei uns an, dann merke ich, wie sie in meinem Rücken stehen mit ihrer Betretenheit und nicht wissen, wohin mit den Händen. Auch Georg ist dabei, ich höre ihn atmen, ich bin froh, dass für den Moment niemand etwas sagt.

Und dann geht es los. Georg löst sich aus der Gruppe, hockt sich neben Clara auf den Boden, nimmt ihren Unterarm in die Hand, als würde er sich auskennen mit so was, und fühlt ihren Puls. Er schlägt ihr ein paarmal mit der flachen Hand gegen die Wange, und Charlotte stöhnt leise. Frank kommt jetzt auch, hockt sich hinter Claras Kopf und schiebt Georg unwirsch zur Seite.

– Clara? Hey, Clara! Aufwachen. Was ist überhaupt los, he? Kann mir mal jemand sagen, was passiert ist?

Aber Max antwortet nicht, zieht nur die Mundwinkel herunter und steht auf. Seine Augen sind rot, und sein Hemd ist vorn ganz nass. Frank hebt Claras Oberkörper an, und ihr Kopf kippt nach hinten.

– Nicht so! Das ist gefährlich, sagt Georg. Du musst sie in die stabile Seitenlage …

– Ich scheiß auf deine Seitenlage. He, Clara! Wach auf!

– Georg hat recht, sage ich. Vielleicht hat sie Wasser verschluckt.

– Wenn sie jetzt erstickt?

Charlotte hält sich eine Hand vor den Mund und sucht Schutz bei Max, der wieder bei ihr ist. Sie weint leise wie ein gut erzogenes Kind, und ich halte immer noch Claras Hand und rede auf sie ein.

– Clara, bitte, komm zu dir! Clara, hörst du mich? Wenn du mich hörst … Und so weiter.

Unsere Stimmen kommen von allen Wänden zurück und fliegen uns um die Ohren. Frank knirscht mit den Zähnen und hält Clara fest wie eine Puppe.

– Warum musste sie unbedingt jetzt …

Und dann sehe ich, dass Claras Lider sich bewegen.

– Schsch, sage ich, seid leise, sie wacht auf.

– Sie kommt zu sich!

– He Clara, komm schon, du schaffst es!

– Seid still.

Hinter mir stehen Max und Charlotte, rechts von Clara Georg, ganz vorn Frank, und alle blinzeln sie und haben etwas Irres an sich. Irgendwie habe ich plötzlich das Gefühl, dass, wie wir uns jetzt in dem Moment verhalten, eine Menge über uns aussagt, und mir wird ganz schlecht bei dem Gedanken. Dann öffnet Clara die Augen, erst einen Spalt breit, dann bis zur Hälfte. Ihr Gesicht verzieht sich, und ich wische ihr eine Träne aus dem Augenwinkel, bevor die anderen sie bemerken. Dann lässt Clara die Augen wieder zufallen und den Kopf zur Seite kippen.

– Lasst mich kurz mit ihr allein, sage ich, bitte.

Niemand protestiert lange. Frank ist als Erster aufgestanden, er zuckt mit den Schultern, Max schiebt Charlotte über die Fliesen, und Georg sieht mich prüfend an und erwidert mein Nicken, dann geht er auch, widerwillig, aber dankbar. Ich warte, bis der letzte Schritt verklungen ist, dann bette ich Claras Hinterkopf auf eines der Handtücher. Jetzt hört man nur noch das Grunzen vom Schwimmbeckenrand, wo Wasser eingesaugt wird, und sehr leise aus der Schwimmhalle das Blubbern des Whirlpools. Irgendwo sind Lüftungen oder Ventilatoren an, und hinten bei den Umkleidekabinen und dem Fitnessraum klappt eine Tür. Ich habe überhaupt nicht bemerkt, wie es Morgen geworden ist, und jetzt schaue ich an die Decke, wo das Glas funkelt, als wäre es aus Granat, und der Himmel schon blitzblau ist. Die gefliesten Wände werfen das Licht noch schöner zurück, es wird vor unseren Füßen zu Gold.

– Hallo, Clara. Die anderen sind jetzt weg.

Clara hält die Augen geschlossen, aber ihr Gesicht entspannt sich. Die Mundwinkel fallen herunter, und die Stirn wird glatt. Kurz bevor eine Träne in ihrem Augenwinkel auftaucht, zittern Lippen und Nase immer, als wäre es eine große Anstrengung, so eine Träne zu erzeugen.

– Hast du gesehen, dass es hell ist? Schau mal. Ich hatte es noch gar nicht bemerkt. Die Sonne geht auf. Es muss schon fast Morgen sein.

Ich spreche leise, weil ich weiß, dass man das so machen muss, und ich weiß noch mehr, viel mehr, weil du solche Sachen nicht einfach vergisst in vier Jahren. Claras Hand ist verschwitzt und kalt, als hätte sie in einem Kühlschrank gelegen, und ich schäme mich, weil ich mich irgendwie an einen Traum erinnert fühle, in dem jemand Totes vor mir liegt und ich genau weiß: Wenn ich ihn berühre, sterbe ich auch.

– Clara? Versuch, die Augen aufzumachen. Versuchst du's?

Clara bewegt sich nicht, nur in ihrem Gesicht zuckt manchmal ein Muskel, und die Oberlippe schiebt sich über die Zähne und zittert. Es ist komisch, sie so genau anzusehen, denn eigentlich siehst du Menschen, die du so lange kennst, nie so genau an. Es ist dasselbe, wie wenn du den Namen von jemandem, den du schon eine Ewigkeit kennst, einmal ohne Grund vor dich hinmurmelst und er plötzlich ganz anders klingt, kindisch zum Beispiel oder spießig. Warum jetzt?, denke ich, warum musst du jetzt solche blödsinnigen Sachen denken? Vielleicht liegt es an Clara. Wie sie so neben mir liegt, tritt sie irgendwas in mir los, und mir fallen ein Haufen Dinge ein, die ich von allein nie denken würde, ein bisschen ist es so, als würde sie auf mich abfärben.

Jetzt heben sich ihre Lider, sehr langsam, wie eine schwere Jalousie. Clara sieht sich im Raum um, ihre Blicke werden immer schneller, fliegen hin und her, und sie schließt die Augen wieder. Dann zieht sich ihre Oberlippe über die Zähne, und sie fängt an zu weinen, hoch und kläglich, wie ein paar Katzen. Ich sage »Hey« oder so was, weil mir nichts Besseres einfällt, denn was sollst du auch sagen in so einem Fall, und streiche Clara mit der Hand über ihre Haare, die in alle Richtungen verstreut auf den Fliesen liegen. Ihre Stirn ist heiß, ich wette, sie bekommt Fieber, aber das ist jetzt egal, genauso egal wie die Hochzeit zum Beispiel, der Streit vorhin und überhaupt alle Streits zwischen uns.

– Du kannst ruhig weinen, sage ich, es ist niemand hier, nur du und ich.

Ich weiß nicht, ob Clara mich hört, vielleicht hört sie auch nichts, oder etwas aus ihrem Inneren, das überhaupt niemand hören kann außer ihr selbst. Ich streiche ihr über die Arme, da stellen sich ihre Haare auf, jedes einzeln, und ich ziehe meine Hand zurück. Als ich Clara ins Gesicht sehe, hat sie die Augen offen, wie lange schon, kann ich nicht sagen. Vielleicht hat sie mich beobachtet? Sie schaut mich einfach an, und wie sie mich so anschaut, hat sie nichts von Clara an sich. Sie fährt sich mit der Zunge über die Lippen.

– Ich habe es nicht geschafft?

Fragt sie, und hinter den Tränen sind ihre Augen ganz verwischt, als könnte das viele Wasser die Farbe auflösen. Sie hebt den Kopf ein bisschen, so dass sich ihr Hals in Falten legt, und ich würde ihr am liebsten sagen, dass sie scheußlich aussieht und sich nicht so gehen lassen soll. Sie schließt die Augen, und ein paar Tränen laufen über ihre Schläfen auf den Fliesenboden. Dann lässt sie den Kopf aufs Handtuch zurückfallen, und in dem Moment weiß ich ganz genau, dass sie ihren Kopf genauso fallen gelassen hätte, wenn da kein Handtuch gewesen wäre, und bei dem Gedanken wird mir schwindelig.

– Clara, du musst jetzt wach bleiben.

Meine Stimme klingt fest und sicher, also bin ich das wohl auch.

– Nicht einschlafen, hörst du? Ich bin ja da. Wenn du mit mir reden willst … Wir sind jetzt ganz für uns.

Aber Clara dreht ihren Kopf zur Seite, zum Wasser hin, das sich leicht bewegt. Ich streiche über ihre Knie und Unterschenkel, weil die am nächsten sind, und dann lasse ich es wieder sein. Es kommt mir idiotisch vor.

– Ist dir schwindelig? Wenn du willst, rufe ich einen Arzt.

Ganz langsam schüttelt Clara den Kopf und dreht ihn wieder zur Mitte, sie schlägt sogar die Augen auf. Wie hält sie das aus? Sie muss direkt in die Sonne gucken.

– Wirklich nicht? Normalerweise ruft man bei solchen Angelegenheiten immer einen Arzt.

Plötzlich lächelt Clara, und ich erschrecke.

– Aber Max war doch sofort da, sagt sie. Max war doch viel zu früh da.

Sie beobachtet mich gründlich, dann sagt sie:

– Jetzt habe ich dein Fest kaputt gemacht.

– Oh nein. Nein.

– Doch, ich habe dein Fest zerstört.

Ich atme tief ein und aus. Claras aufmerksame Augen ruhen auf einem Punkt zwischen meinen Brauen.

– Und selbst wenn, sage ich leise. Als ich nach unten schauen will, lässt Claras Blick meinen einfach nicht los. Am liebsten würde ich den Satz noch einmal aussprechen, so gut fühlt es sich an. Als würde ich den Namen eines leckeren Essens aussprechen. Irgendetwas in mir ist sehr leicht geworden, fast heiter.

– Und wenn schon!, sage ich lauter.

Ja, was, wenn? Ungeheuerlich, sich so was vorzustellen …

– Ich mache dir keinen Vorwurf, weißt du …

Clara löst ihren Blick von meinem Gesicht, zieht ihn mühsam ab, als wäre er ein Saugnapf, und entspannt sich wieder. Dann zieht sie ihre Beine an und stellt sie angewinkelt auf die Fliesen. Ich rutsche ein Stück vor, bis zu Claras Brust, und setze mich neben sie auf den Boden. Als ich an mir heruntersehe, entdecke ich die beiden blauen Flecken an den Schienbeinen, vom Sturz vorhin. Keine Ahnung, wie ich darauf komme, aber mir fällt ein, dass ich unter normalen Umständen jetzt denken würde: Gut, dass man bei meinem Brautkleid die Beine nicht sieht. Aber ich denke es nicht wirklich, ich denke nur, dass ich es denken könnte.

– Clara?

Clara hebt den Kopf ein Stück und sieht mich von unten herauf an, sehr ruhig und konzentriert.

– Ich hatte Angst.

Da lächelt Clara. Nicht hämisch, auch nicht ironisch, sondern ungefähr so, wie Menschen, die sich über die Straße hinweg zuwinken, einander anlächeln. Sie sagt auch nicht: Ich auch, oder: Ich nicht, und deswegen bin ich mir sicher, dass keine Schauspielerei dabei ist. Ich beuge mich hinunter und gebe ihr einen Kuss auf die Stirn, was mir kurz darauf falsch vorkommt. Aber ich habe nicht lange Zeit für dieses Gefühl, denn jetzt stützt Clara sich auf ihre Ellbogen und hebt den Oberkörper an. Das nasse Kleid klebt an ihrem Körper und zeichnet jeden ihrer Muskeln und die Brustwarzen nach. Sie blickt sich vorsichtig um, wie jemand, der das erste Mal eine neue Wohnung betritt, mit Neugier und trotzdem befremdet, und dann lässt sie sich zurücksinken. Wenigstens weint sie nicht mehr. Aber es würde mir auch nichts ausmachen, wenn sie weinte.

– Soll ich wieder für eine Weile zu dir ziehen?

Clara schaut mich an und wendet sich langsam ab.

– Du würdest das machen, ich weiß.

– Ich habe auch damals niemandem ein Wort gesagt.

– Ich weiß.

– Auch wenn wir streiten. Du musst wissen, ich würde das nie im Leben ausnutzen.

– Ich weiß.

– Ich war damals einfach zufällig da …

– Du musst nicht darüber reden.

Es kommt zurück in mein Gedächtnis, aber nur mühsam, wie etwas, das man sehr gründlich eingepackt und vergraben hat, so gründlich, dass man tatsächlich nie daran denkt, nicht einmal, wenn man von der Zeit redet, in der es sich ereignet hat. Nur eben jetzt, wo wir allein sind, kommt es zögerlich wieder, und das Seltsame ist, dass ich nur schöne Erinnerungen an diese Wochen nach der Beerdigung habe, keine einzige schlechte. Ich erinnere mich zum Beispiel daran, dass ich nach einem Kochbuch gekocht habe, und sogar gesungen habe ich in der Küche, obwohl das mindestens so unwahrscheinlich ist wie die Erinnerung, oder besser: die Nichterinnerung an ein Gespräch über Niklas. Wir haben tatsächlich nie über ihn geredet. Selbst als Clara mir einen der Briefe zeigte, machte sie mir unmissverständlich klar, dass sie überzeugt sei, ich würde nichts davon verstehen, und dass sie das nicht schlimm finde. Im Gegenteil.

– Ich würde gern wieder bei dir wohnen, sage ich.

Klar könnte ich auch sagen: Es würde mir nichts ausmachen, wieder auf dich aufzupassen. Aber wozu? Nichts kommt mir unsinniger vor als jetzt zu lügen oder auch nur zu untertreiben.

Clara lächelt und schließt die Augen. Ihre Lider bewegen sich wie bei einem Traum, dabei schläft sie nicht, und als sie ihre Augen wieder öffnet, sieht sie mich gerade an. Ich weiß, dass sie nichts sagen wird, aber das ist auch nicht wichtig. Wenn ich ihren Kopf auf meinen Schoß nehmen würde, würde sie mich wahrscheinlich sanft wegstoßen, aber ich nehme ihren Kopf trotzdem auf meinen Schoß, und als sie versucht, mich sanft wegzustoßen, halte ich dagegen und streiche ihr übers Haar. Ich höre das Wasser plätschern und spüre, wie ich zu schwitzen anfange, mit der ganzen schwülen Luft um mich herum, aber es stört mich nicht. Ich denke fast nichts, was selten vorkommt, und nur langsame Sätze, die ich innerlich wiederhole, bis ich davon schläfrig werde, auf diese wohlige Art schläfrig, bei der die Umrisse der Gegenstände sich vor deinem Auge auflösen. Lange passiert nichts, und mein Atem geht ganz ruhig, auch Clara liegt still auf meinen Oberschenkeln. Und dann laufen über uns Kinder herum, nur ein paar Schritte vom Glasdach entfernt. Ein Mädchen schreit: Hände hoch oder Hosen runter!, dann verdichten sich die Schritte, und es folgt ein Ächzen und Würgen und noch einmal schnelle Schritte, ehe es wieder still wird. Diese verfluchten, schamlosen, verdorbenen Gören!, denke ich, und: Bitte nicht schon wieder. Aber in mir ist Wut zurückgeblieben und eine komische Erregung. Wo ist es bloß, das Loch, aus dem diese widerlichen Gedanken hervorkriechen? Nur ein winziger Anlass, und sie sind da, und kaum wirst du panisch und versuchst sie zu unterdrücken, bauen sie sich erst recht vor dir auf. Und plötzlich siehst du die Welt wie ein Mann, oder wie du glaubst, dass ein Mann sie sieht: Sie ist voller Angebote, Verführungen, Geilheiten, Reize, als wäre alles nur dazu da, dich in Unruhe zu stürzen. Sogar vor dem Spiegel kannst du nicht mehr stehen, ohne von deinem eigenen Busen irritiert zu sein. Sosehr du dich auch abzulenken versuchst: Diese ekligen Bilder sind überall in dir, sie erobern deine Tagträume, deine Berührungen, einfach alles, und du kannst nur noch denken: Die Welt ist nichts als Sex und Vorbereitung darauf.

Und da ist Georg, der das alles so sehen muss, wie ich es jetzt sehe, der jede Minute voll sein muss mit schmuddeligen Vorstellungen und Gelüsten – oder ist Georg am Ende nur eine Ausrede? Vielleicht bin ich gar nicht eifersüchtig, vielleicht geht es hier gar nicht um Georg, sondern um mich, und es ist in mir, ich verderbe langsam aber sicher, verfaule von innen. Andauernd habe ich diese Bilder im Kopf, und zwar solche, bei denen man nur von Porno sprechen kann. Zum Beispiel sehe ich mir im Internet Dessousseiten an und werde feucht, oder ich stelle mir einen Kerl vor, wie er sich einen runterholt, auf irgendein rhythmisch schaukelndes Weib in einem Musikclip, das nur einen winzigen BH über seinen riesigen Titten trägt, oder ich stelle mir Männer in einem Pornokino vor, wie sie sich alle gleichzeitig einen abwichsen, und das Schlimmste ist, dass es mich anmacht. Aber vielleicht sind am Ende alle so, vielleicht haben alle die gleichen Fantasien, nur redet keiner darüber, so dass niemand vom anderen weiß. Das wäre eine einzige riesige Schweinerei. Aber das Schlimmste ist, dass Männer und Frauen so unterschiedlich sind, dass es überhaupt keine Möglichkeit gibt, zusammenzukommen. Auf der einen Seite die Männer mit ihrem unbewussten Trieb, auf der anderen Seite die Frauen, die diesen Trieb überwachen und beherrschen. Auf der einen Seite Männer, die immerzu glotzen müssen, auf der anderen Seite Frauen, die dieses Glotzen von den Männern anerzogen bekommen, dabei sind sie von Natur aus dafür gar nicht gemacht, und wenn sie nicht auch alle schon den männlichen Blick hätten, würden sie sich eingestehen, dass ihnen der Geruch wichtiger ist als ein knackiger Hintern. Männer dagegen müssen glotzen, denn das macht sie heiß, und im Gegensatz zu Frauen haben sie ja einen Schwanz, der erst noch wachsen muss. Auch so eine verdammte Ungerechtigkeit! Aber letztendlich hat die Frau den Mann in der Hand, denn sie hat die Waffen, und dagegen hat der Mann keine Chance, er kann nur reagieren. Das hat die Natur sich toll ausgedacht! So hat die Frau nie im Leben ihre Ruhe! Erst muss sie den Mann erobern, dann muss sie dafür sorgen, dass er immer genug Sex kriegt, damit er sich den nicht woanders holt, und dann muss sie den Mann mit allen Mitteln halten, muss sich mit Cremes beschmieren und die Brust vergrößern lassen, Reizwäsche kaufen, joggen gehen, sich die Haare färben, enge Jeans tragen und was weiß ich nicht alles. Schließlich heißt es: mithalten, mithalten, mithalten, denn solange dir noch jemand hinterherpfeift, hast du noch eine Chance, aber am Ende wird dir trotzdem nichts davon nützen, und auch Georg wird von fremden Frauen träumen, die immer zwanzig bleiben, egal, wie alt er ist. Und Solidarität gibt es schon gar nicht. Nicht einmal Georg, der hässlichste unter allen meinen Männern, wird verschont! An den Kassen der Supermärkte stehen sie, die anderen Frauen, und wollen nur seinen Blick, damit sie sagen können: Dein Mann hat mich angeschaut, Baby, so gut kann es zwischen euch nicht laufen. Aber irgendwann, wenn sie selber jemanden haben, auf den sie aufpassen müssen, werde ich es genauso machen: Ich werde mich direkt vor ihren Männern im Supermarkt bücken, um eine Dose aus dem Regal zu angeln, ich werde im Schwimmbad zwischen den Startblöcken posieren und wie beiläufig an meinem Höschen herumzupfen, ich werde ihren Männern in der Stadt Blicke stehlen, wenn sie gerade arglos vor sich hinlächeln, ich werde meine Haare werfen und meine Brüste hochschnallen und es ihnen heimzahlen!

Nein. Ich werde einfach ein Kind kriegen und Georg wird einfach bei mir bleiben, aus Vernunft oder Verantwortungsbewusstsein oder aus welchem Grund auch immer, und er wird beim Sex an eine andere denken, oder an einen zusammengeschusterten Haufen aus Beinen, Brüsten und Ärschen, und ich werde mich damit abfinden wie jede normale Frau, ich werde mich damit abfinden und Freundinnen haben, die sich ebenfalls abgefunden haben …

– Clara?

Clara schlägt die Augen auf.

– Ich heirate Georg nur, damit die Kasse uns den Zuschuss für die künstliche Befruchtung gibt. Das wollte ich dir nur sagen. Damit du's weißt.

Clara mustert mich gründlich, dann lächelt sie. Wie kann sie bloß lächeln?, denke ich, es geht hier um haarsträubende Sachen! Kurz zieht sich ihre Stirn zusammen und glättet sich wieder.

– Du wirst die Hochzeit doch nicht absagen?

Ich erschrecke nicht über ihre Frage, und das sieht Clara. Jetzt weiß sie, dass ich mit dem Gedanken gespielt habe. Sie lächelt wieder auf diese dünne, irgendwie durchscheinende Art, was mich rasend macht. Irgendwas muss sie doch schockieren!, denke ich.

– Niemand würde das erwarten. Ich meine, niemand! Alle denken, es könnte eine Bombe einschlagen und wir würden trotzdem heiraten.

– Ist das so?

– Alle denken, was wir uns vorgenommen haben, ziehen wir auch durch. Allein wegen des Geldes, der Organisation, der Peinlichkeit, die mit einer Absage verbunden wäre … Natürlich könnten wir dich vorschieben …

Clara fährt sich mit der Zunge über die Lippen, und ich merke erst jetzt, wie blau sie sind.

– Du brauchst eine Decke, sage ich.

– Gib mir das andere Handtuch da.

– Aber du brauchst eine Decke. Deine Lippen sind blau.

– Was wolltest du sagen? Über die Hochzeit?

Ich zögere. Nicht, weil ich nicht darüber sprechen will, sondern weil Claras Lippen blau sind und sie sich noch nie für solche Sachen interessiert hat. Sollst du weiterreden?, frage ich mich. Denkst du das überhaupt, was du da redest?

– Ich kann es nicht richtig ausdrücken, aber heute Abend habe ich über so vieles nachgedacht. Es kommt mir bekloppt vor, das jetzt zu sagen, aber ich habe wirklich Gedanken gehabt, die mir noch nie vorher gekommen sind ... Zum Beispiel ist mir klar geworden, wie armselig dieses ganze Erwachsensein eigentlich ist. Ich meine: Man schafft sich Hobbys an, man teilt die Tätigkeiten in sinnvolle und weniger sinnvolle ein und gibt sich selbst Punkte, und am Abend sagt man sich dann: Da hast du heute aber viel geschafft!, oder: Du hast ja heute gar nichts getan!, und wenn früher wenigstens noch die Zukunft für alles herhalten konnte und man selbst immer noch sagen durfte: Du machst das ja, damit es dir dann und dann besser geht!, gibt es heute keine Ausrede mehr, denn man ist ja schon in der Mitte angekommen, im Beruf und sonst wo, man ist ja da, wo man sein wollte oder zumindest da, von wo man erst mal nicht mehr wegkommt. Ich rede wirres Zeug, glaube ich.

– Überhaupt nicht.

Clara mustert mich aufmerksam. Was erzählst du da?, denke ich. Wieso hast du das Gefühl, dich um Kopf und Kragen zu reden?

– Und dann habe ich das Gefühl, alles ist willkürlich, viel willkürlicher, als ich dachte. Ich meine, okay, niemand glaubt heute mehr an die einzig wahre Liebe, wir sind ja alle aufgeklärt, und die Liebe hat tausend Gesichter und kann hier und da und immer wieder auftreten … Aber zum Beispiel: Warum Georg? Warum kein anderer? Vielleicht ist der Grund meiner Entscheidung überhaupt nicht so bewusst, wie ich mir einbilde. Vielleicht ist es in Wirklichkeit so, dass du einfach durch die Welt läufst, bis dir die Kraft ausgeht, und irgendwann hast du einfach keine Lust mehr auf einen Neuanfang, keine Kraft mehr, dich noch mal und noch mal zu verändern und für jemand anderen wieder jemand anders zu werden. Und dann bleibst du halt, wo du bist oder bei wem du bist. Das meine ich damit.

Ich sehe zu Clara, und Claras Gesicht sieht aus, als würde sie sich mit dem, was ich gesagt habe, noch nicht zufrieden geben.

– Du hast das irgendwann mal zu mir gesagt, diesen Satz: Das Leben ist ein Hangeln von Großereignis zu Großereignis. Und ich habe mir das wirklich oft durch den Kopf gehen lassen. Du hast absolut recht, verstehst du? Ich muss dünn bleiben bis zu dem und dem Geburtstag, ich muss mit der Arbeit nur noch durchhalten bis zu der und der Party … Man schiebt sich bloß so durch die Zeit, bis wieder etwas Großes kommt, und danach fällt man ins Leere, bis sich wieder ein Termin auftut, auf den man hinarbeiten kann. Manchmal im Sommer geht es vielleicht noch so, da kann man so vor sich hinleben, das ist irgendwie ein Sonderfall, aber sonst … Ich meine: Vielleicht heirate ich ja nur deswegen. Das klingt jetzt so effekthascherisch, tut mir leid, aber ich denke, du verstehst, was ich meine. Vielleicht heirate ich Georg, weil ich einen Grund zum Leben brauche …

Clara schließt die Augen.

– Es tut mir leid. Du liegst da, und ich labere dich voll mit diesem …

– Überhaupt nicht.

Jetzt lächelt Clara wieder. Warum tut sie das? Liegt da und lächelt, als könnte sie das Innere der Welt sehen. Warum belehrt sie dich nicht?, frage ich mich. Und wäre dir das wirklich lieber? Was redest du da überhaupt, verdammt? Clara hat versucht, sich …

– Willst du, dass ich dazu etwas sage? Ich?

– Nein, oh Gott, es tut mir leid …

– Ich kann dir nichts dazu sagen, sagt Clara langsam. Ich kann dir überhaupt nichts dazu sagen, was dich nicht unglücklich machen würde, Franziska. Es würde auch gar nichts nützen.

Sie lächelt mich dabei unverwandt an, fast liebevoll, und erlöst wie ein Geist, wenn man das so sagen kann. Ja, wirklich, erlöst. Und dann sagt sie:

– Du musst dich nicht so anstrengen. Streng dich einfach nicht so an.

Ich habe keine Ahnung, was sie meint, und in ihren Augen sehe ich, dass sie auch gar nicht damit rechnet, dass ich eine Ahnung habe, und dass sie sich dafür entschieden hat, die Sachen, die ich nicht verstehe, trotzdem auszusprechen. Das macht mich stolz, oder es rührt mich, ich weiß es nicht genau, jedenfalls kommt es mir entscheidend vor. Und dann ist es, als würden alle Gedanken in meinem Kopf wie ein Haufen aufgescheuchter Herbstblätter wieder auf den Boden fallen und einen übersichtlichen Haufen bilden, zwar einen Haufen, aber immerhin einen übersichtlichen. Ich denke noch: Was ist das für eine unwahrscheinliche Nacht!, ich denke noch: Jetzt ist alles ausgesprochen, jetzt kann geheiratet werden, komme, was wolle!, ich denke noch: Du musst mitschreiben! Du wirst alles vergessen! Nur, was du aufgeschrieben hast, ist wirklich geschehen!, aber dann legen auch diese Gedanken sich zu den anderen und sehen aus der Ferne nicht anders aus als der Rest. Du bist ganz ruhig, denke ich, alles ist gut, und: Clara braucht dich.

Dann klingelt es auf einmal. Wir fahren zusammen, beide fahren wir zusammen, und ich habe keine Ahnung, woher das Geräusch kommt, als Clara auf ein an der Wand angebrachtes Notfalltelefon zeigt, ganz hinten, zwischen zwei riesigen Palmen. Erst bleibe ich sitzen, weil ich mir nicht vorstellen kann, dass das wirklich für einen von uns gedacht ist, aber als es einfach immer weiter klingelt, hebe ich Claras Kopf vorsichtig aus meinem Schoß und laufe über die Fliesen. Ich merke, dass meine Beine eingeschlafen sind, und Claras Kopf hat auf meinem Schoß einen nassen Fleck hinterlassen, so groß wie eine Melone. Ich nehme den Hörer ab.

– Ja, bitte?

– Wer ist denn da?

– Warum? Wer ist denn da, bitte schön? Sie haben doch angerufen.

Es klingt nach einem von diesen Hoteljungs. Dass die dich auch immer stören müssen, denke ich noch, da sagt er schon:

– Sind Sie bei der Patientin?

– Welcher Patientin?

– Soweit ich informiert wurde, gab es im Schwimmbad einen Fall von Suizidversuch.

– Hören Sie mal, das ist völlig übertrieben.

– Mir wurde das aber so berichtet, es tut mir leid.

– Das ist mir egal, was die Ihnen da …

– Aus diesem Grunde sah ich mich veranlasst, inzwischen den Rettungsnotdienst zu informieren.

– Was haben Sie?

– Entschuldigen Sie, Frau …

– Was haben Sie? Aber das ist absolut überflüssig! Clara geht es ganz normal, es ist wirklich rein gar nichts passiert, es geht ihr blendend!

– Ich habe damit ja auch nur …

– Dann bestellen Sie ihn wieder ab!

– Das geht nicht, entschuldigen Sie, der Wagen ist bereits unterwegs.

– Dann sagen Sie denen, das hat sich inzwischen geklärt. Wir brauchen keine Hilfe. Die können doch Clara nicht einfach mitnehmen! Gegen ihren Willen! Das geht wirklich nicht. Also, ich kümmere mich um sie. Sagen Sie denen, wir brauchen sie nicht mehr. Ist mir egal, wie Sie denen das klarmachen, notfalls zahle ich das auch, ist mir völlig egal.

– Aber …

– Sagen Sie denen ab! Und lassen Sie uns in Ruhe!

Ich hänge den Hörer ein und atme aus. Clara am Beckenrand stützt sich auf die Ellbogen und sieht zu mir herüber. Ihre Augen sind rot und weit offen. Ich habe keine Ahnung, wie ich darauf komme, aber plötzlich strecke ich den Arm vor und zeige Daumen hoch. Und Clara, auf der anderen Seite des Pools, schließt die Augen, lässt den Kopf in den Nacken fallen, hebt ihn wieder und gibt mir das Zeichen zurück.

## DREIUNDZWANZIG // MAX

Frank macht eine Rolle im Wasser, so dass sein Rücken kurz durch die Oberfläche bricht, dann stößt er sich mit den Beinen ab. Er braucht ein paar Sekunden, bis er zur anderen Seite gekrault ist, wo er umdreht. Das macht er seit einer halben Stunde. Lotte sitzt in ihrem halbnassen blauen Blümchenkleid neben dem Whirlpool und klappert mit den Zähnen, sie hat die Beine angezogen und sieht manchmal zu mir herunter, mit feindseligen, roten Augen. Georg ist noch vollständig bekleidet. Er läuft zwischen den Pools und den Pflanzen herum, die Daumen in den Hosenbund geschoben. Nur ab und zu zieht er sie heraus und berührt ein Blatt an einem der Bäume oder klopft auf die Fliesen an der Wand oder reibt sich über eine Stelle an seinem Hemd. Ich drehe die Flasche Heineken in meiner Hand und lese, was das Bier für Preise gewonnen hat. Ich denke in etwa: »Heineken ist ein schlechtes Bier«, und im selben Moment: »Heineken ist besser als Budweiser.« Ich habe das Gefühl, ich bekomme Fieber.

»Du bist schrecklich«, sagt Lotte durch die Zähne.

»Klar«, denke ich, »jetzt bin ich wieder schrecklich.«

»Clara wäre beinahe gestorben, und du trinkst Bier.«

Ich verstehe den Satz nicht. Wenn Lotte in diesem Zustand ist, hat es sowieso keinen Sinn, mit ihr zu reden und zu hoffen, man könnte damit irgendwas erreichen. Man kann dann nur über unwichtige Dinge mit ihr sprechen.

»Immerhin habe ich Clara gerettet«, sage ich.

»Das hätte jeder gemacht«, sagt Lotte abfällig, und ich

habe keine Ahnung, was dieser Satz jetzt wieder zu bedeuten hat.

»Franziska kümmert sich doch um sie.«

»Franziska! Franziska! Findest du Franziska schön?«

»Franziska? Wieso?«

»Einfach so. Findest du sie schön? Du findest sie sicher wunderschön.«

»Wunderschön nicht.«

»Aber attraktiv.«

»Na ja, hässlich ist sie nicht.«

»Du findest sie also schön.«

»Das habe ich nicht gesagt.«

Lotte zieht ihre Lippen zwischen die Zähne und wippt vor und zurück, die Arme über den Knien verschränkt, wie diese betenden Mönche, wobei ich nie verstanden habe, wozu das Vor und Zurück beim Beten eigentlich gut ist, ob die Wünsche dann schneller in Erfüllung gehen oder ob das eine Art Trance erzeugen soll. Ich setze die Flasche an die Lippen und trinke den letzten Schluck Schaum. Dann schlage ich am Beckenrand die neue Flasche auf, der Deckel fällt in den Whirlpool und sinkt langsam zum Grund. Georg hat mir vier Flaschen hingestellt. Das muss man ihm lassen, er ist ein guter Gastgeber. Jeder von uns hat vier Flaschen. Nur Lotte rührt nichts an. Sie seufzt. Frank erreicht das linke Ende der Bahn, stemmt sich auf die Arme und springt auf den Rand. Er baut sich auf wie ein Riese, und seine Rücken- und Schultermuskeln sind geschwollen. Dann bückt er sich, um eine Flasche vom Boden zu angeln, und sie sieht klein aus zwischen seinem Zeige- und Mittelfinger, wie eine missratene Miniatur.

»Wenn du sie schön findest, wie kannst du dann sagen, dass ich die schönste Frau auf der Welt bin? Du weißt genauso gut wie ich, dass es viel schönere Frauen gibt.«

Ich seufze und setze das Bier ab. »Warum kann sie nicht einmal im Leben etwas einfach so stehen lassen«, denke ich. »Sie weiß doch, dass sie mich mit diesen Diskussionen jagen kann.« Lotte kneift die Augen zusammen und guckt mich an, als wäre ich ein gefährlicher Pilz.

»Es gibt auch schönere Männer«, sage ich.

»Für mich nicht. Für mich bist du wirklich der schönste.«

»Du für mich auch, siehst du? Das ist doch dasselbe.«

»Nein, ist es nicht. Du hast den subjektiven und den objektiven Blick. Auf der einen Seite versuchst du dir einzubilden, dass ich für dich die Schönste bin, weil du weißt, dass das so sein muss, wenn du mich liebst. Aber dein objektiver Blick sagt dir, dass es tausend schönere Frauen gibt.«

»Subjektiv, objektiv … Du musst das nicht alles auf die Goldwaage legen.«

»Hast du mit ihr … mit deiner Frau auch solche Diskussionen geführt?«

»Nein, wie kommst du darauf? Sandra war nicht so.«

»Nicht so was? Nicht so anstrengend?«

»Mit Sandra habe ich nie über so was gestritten.«

»Ach, wir streiten. Ja, stimmt, wir streiten. Weil ich so fürchterlich anstrengend bin, und so schrecklich eifersüchtig.«

»Genau.«

Ich bin müde. Mir geht es gut, und ich bin müde. Ich überlege, ob das ungerecht ist, dass es mir gut geht, wo es Lotte doch gerade nicht gut geht, aber ich überlege nicht fieberhaft, sondern nur so, wie ich mir überlege, welches Hemd in welcher Farbe ich morgen tragen könnte. Wahrscheinlich ist das auch ungerecht. Aber ich bin in einer seltsamen Stimmung, und mir ist alles egal, als wäre es für etwas zu spät. Es ist die gleiche Melancholie, die man fühlt, wenn man einen Zug verpasst hat und weiß, dass man zu spät kommen wird, viel zu spät, nicht nur zehn Minuten, sondern rettungslos zu spät. Das ist dann eine Art Abschiedsstimmung, und man wird sehr gleichgültig gegenüber der Welt, die einem plötzlich vorkommt wie eine Anhäufung von Verspätungen und Enden und Vergänglichkeiten, obwohl Vergänglichkeit in dem Zusammenhang wahrscheinlich schon ein zu großes Wort ist.

Gerade höre ich, wie Frank im Vorbeigehen etwas zu Georg sagt. Dann ist es still und Georg bleibt stehen. Frank hält ihn an der Schulter fest.

»Und? Warst du's?«

»Was?«

»Das Geschirr.«

»Nein! Um Gottes willen, nein.«

Georg macht eine abwehrende Bewegung. Er stößt beide Arme nach unten. Es soll wohl locker aussehen, aber es sieht ungeschickt aus.

»Und wer war's dann?«

Georg antwortet nicht. Er sieht Frank nur ängstlich an, als hätte er etwas zu befürchten. Das finde ich ziemlich albern. Frank kreist mit den Schultern und grinst auf einmal, als wäre ihm eine Idee gekommen.

»Junge. Wenn du jetzt abhaust, kannst du die Sache noch sausen lassen.«

Georg lächelt erschrocken.

»Ich leih dir meinen Wagen. Ist das ein Vorschlag? Du

nimmst meinen Citröen C20. Traumauto. Hammerteil. Na komm schon.«

»Aber warum …«

»Dann bist du derjenige, der ihr den Laufpass gibt. Musst nur schneller sein als sie. Komm schon, ist doch witzig.«

Georg lacht unsicher und räuspert sich.

»Ja, witzig …«, sagt er langsam.

Als Frank merkt, dass bei Georg nichts zu holen ist, entspannt er seine Schultermuskeln, dreht sich um und geht langsam in Richtung Fitnessraum. Als er ungefähr auf halber Strecke ist, geschieht etwas. Aus dem schlauchartigen Gang, der hinaus unter das Glasdach führt, kommen Franziska und Clara gelaufen. Clara trägt ein Handtuch um die Schultern und ist bleich, Franziska geht sehr aufrecht. Am Eingang zur Schwimmhalle wechseln sie unhörbar ein paar Worte, und Franziska drückt Claras Oberarm. Dann trennen sie sich. Franziska läuft auf Georg zu, und Clara bleibt einfach an dem Fleck stehen, wo sie zurückgelassen wurde. Ich drehe mich zu Lotte, die große Augen macht. Alles verläuft sich irgendwie. Clara ist auf einmal verschwunden, und Franziska schleicht mit ernstem Gesicht zum Saunabereich vor den Kabinen. Dann ist es still. Das ganze Schwimmbad kommt mir jetzt viel größer und unübersichtlicher vor, als könnte hinter jeder Pflanze einer lauern.

Meine Gedanken sind klar wie geschriebene Sätze. Ich denke, dass das Leben komisch ist, und dass es umso komischer wird, je mehr man weiß. Alles macht einen wirr und irgendwie unruhig. »Ob es Clara auch so geht?«, frage ich mich. Ich habe Anerkennung für sie. Ich habe auch Anerkennung für das, was sie getan hat. Es erscheint mir nicht falsch.

»Wahrscheinlich«, denke ich, »ist es beneidenswert, wenn man diesen Mut hat.« Gedanken dieser Art beschäftigen mich, als ich höre, dass Lotte neben mir weint. Sie hat das Gesicht auf die Knie gelegt und die Arme um die Unterschenkel geschlossen. Ihre Haare fallen nach vorn und bewegen sich wie ihr Rücken. Eine Zeit lang sehe ich ihr dabei zu, bis etwas Zärtliches in mir ist.

»Süße«, sage ich. Meine Stimme klingt wie immer. Lotte weint noch stärker und schluchzt ein paarmal laut auf. Ich steige aus dem Becken und spüre, dass meine Haut ganz aufgeweicht ist. Neben Lotte hocke ich mich hin und lege ihr den Arm um die Schulter. Ich streichele ihr Haar und denke: »Mein Haar.« Plötzlich schaut Lotte auf, lächelt und weint.

»Ich hasse es, wenn ich so bin«, sagt sie und schüttelt den Kopf.

»Ich hasse es, wenn ich so bin wie jetzt.«

Ich lächele sie an und streichele weiter ihr Haar.

»Ich hab dich lieb«, sage ich. Keine Ahnung, warum ich das ausgerechnet jetzt sage, es war keine unmittelbare Empfindung. In Lottes Gesicht verbreitet sich ein friedlicher Ausdruck. Ich weiß genau, was ich jetzt sagen muss.

»Gehen wir schlafen, Süße.«

Lotte mustert mich mit glasigen Augen, als hätte sie Zweifel, ob sie mich richtig verstanden hat. Dann lächelt sie matt und nickt. Sie sieht beruhigt aus. Ich nehme ihre Hand, reibe mit dem Daumen über ihre Adern auf dem Handrücken und helfe ihr beim Aufstehen.

»Gehen wir ins Bett«, sage ich lauter, und Lotte nickt fast fröhlich.

»Darf ich noch einmal auf die Toilette gehen?«

Ich lächele.

»Aber natürlich. Lass dir Zeit.«

»Wartest du?«

»Ich warte hier.«

Lotte presst sich fest an mich, so dass ich den Geruch ihres Körpers tief einatmen kann. »Mein Körper«, denke ich, aber an dem Gedanken ist nichts Sentimentales. Sie küsst mich auf die Wange, macht sich von mir los und läuft in Richtung Ausgang.

Ich bleibe stehen. Der Chlorgeruch steigt mir in die Nase. »Wahrscheinlich wirkt Chlor langfristig wie Drogen«, denke ich. Das Wasser plätschert, und das große Becken liegt verlassen zwischen den Palmen, ein trauriger Ort. Ich laufe ein bisschen herum, dann folge ich einem Geräusch aus der Richtung, wo sich die Saunen befinden. Ich habe nichts vor, ich warte einfach auf Lotte. Ich höre ein leises Platschen und Gurgeln. Vor dem Eingang zum Saunabereich bleibe ich stehen. Im Halbkreis um den Pool mit kaltem Wasser sind steinerne Duschen und zwei Kabinen gruppiert. Im Kältepool lehnt Franziska. Sie ist nackt. Sie hat mich nicht bemerkt. Ihr Blick ist geradeaus gerichtet, und die Arme liegen auf dem Beckenrand. Sie starrt vor sich hin und macht nicht die geringste Bewegung. Ich kann ihre Brüste im Wasser sehen, die wie zwei dicke Tiere an ihr hängen. Jetzt streckt sie ihre Beine durch und betrachtet abwesend ihre Füße im Wasser. Sie sieht müde aus. Ich warte darauf, dass sie irgendeine Bewegung macht, aber sie bleibt sitzen, in dieser sehr geraden Haltung. Dann taucht Georg aus einer der Duschen auf. Er ist nass und reibt mit einem Handtuch über seine Glatze, als wollte er Haare trocknen. Franziska dreht sich sehr langsam zu ihm, wobei sie den Kopf leicht in den Nacken legt.

»Hast du an das Strumpfband gedacht?«, fragt sie.

Georg räuspert sich und kommt näher.

»Ich habe es dir auf den Nachttisch gelegt, neben die Ohropax.«

»Gut. Wir haben noch vier Stunden.«

Franziskas Stimme ist kalt, als hätte das Wasser nicht nur ihren Körper, sondern auch ihre Stimme gekühlt. Georg hockt sich neben den Beckenrand und lächelt vorsichtig. Als er Franziska an der Schulter berührt, steht sie plötzlich auf. Seine Hand fällt von ihrem Oberarm.

»Holst du mir ein Handtuch?«

Georg dreht sich um und verschwindet wieder in einer der Duschen. Sein Nacken ist rund und von Muttermalen übersät. Fast sieht es so aus, als hätte er einen Buckel. Franziska steigt aus dem Becken und bleibt mit dem Rücken zu mir stehen. Sie hat die Arme um ihren Oberkörper geschlungen. Die Haut an ihren Schenkeln ist schon nicht mehr fest, und auf ihrem Po sind weiße Streifen. »Sie hat einen Hintern wie eine alte Frau«, denke ich. Als Georg zurückkommt, beugt sie sich vor und zupft ihm das Handtuch vom Arm, noch ehe er bei ihr ist. Sie legt es sich um die Schultern und reibt sich die Oberarme.

»Weckst du mich?«, fragt sie und dreht sich schon um. Ich ziehe mich ein Stück zurück.

»Ja. Musst du noch zum Frisör?«

»Es kommt jemand her«, sagt sie. »Um neun.«

»In Ordnung.«

Sie geht ein paar Meter vor ihm her in meine Richtung. Ich drehe mich um und schleiche weg, über die rechte Seite der Halle zum Fitnessbereich. Dort verstecke ich mich in einer Ecke, bis sie weg sind.

Ich überlege, mir eine Zigarette anzuzünden. Ich weiß, dass es verboten ist, hier zu rauchen, aber es scheint mir nichts mehr auszumachen. »Es ist doch jetzt sowieso alles egal«, denke ich. Aber wo bekomme ich bloß eine Zigarette her? Es poltert. Im Fitnessraum ist jemand. »Vielleicht ist das Clara«, denke ich, »sie hat sicher eine Zigarette für mich.« Als ich mich gerade entschließen will, einfach hineinzugehen, höre ich Frank. Er sagt nichts, aber er keucht. Ich bleibe stehen und lausche. Da ist es wieder, das Keuchen. Es ist Franks Stimme. Ich schiebe mich vorsichtig um die Ecke und stehe vor einer Glaswand. Dahinter erkenne ich eine Bank, an deren Kopfende Gewichte angebracht sind. Clara liegt darauf. Ihre Beine sind geöffnet und stehen links und rechts von der Bank. Das Kleid ist bis zu den Hüften hochgeschoben und liegt unordentlich in ihrem Schritt. Frank steht neben dem Gerät und stützt sich mit einem Arm auf ein Fahrrad. Er atmet schwer. Sein Hemd ist noch feucht, weil er es über den nassen Körper gezogen hat. Man könnte denken, es ist eine ganz normale Szene. Bis Frank sich ins Profil dreht. Jetzt sehe ich, dass sein Hosenstall offen ist. Aus dem Hosenstall hängt sein Schwanz. Er ist noch halb erigiert. Und dann merke ich, dass Clara lautlos weint. Sie macht kein Geräusch, aber ein Tropfen fällt neben ihr auf den Boden, und dann noch einer. Plötzlich sagt Frank: »Ich wusste doch, dass mit dir alles in Ordnung ist, Stulle.« Clara sagt nichts.

Ich denke: »Mehr muss ich nicht sehen.« Wie in einem Kinofilm. Manchmal denkt man einfach: »Ich habe genug gesehen. Das reicht.« Ich drehe mich um und laufe zurück in die große Halle. Es dauert nicht mehr lange, bis Lotte kommt, vielleicht eine Minute. Ich stelle fest, dass ich gar keine große Lust mehr habe zu rauchen.

Lotte hat sich die Augen gewaschen. Sie sieht gesund aus, als sie wiederkommt, so gesund, wie sonst nur Tiere aussehen, Katzen und junge Hunde. Sie hat gerötete Wangen und ein frisches Lächeln und sieht aus, als wäre es gerade früh am Morgen und sie hätte den ganzen Tag noch vor sich. »Aber es ist früh am Morgen«, denke ich, »und wir haben den ganzen Tag noch vor uns.«

»Hast du lange gewartet?«, fragt sie, und sie will nicht wirklich eine Antwort hören, sondern lieber herausfinden, ob ich ihr böse bin. Aber ich bin nicht mehr böse. Jetzt nicht mehr.

»Gar nicht lange«, sage ich. »Gehen wir hoch?«

Sie hakt sich bei mir unter und lächelt unschuldig. »Sie ist wie ein Kind, das sich nie einer Schuld bewusst ist, weil es so schnell vergisst«, denke ich, aber heute macht mir das nichts aus. Irgendetwas hat sich in meinem Inneren verschoben, nicht so gemächlich und gleichmäßig wie sonst. Es gibt eine Art Plattentektonik in einem, und jede Sekunde schiebt eine Platte sich über eine andere, zwei reiben leise aneinander vorbei, und wieder andere falten sich auf. Aber heute ist es etwas anderes. Heute ist es nicht das Gleiche.

Lotte streichelt mein Handgelenk, als wir aus dem Schwimmbad heraustreten, und dann laufen wir die Treppe nach oben ins Erdgeschoss. An der Rezeption sitzt ein junger Mann mit zurückgekämmten Haaren und mustert uns.

»Sie gehen schon auf Ihr Zimmer?«

»Ja«, antworte ich verblüfft. »Es ist ja schon …«

»Wenn Sie möchten, können Sie auch noch einmal in die Bar gehen, oder ich schließe Ihnen den Bowlingraum wieder auf.«

»Oh nein, vielen Dank.«

»Oder ich öffne Ihnen das Restaurant.«

»Wirklich nicht.«

»Soll ich Ihnen vielleicht einen Kaffee kochen?«

Ich halte Lotte an den Schultern und schiebe sie vorwärts. »Irgendetwas stimmt hier nicht«, denke ich. Ich lenke sie am Tresen vorbei und flüstere ihr zu, sie soll schneller laufen. Und wir laufen schneller. Es ist ein komischer Eindruck, den ich als Nächstes habe: Aus einem Fenster im Treppenhaus strömt Licht in den Gang, wahnsinnig viel Licht, und ich habe das Gefühl, dass Lotte sich für einen Moment fast darin auflöst. Natürlich kommt es mir nur so vor, weil ich wohl einen Augenblick lang geblendet bin, und daran ist nichts Beunruhigendes. Aber zusammen mit der Stimme des Jungen an der Rezeption, der ruft: »Ich habe auch Tee! Bleiben Sie doch noch!«, kommt mir das unheimlich und unheilvoll vor, und ich kann nicht anders, als zu denken: »Irgendetwas stimmt hier nicht, an uns und dieser ganzen Nacht.« Dabei hat alles ganz normal angefangen, mit einem Gartenfest, mit Tanz und Essen und normalen Gesprächen, alles war perfekt geplant, und es ist nicht ein einziger Fehler passiert. Aber irgendwo muss doch ein Punkt gewesen sein, von dem an alles in eine falsche Richtung lief. So kommt es mir jetzt zumindest vor. Ein Punkt, von dem an alles immer irrwitziger wurde, so, wie es auf keinen Fall werden sollte. Etwas ist schiefgelaufen. Aber wann genau?

Als wir beinahe an unserem Zimmer angekommen sind, sehe ich uns im Spiegel. Ich sehe mich und Lotte, nah beieinander, irgendwie furchtsam, erschrocken. Vielleicht ist es nur eine einzige Sekunde, die so lang zu sein vorgibt, und als ich uns so nebeneinander stehen sehe, kommt mir auf einmal nichts mehr selbstverständlich vor. Wir sehen einfach nicht aufgeräumt aus, vielleicht ist es das, und obwohl der Spiegel einen Rahmen um uns bildet, erscheint es mir, als könnte jeden Moment einer von uns herausfallen. Ich stelle mir kurz eine andere Frau an Lottes statt vor, und es ist sehr einfach. Ich stelle mir irgendeine Frau vor, sagen wir, mit schwarzen Haaren statt Lottes blonder Mähne, größer als sie, knochiger als sie, und es ist sehr einfach. Ich kann mir sogar vorstellen, dass die andere sich gerade jetzt zur Seite neigt und mir einen Kuss auf die Wange gibt. Ich stelle mir vor, wie wir ins Zimmer gehen und sie ihre Sachen neben meine legt und sich auf dem Bett ausstreckt, wie sie die Arme hinter dem Kopf verschränkt und fragt: »Und? Wie fandest du die Feier? Ich muss sagen, ich mag Franziska nicht besonders. Enttäuscht dich das?« Ich kann mir sogar meine Antwort vorstellen, kann mir vorstellen, wie ich mir das Hemd über den Kopf ziehe, weil ich zu faul bin, alle Knöpfe aufzumachen, und wie ich sage: »Das überrascht mich nicht, Süße. Hast du übrigens gewusst, dass sie mich angemacht hat? Ja, wirklich, als ihr auf dem Weg nach unten wart, zum Bowling.« Ich kann es mir genauso gut vorstellen, wie ich mir vorstellen kann, mit Lotte ins Zimmer zu gehen und zuzusehen, wie sie sich auszieht, ihre Sachen überall auf dem Boden verstreut und dann laut gähnt, wie sie den Kopf zur Seite legt und sagt: »Lass uns nicht über den Abend reden, ich weiß, dass wir uns blind verstehen.« Ich kann mir beides gleich gut vorstellen, und jetzt, wo ich mir den Gedanken vor Augen führe, kommt mir das böse vor, oder nicht böse, sondern ungerecht und verräterisch und gefährlich.

»Woran denkst du denn? Denkst du, dass ich schön bin? Gefalle ich dir noch?«

Lotte zieht kokett an ihrem blonden Haar und legt es sich um den Hals und nach vorn, so dass es bis zum Ansatz ihrer Brüste reicht. Sie blinzelt und macht einen Kussmund.

»Aber natürlich gefällst du mir noch«, sage ich. »Meinst du, wir könnten heute ausnahmsweise ohne eine Diskussion ins Bett gehen?«

Ich habe es ganz freundlich gesagt und meine Stimme extra weich und ein bisschen ironisch klingen lassen, aber schon sehe ich, wie sich Lottes Stirn verdüstert. Ich kann mich nicht dagegen wehren, ich habe einfach den Verdacht, dass sie schon überlegt, wie sie mich heute noch quälen kann.

»Aber Liebling«, sagt sie leise und gespresst, als würde sie durch ein enges Rohr zu mir sprechen, »du weißt doch, dass wir uns alles sagen müssen, oder?«

»Ich weiß es, Süße.«

»Siehst du, das ist extrem wichtig. Wenn ich zum Beispiel dir etwas nicht sage, einfach, weil ich es vergesse, dann ist das so eine Art Leerstelle, und vielleicht geschehen noch unendlich viele kleine Dinge, die aus diesem Ding hervorgehen, und …«

»Aber Süße …«

»Ich will einfach, dass wir dasselbe fühlen, dass wir dasselbe sehen, dass wir die gleichen Schlüsse ziehen. Verstehst du?«

»Lotte?«

»Ja?«

Ich ziehe Lotte an den Schultern zu mir heran und presse sie an mich. Ich lege eine Hand auf ihren Po, schiebe meine

Hüften vor und wühle mein Gesicht in Lottes Haar. »Mein Haar«, denke ich wieder. Da schiebt Lotte mich sanft und tadelnd weg und sagt: »Ja ja, da kommst du mir wieder so … Glaubst du, mit Körperlichkeiten lässt sich alles lösen?«

Jetzt bin ich tatsächlich ein bisschen wütend. Ich schließe die Tür auf und ziehe mir mit den Füßen die Schuhe aus, dass sie nur so im Gang herumfliegen. Dann gehe ich ins Bad und fange an, mir die Zähne zu putzen. Das Wasser ist schön kalt, und als ich fertig bin, ziehe ich alle Sachen aus und mache Katzenwäsche. Dann schließe ich laut das Bad hinter mir, gehe zum Bett, ohne ein einziges Mal um mich zu blicken, und wickele mich in meine Decke. Ich könnte jetzt einschlafen, wenn ich wollte. Ich könnte sogar völlig problemlos einschlafen. Dass es schon fast hell ist, stört mich nicht. Durch die Gardinen wird das Licht blau und wogt an den Wänden, und man fühlt sich, als wäre man in einem Aquarium. Dass es warm ist, stört mich auch nicht. Ich lasse ein Bein aus der Decke und über die Bettkante ragen, das reicht. Immer noch ist mir alles auf diese seltsame Art gleichgültig.

»Max?«

Ich zögere und halte den Atem an.

»Max?«

»Was ist denn?«

»Verstehst du mich denn gar nicht?«

Das ist alles, was sie sagt! Ich ziehe mir die Decke bis an den Hals und ärgere mich, dass ich wirklich aufgebracht bin.

»Es ist doch nur so … Du siehst die Dinge nicht, habe ich oft das Gefühl. Du siehst die entscheidenden Dinge nicht. Ich sehe sie, und ich weiß, wie alles sein muss.«

»Tatsächlich?«, denke ich. Ich schnaube.

»Und hast du schon einmal daran gedacht, dass Liebe, wenn du so toll darüber Bescheid weißt, nichts mit Konditionierung zu tun hat? Das sagst du doch immer. Und trotzdem willst du nichts anderes als mich zu ändern.«

Jetzt ist es still. Ich atme einmal tief ein und wieder aus. Jetzt habe ich doch geredet. Dabei weiß ich, dass es in solchen Situationen völlig sinnlos ist zu reden. Ich denke wieder daran, wie es wäre, wenn statt Lotte eine andere Frau aufrecht neben mir auf dem Bett sitzen würde. Vielleicht würde sie genau in diesem Moment das Licht ausmachen. Vielleicht würde ihr Nachthemd rascheln, und ihre Stimme würde belegt klingen, wenn sie »Gute Nacht« sagt. Ich würde mich noch einmal zu ihr drehen und meinen Pimmel an ihren Hintern drücken, und wenn sie den Druck erwiderte, würde ich wissen, dass … Ich kann es mir vorstellen. Ich mache noch einmal die Probe mit einer Braunhaarigen, und auch das kann ich mir vorstellen. Ich kann mir alles Mögliche vorstellen, und die Vorstellung ist mir nicht einmal besonders unangenehm. Vielleicht würde sie mir an einem anderen Tag mehr Angst einjagen, aber gerade kann ich mich nicht wirklich dafür schämen. »Ich kann mir also vorstellen, mit anderen Frauen zusammenzuleben«, denke ich. Na und? Was sagt das über mich aus? Was ist das für ein Mensch, der eigentlich ganz glücklich ist und sich trotzdem vorstellen kann, mit einer anderen Frau zusammenzuleben? Ist er wie die anderen? Denkt vielleicht tief in seinem Inneren jeder einzelne, dass es immer eine Menge Möglichkeiten gibt und dass jede im Grunde ähnlich günstig ist wie die anderen? Und wie geht man jetzt damit um? Was tut man, wenn man weiß, dass man mit einem Menschen ziemlich glücklich ist und dass man auch mit einem, womöglich sogar mit einer ganzen Anzahl anderer Menschen vergleichbar glücklich sein könnte? Ist das ein Grund, sich schlecht zu fühlen? Sollte man sich Vorwürfe machen? Sollte man sich vielleicht sogar auf der Stelle von diesem Menschen trennen? Oder eine gewisse Zeit mit diesem Menschen zusammen sein und sich dann auf die Suche nach einem anderen begeben? Muss man das alles als eine Art Problem betrachten? Als einen Makel? Ein Zeichen von Schwäche? Oder Männlichkeit? Oder Vernunft? Sollte man darüber reden?

Es macht mir Freude, in meinem Kopf Fragen aufzuzählen. Ich bin ganz ruhig dabei. Es ist wieder dieses Gefühl mit den verpassten Zügen. Ich denke, dass es jetzt gut hierhin passen würde, Lotte zu erzählen, dass ich Clara geküsst habe. »Jawohl, ich habe Clara geküsst. Ich habe meine Lippen nicht auf ihre gepresst, weil ich sie retten wollte, ich habe es getan, weil sie eine großartige Frau ist und weil ich sie verehre und weil sie vielleicht infrage käme.« So oder ähnlich würde ich es formulieren. So oder ähnlich.

Jetzt höre ich Lotte neben mir rascheln. Ich kenne diese Art von Rascheln. Sie möchte, dass ich nicht einschlafe, bevor wir uns nicht vertragen haben. Ich denke daran, dass es etwas sehr Biblisches hat. Irgendwo habe ich darüber gelesen. »Sich versöhnen vor Sonnenaufgang …« Irgend so etwas.

»Max?«

»Ich muss dir was sagen.«

»Ich dir auch, Max.«

»Okay. Du zuerst, ja?«

Ich setze mich im Bett auf. Jetzt sitzen wir nebeneinander.

Lotte trägt ein Nachthemd aus Baumwolle, auf das Feen mit Flügeln gedruckt sind. Oder sind es Elfen? Ich ziehe mir die Decke bis zum Bauch, weil mir sonst kalt wird, denn ich trage nur ein T-Shirt. Es ist wirklich schon sehr hell. Lotte sieht blass aus, verletzlich und ein bisschen krank. Ihre blonden Haare sind fast gelb im Licht. Ein paarmal macht Lotte den Mund auf und schließt ihn wieder, dann stöhnt sie. Es ist ein sehr kleines Stöhnen, kurz und klein. Aber es rührt mich. Ich denke: »Mein Stöhnen.« Es ist wirklich nur dieses Stöhnen. Es ist auch kein sentimentales Gefühl. Vielmehr erschrecke ich und denke: »Mein Gott, es könnte auch eine andere Frau neben mir liegen und ein Geräusch machen, und wahrscheinlich würde mich das genauso rühren.« Da versucht man, das Richtige zu tun, indem man sich für etwas entscheidet und dabei bleibt, und am Ende fragt man sich doch bloß wieder, ob es das Richtige überhaupt gibt und wie alles geworden wäre, wenn man sich anders entschieden hätte oder gar nicht. Denn vielleicht muss man sich ja gar nicht entscheiden. Vielleicht muss man sich auch nicht anstrengen und bemühen. Vielleicht muss man das alles nicht. »Ich werde es ihr erzählen«, denke ich. »Das mit Clara, und alles andere auch.«

Ich räuspere mich. Lotte sitzt immer noch kerzengerade neben mir. Nur ihre beiden kleinen Brüste strecken sich vor gegen ihr Nachthemd, und es fällt mir schwer, mich darauf zu konzentrieren, dass wir uns etwas sagen wollten. Plötzlich macht Lotte eine abrupte Bewegung, als habe sie so mehr Mut, und sagt:

»Ich bin schwanger, Liebling.«

Sie presst die Lippen aufeinander, und ihre Brauen zittern.

»Und was wolltest du mir sagen?«

»Ach so«, sage ich. »Nichts.«
Ich sehe auf das weiße Laken.
»Ich liebe dich.«

**Susanne Heinrich**
**Die Andere**
Roman, 278 Seiten,
gebunden, 2007

Susanne Heinrichs erster Roman entwirft zwischen Hamburg, Paris und der Provence ein Netz gefährlicher Liebschaften, ein atemberaubendes Gespinst aus Sehnsucht, Intrige und Schein. Ein Netz, aus dem es nur einen gewaltsamen Ausweg geben kann.

»›Die Andere‹ zeigt vor allem Susanne Heinrichs Stärke, Atmosphären heraufzubeschwören: die dekadenten Partys, wo sich pummelige Damen in geknöpften Corsagen mit Champagner amüsieren, wo süßliches Parfum sich mit dem schwülen Geruch abgestandenen Wassers vom Kanal vermischt.«

NEUE ZÜRCHER ZEITUNG